Leide!

Siegfried Langer

W0185651

Leide!

Siegfried Langer

Thriller

LAGO

Bibliografische Information der Deutschen Nationalbibliothek:
Die Deutsche Nationalbibliothek verzeichnet diese Publikation
in der Deutschen Nationalbibliografie; detaillierte bibliografische
Daten sind im Internet über http://d-nb.de abrufbar.

Für Fragen und Anregungen:
leide@lago-verlag.de

1. Auflage 2014

© 2014 by LAGO, ein Imprint der Münchner Verlagsgruppe GmbH,
Nymphenburger Straße 86
D-80636 München
Tel.: 089 651285-0
Fax: 089 652096

Alle Rechte, insbesondere das Recht der Vervielfältigung und Verbreitung sowie der Übersetzung, vorbehalten. Kein Teil des Werkes darf in irgendeiner Form (durch Fotokopie, Mikrofilm oder ein anderes Verfahren) ohne schriftliche Genehmigung des Verlages reproduziert oder unter Verwendung elektronischer Systeme gespeichert, verarbeitet, vervielfältigt oder verbreitet werden.

Umschlaggestaltung: Martin Weller, Berlin
Umschlagabbildung: Unbekannter Fotograf
Satz: ebokks, Braunschweig
Druck: CPI - Ebner & Spiegel, Ulm
Printed in Germany

ISBN Print 978-3-95761-008-9
ISBN E-Book (PDF) 978-3-95762-020-0
ISBN E-Book (EPUB) 978-3-95762-021-7

Beachten Sie auch unsere weiteren Verlage unter
www.muenchner-verlagsgruppe.de

Prolog

Der Stubenfliege waren drei Beine und ein Flügel verblieben. Immer wieder stolperte sie im Kreis herum.

Sven gluckste vor Freude. Mit großer Faszination beobachtete er ihr Martyrium. Ihr Flügel vibrierte und das verzweifelte Brummen stimmte ihn glücklich.

Die bunten Legosteine, in deren Mitte er saß, interessierten ihn nicht mehr. Ebenso wenig sein Lieblingsteddy; Zotty thronte auf einem Hocker, so drapiert, dass er Sven beim Spielen zusehen konnte. Zotty fehlte ein Ohr, an mehreren Stellen hatte ihn Svens Mutter bereits geflickt.

Für Sven existierte nur noch die Fliege.

Vorsichtig stupste er sie mit der Fingerspitze an. Die Fliege veränderte ihre Laufrichtung, vollendete dann aber wieder ihre Kreise.

Sven wusste, dass sie verloren war. Dass es in seiner Macht lag, ob sie lebte oder starb und ob der Tod schnell kam oder langsam.

Er selbst hatte keine Eile. Er genoss ihre Qual.

Mit dem Zeigefinger schob er sie ein, zwei Millimeter nach links, dann wieder nach rechts. Jetzt drückte er leicht auf ihren Körper, damit er das Vibrieren spüren konnte. Seine Zungenspitze glitt in seinen Mundwinkel und verharrte dort. Er presste stärker. Das Brummen hörte auf, die Fliege verhielt sich ruhig, abwartend.

Er verringerte den Druck, die Fliege befreite sich. Bald wackelte sie wieder ihre kreisförmigen Bahnen.

Eine Herausforderung für Sven, mit zwei Fingern während ihres Laufs ihren Flügel zu greifen. Schließlich gelang es ihm. Er hob sie an und hielt sie direkt vor sein Gesicht. Sie versuchte weiterhin zu fliegen. Wie dumm von ihr! Es hatte lediglich zur Folge, dass sich nun ihr kleiner Körper hin und her bewegte.

Sven hielt sich die Fliege ans Ohr. Es klang panisch, verzweifelt. Nie zuvor hatte er ein so wunderbares Geräusch gehört.

Danach setzte er sie zurück auf den Boden, folgte mit seinen Blicken erneut ihren Kreisbewegungen.

Wieder und wieder.

So oft, bis ihm langweilig wurde.

Er beschloss, sie weiter einzuschränken. Er wollte herausfinden, wie sie darauf reagierte.

Zwischen Zeigefinger und Daumen der einen Hand hielt er nun ihren Körper, zwischen Zeigefinger und Daumen der anderen den verbliebenen Flügel.

Keine große Kraftanstrengung. Dennoch ließ er sich Zeit.

Ganz langsam zog er. Zuerst dehnte sich der kleine Insektenkörper, dann riss der Flügel ab.

Sven ließ die Fliege zu Boden fallen.

In Schlangenlinien krabbelte sie in Richtung des kleinen, bunten Hauses, das Sven aus Legosteinen gebaut hatte.

Bislang in seiner eigenen Welt gefangen, hörte Sven nun ein weiteres Geräusch.

Etwas näherte sich.

Nur leicht drehte er seinen Kopf, um die Fliege nicht aus den Augen zu verlieren.

Mimi. Die Katze.

In geduckter Haltung schlich sie heran. Ihre Augen fixierten die Fliege, deren Brummen sie angelockt hatte. Ohne Sven auch nur eines Blickes zu würdigen, näherte sie sich.

Sven erkannte eine Schwester im Geiste – doch auch eine Konkurrentin.

Mimi machte sich sprungbereit, wackelte bereits mit dem Hintern, zielte.

Doch die Fliege gehörte ihm, sie war sein Opfer!

Ehe die Katze losspringen und ihr Werk verrichten konnte, schnellte seine Hand nach vorn; mit einer raschen Bewegung zerquetschte er die Fliege unter seinem Daumen.

Triumphierend sah er zur Katze. Er glaubte, ihre Enttäuschung spüren zu können. Auch dies befriedigte ihn.

Verlegen begann die Katze, sich zu putzen.

Da fiel Svens Blick auf ihre Ohren, ihren Schwanz, ihre Beine …

Und in seiner Fantasie überschlugen sich die Ereignisse.

Er streckte seine Hand nach der Katze aus.

1. Kapitel

Anfang Juni

„Maaargot!", rief Willi Meisner.

Er sah den Teltowkanal entlang, zunächst flussaufwärts, danach flussabwärts. Keine Spur von Margot. Weder auf dem schlecht befestigten Spazierweg noch auf dem Abhang, der am Kanal entlang nach oben zu dem verlassenen Industriegebäude führte.

Ein weiteres Mal, etwas lauter nun: „Maaaargot."

Dann blickte der Rentner nach unten.

Froufrou sah ihn verständnislos an. Jetzt schien die Dackeldame es für ein Spiel zu halten; sie wedelte erwartungsfroh mit dem Schwanz.

„Na, wo mag die Margot wohl sein? Eben war sie doch noch da."

Als hätte sie ihn verstanden, drehte sich Froufrou um sich selbst und spähte suchend umher.

„Kann ja nicht vom Erdboden verschluckt worden sein."

Froufrou wandte sich dem Kanal zu.

„Nein, dann würden wir sie doch sehen. Oder meinst du, ich soll ein Stöckchen für dich hineinwerfen? – Erst müssen wir Margot finden."

Enttäuscht ließ Froufrou ihren Schwanz hängen.

„Sie kann ja nur nach oben sein. Dass ihr Frauen immer so neugierig sein müsst."

Eigentlich war der Abhang viel zu steil für ihn. Die Jahre ohne Rheuma lagen inzwischen weit zurück, doch es blieb ihm nichts anderes übrig, als selbst in dem verfallenen Gemäuer nach dem Rechten zu sehen.

Ein letzter Versuch, in klarem Befehlston: „Margot!"

Froufrou zuckte zusammen, dann rannte sie los.

„Froufrou. Bleib hier."

Die Dackeldame ignorierte ihr Herrchen. Mit ihren kurzen, krummen Beinen wackelte sie in erstaunlichem Tempo hinauf, genau auf das verlassene Gebäude zu.

Meisner konnte sich erinnern, dass hier früher Verpackungsmaterialien hergestellt wurden. Dass das Werk die Produktion eingestellt hatte, musste mehr als zwanzig Jahre her sein. Seitdem gammelte alles vor sich hin. Wo früher Fenster gewesen waren, klafften nun Löcher, die ins dunkle Innere führten. Das Dach fehlte größtenteils. Um die Ruine herum hatten sich Buschwerk und Unkraut längst das Gelände zurückerobert.

Nicht ein einziger Landstreicher war Meisner hier in den letzten Jahren aufgefallen. Selbst denen schien es wohl zu heruntergekommen zu sein. Bei dem vielen Leerstand in Berlin hatten die Obdachlosen freie Auswahl.

Ohne sich nach ihrem Herrchen umzusehen, verschwand Froufrou schnaubend hinter einem Meer von Brennnesseln.

Inzwischen hielt er es für sicher, dass auch Margot hier irgendwo steckte.

Zwei Mal täglich passierte er diese Stelle mit Margot und Froufrou.

Das Gebäude hatten beide bislang stets links liegen gelassen: uninteressant.

Anders heute. Zuerst hatte Margot ihre Nase in den Wind gehalten, danach Froufrou.

Nur ein, zwei Sekunden hatte Meisner auf den Kanal geschaut und sich über die leere PET-Flasche geärgert, die das Wasser entlang trieb; als er den Blick wieder senkte, war Margot verschwunden.

Er quälte sich weiter durchs Dickicht. Seine Knie schmerzten, sein Rücken noch mehr. Für einen Augenblick dachte er daran, wie mühelos er als junger Bursche solch eine Anhöhe hinaufgerannt wäre. Sein rasselnder Atem holte ihn in die grausame Gegenwart zurück.

Meisner hörte ein Knurren.

Bösartig. Aggressiv.

Was war das denn?

Margot und Froufrou waren Schwestern und die allerbesten Freundinnen.

Sie teilten sich sogar die Schlafplätze.

Inzwischen stand er an einer Stelle, die in besseren Tagen ein Nebeneingang gewesen sein musste. Verrostete Scharniere baumelten im Mauerwerk, von der Tür hatten Zeit oder Diebe nichts übrig gelassen.

Ein lautes Bellen.

Dann ein Zuschnappen.

Ein Winseln.

Galopp-Geräusche.

Eine der Dackeldamen schoss an ihm vorbei ins Freie. Erst nach ein paar Metern stoppte sie, versteckte sich hinter einem Baumstamm.

„Froufrou?"

Ganz sicher war er sich nicht, um welche der beiden Hündinnen es sich handelte.

Seine Neugier erwies sich als stärker als sein Bedürfnis, dem Dackel Trost zu spenden.

Vorsichtig trat er ins Gebäude.

Der Wind pfiff durchs Gemäuer und trug den Geruch von Schimmel mit sich.

Meisner hustete.

Ein weiterer Durchlass im Mauerwerk führte tiefer ins Gebäudeinnere. In einem fensterlosen Raum kniff der Rentner die Augen zusammen, um zu erkennen, wo er sich befand.

Verrostete Regale, voll von Staub und Dreck.

Ob sie früher mit Materialien oder Ordnern bestückt gewesen waren, ließ sich nicht mehr feststellen.

„Margot?", flüsterte er.

Keine Reaktion.

Ohne das hintere Ende des Raumes zu sehen, ging er weiter hinein.

Plötzlich hörte er das Knurren erneut.

Er blickte um das Regal zu seiner Rechten herum und schließlich zu Boden.

Zwei Augen funkelten ihn böse an.

Jetzt identifizierte er auch den Rest der Hündin.

Ihre Nüstern blähten sich auf, Speichel triefte ihr die Lefzen hinab, ein dunkles, bedrohliches Grollen entsprang ihrem tiefsten Inneren.

„Margot?"

Er erkannte sie kaum wieder.

Was war geschehen?

Und was trug sie in ihrem Maul?

„Ganz ruhig, Margot, alles wird gut."

Er näherte sich seiner Hündin, was diese deutlich lauter werden ließ.

Jetzt sah er es.

Nein, er musste sich täuschen. Die Dunkelheit spielte ihm einen Streich.

Er konzentrierte sich, immer mehr passten sich seine Augen den schlechten Lichtverhältnissen an: Margot trug einen vollständigen menschlichen Fuß im Maul, über und über voller Blut.

Aber dieser Anblick sollte nicht der schlimmste bleiben. Als er an der Hündin entlang sah, schälte sich ein Bild aus der Finsternis, das Willi Meisner sein Lebtag nicht mehr vergessen sollte.

2. Kapitel

Anfang Juni

„Ich habe dir dein Pausenbrot gemacht, Nicky."

Niklas hörte die Stimme seiner Mutter aus Richtung der Küche. Er wandte den Kopf und rief: „Ja, Mutter, ich komme gleich, ich verabschiede mich nur noch von Vater."

Dann drehte er sich wieder um und beugte sich zu dem Mann, der vor ihm in einem bequemen Sessel saß. Den Blick richtete der Mann starr geradeaus, durch ein mannshohes Fenster in den Garten. Dort zankte sich eine wilde Schar Spatzen um eine gut gefüllte Schale Futter in einem Vogelhäuschen. Es gab genug für alle, dennoch veranstalteten die Vögel ein Heidenspektakel.

Niklas' Vater konnte stundenlang in den Garten sehen und die Natur beobachten. Früher war der Garten sein Ein und Alles gewesen. Nach seiner Pensionierung hatte er sämtliche frei gewordene Zeit und Energie darin investiert. Jetzt nicht mehr.

Seit dem Schlaganfall war alles anders.

Es musste ihn schmerzen, dass der Garten immer weniger seinen Vorstellungen entsprach, dass er untätig zusehen musste, wie sein kleines Paradies – seiner Ansicht nach – zunehmend verwilderte. Denn heute wie früher konnte es ihm niemand recht machen.

„Du kommst zu spät zur Schule.“

„Ja, Mutter.“

Sogar während Niklas’ Mutter auf dem Sofa Platz nahm und stundenlang fernsah, saß sein Vater lieber hier vor der Fensterscheibe und betrachtete das spärliche Geschehen auf Terrasse und Garten. Zuweilen nickte er dabei ein.

Erst vor Kurzem hatte Niklas beim Betreten des Wohnzimmers seine Eltern schlafend vorgefunden. Er hatte sie beide in ihrem Zustand gelassen, lediglich zugedeckt.

Neben dem Sessel stand Karl Stegs Gehhilfe. Ohne diese konnte er sich keinen Zentimeter in der Wohnung fortbewegen. Doch Niklas war schon froh, dass es ihm inzwischen wenigstens mit der Gehhilfe wieder gelang.

„Nicky!“

Elisabeth Stegs Stimme wurde lauter und fordernder.

„Ich muss los, Papa“, flüsterte Niklas.

Sein Vater nickte.

„Hast du dein Handy?“

Langsam und leicht zitternd griff Karl Steg an die Brusttasche seines Hemds und umklammerte das darin befindliche Mobiltelefon.

Niklas beobachtete das angestrengte Muskelspiel im Gesicht seines Vaters; vier, fünf Sekunden vergingen.

„Ja“, sagte Karl Steg schließlich.

Es erforderte eine große Kraftanstrengung, selbst die einfachsten Worte auszusprechen. Dennoch erschien Niklas das Mobiltelefon als einzige Möglichkeit, seinen Vater nicht völlig in der Abhängigkeit seiner Mutter zu belassen.

Vorgestern hatte sie seine Gehhilfe verräumt und Niklas hatte eine geschlagene Stunde benötigt, um sie schließlich im Heizungskeller wiederzufinden.

Ja, seit dem Schlaganfall war alles anders.

Niklas drückte die Hand seines Vaters, die auf der Lehne des Sessels ruhte, danach richtete er sich auf und verließ das Wohnzimmer.

Die Spatzen begleiteten seinen Abgang mit so lautem Gezetere und Gezwitscher, dass selbst die Doppelglasscheibe es nicht ausreichend dämpfen konnte.

Im Rahmen der Küchentür wartete bereits seine Mutter, ihr Blick vorwurfsvoll, in den Händen hielt sie eine Plastikschatulle.

„Du trödelst schon wieder, Nicky. Ich habe dir ein Leberwurstbrot gemacht. Mit Gurke.“

Ein Leberwurstbrot!

Niklas hatte längst aufgegeben, sich zu ärgern und zu widersprechen.

Bereits im Kindesalter hatte er keine Leberwurstbrote gemocht.

Unzählige Male hatte er damals seine Mutter darauf hingewiesen. Erfolglos.

Im Alter von 40 Jahren mochte er sie immer noch nicht.

Wenigstens die Plastikbox unterschied sich von der von früher. Sie war neutral orangefarben, die aus Kindertagen hellblau, darauf Micky Maus in einem roten Sportflitzer. Anscheinend war sie im Laufe der Jahre verloren gegangen. Zu Niklas' Glück. Im Büro hätte es sicherlich für Heiterkeit gesorgt, wenn sie jemandem aufgefallen wäre.

Schweigend griff er danach und seine Mutter lächelte ihn glücklich an.

Sie nahm seinen Kopf in ihre Hände, drückte ihn an sich und gab ihm einen Kuss auf die Stirn. Niklas ging etwas in die Knie und ließ es geschehen, dann packte er die Plastikbox in seine Aktenmappe.

Elisabeth Steg sah sich ihren Sohn von oben bis unten an: „Groß bist du geworden.“

Niklas wusste, dass im Laufe des Tages zwei Mal ein Mitarbeiter der Diakonie nach seinen Eltern sehen würde. Das erleichterte es ihm, die beiden alleine zu lassen.

Mit einem Blick in den Spiegel überprüfte er den Sitz seiner Krawatte. Seine Linke wischte eine Haarsträhne aus dem Gesicht.

Alles wirkte ordentlich.

Im Hintergrund sah er seine Mutter, die ihn versonnen und stolz betrachtete.

„Ich geh jetzt, Mutter. Bis heute Abend."

Seine Mutter antwortete nicht.

Er gab sich einen Ruck und verließ das Reihenhaus in der Fliegersiedlung im nördlichen Tempelhof.

Heute war Kriminalhauptkommissar Niklas Stegs erster Tag beim Landeskriminalamt Berlin.

Dienstantritt.

3. Kapitel

Anfang Juni

Wie in Trance hatte Willi Meisner einem Jogger von seinem Fund berichtet. Der rief mit seinem Mobiltelefon die Polizei.

Was ab diesem Zeitpunkt in seiner Nähe geschah, erlebte Meisner nur noch unbewusst.

Astronauten in weißen Raumanzügen stapften um ihn herum, während er – einer Statue gleich – auf einem Stein saß. Zwischen den Astronauten Polizisten. Sie sprachen ihn an und er hörte sie, doch was sie sagten, verstand er nicht.

Jemand reichte ihm einen Becher mit Kaffee. Er wusste nicht, was er damit anfangen sollte, denn seine rechte Hand wollte partout nicht danach greifen; sie hing einfach am Körper hinab und wurde immer nasser.

Er fragte sich, warum dies passierte. Und da erkannte er, dass es eine Zunge war, die unermüdlich seine Finger ableckte.

Froufrou. Gute Froufrou.

Aber wo war Margot?

Er blickte sich um: Ein kräftiger Mann in einem dunkelgrünen Sweatshirt trug den leblosen Körper der Hündin in einem Käfig aus dem Gebäude. Quer übers Werksgelände ging er zu einem weißen Kombi, auf dem der Schriftzug ‚Tierheim Berlin' und das Stadtwappen mit dem Bären prangte.

Astronauten?

Nein, das waren die Leute von der Spurensicherung. Meisner kannte die Vorgehensweise aus den Vorabendkrimis und den Tatort-Folgen.

Eine weitere Person schälte sich aus seiner diffusen Wahrnehmung heraus. Eine weibliche Stimme gehörte zu ihr: „Ja, das ist der Mann, der die Leiche gefunden hat."

Meisner wollte das Bild zurückhalten, doch es gelang ihm nicht: Wie unter Zwang hatte er hinter die knurrende Margot gespäht und den Toten entdeckt; zu ihm hatte früher einmal der Fuß gehört, den die Hündin so tapfer verteidigte.

Der nackte Körper übersät mit Wunden. Überall Blut. Verstümmelungen.

Aber das Schrecklichste war der Kopf des Toten: Er glich einem V; eine Axt musste ihn gespalten haben, auf halber Strecke war der Widerstand der Schädelknochen zu groß geworden.

Eine männliche Stimme gesellte sich zu der ersten: „Ist er ansprechbar?"

„Bisher hat er nicht reagiert. Ich kann hier kaum etwas für ihn tun. Ich habe bereits einen Krankenwagen gerufen und werde mit ihm in die Klinik fahren."

Meisner hörte, wie jemand in einem Notizbuch blätterte.

„Herr Meisner?"

Unbewusst tätschelte er mit der Rechten Froufrous Kopf.

„Mein Name ist Niklas Steg. Ich komme vom LKA Berlin."

Meisner sah auf: „Was ist mit Margot?"

Der Mann vor ihm drehte den Kopf zur Seite und fragte eine Polizistin: „Gibt es eine weitere Zeugin?"

Die Uniformierte verneinte.

„Ist Margot Ihre Frau, Herr Meisner?"

„Sie hat doch nur den Fuß gefunden. Sie hat doch nichts Böses gewollt. So habe ich sie noch nie erlebt."

„Margot ist Ihr Hund!"

Meisner nickte.

„Margot und Froufrou", sagte er.

Aus den Augenwinkeln nahm er wahr, dass Froufrou mit dem Schwanz wedelte, als sie ihren Namen hörte. Mit der Schnauze stupste sie Meisners Hand an.

„Ist sie ...?"

„Nein, der Tierschutzinspektor hat sie nur betäubt. Die Kollegen wären sonst nicht an die Leiche herangekommen. Jetzt schläft sie."

Meisner atmete auf.

Zuerst der verunstaltete Tote, dann die leblose Margot.

Welch ein Alptraum.

„Können Sie uns Näheres erzählen, wie Sie die Leiche gefunden haben?"

„Herr Meisner?"

Er schwieg.

„Es ist noch zu früh."

„Er steht unter Schock."

„Da kommt der Krankenwagen."

„Was er jetzt braucht, ist Ruhe."

In schneller Folge prasselten die Sätze aus diversen Mündern auf ihn ein.

„Wir werden ihn später vernehmen."

„Armer Kerl."

„Warten Sie erst mal, bis Sie die Leiche gesehen haben, Herr Steg. Sie werden verstehen, warum es ihn so mitgenommen hat."

„So schlimm?"

„Schlimmer."

Meisner spürte, dass ihn kräftige Arme behutsam anhoben. Sie hievten ihn auf eine Trage.

„Froufrou", sagte er.

„Der Hund kann nicht mit."

„Froufrou", wiederholte er.

„Keine Sorge, wir kümmern uns um Ihren Hund, Herr Meisner."

Die Stimme hörte sich so an, als ob er ihr vertrauen könnte.

„Margot und Froufrou. Was für Namen!"

Das war die Polizistin von vorhin, die da sprach.

Meisner erinnerte sich, er erinnerte sich an die Dackeldamen, die vor Margot und Froufrou waren und längst im Hundehimmel herumtollten.

Und während die Trage in den Krankenwagen gehoben wurde, begann er leise, kaum hörbar, zu singen:

„Da geh ich zu Maxim, dort bin ich sehr intim,
ich duze alle Damen, ruf' sie beim Kosenamen:
Lolo, Dodo, Joujou, Clocio, Margot, Froufrou.
Sie lassen mich vergessen, das teure Vaterland!"

Dann schlossen sich die Wagentüren und Willi Meisner war dankbar dafür.

4. Kapitel

Anfang Juni

Dass Niklas Steg bereits an seinem ersten Arbeitstag zu einer grausam entstellten Leiche gerufen wurde, konnte er beim Eintreffen an seiner neuen Dienststelle nicht ahnen.

Die knapp anderthalb Kilometer weite Strecke von seinem Elternhaus zum Landeskriminalamt am Tempelhofer Damm ging er zu Fuß. Den Audi A6 hatte er nach der Trennung seiner Frau überlassen, zusammen mit der kompletten Wohnungseinrichtung und den geplatzten Hoffnungen.

Wenn schon Neustart, dann richtig.

Aber war es tatsächlich ein Neubeginn, wenn man mit 40 zurück in sein früheres Kinderzimmer zog, unter die Fittiche seiner Eltern?

Seine Gedanken drehten sich im Kreis. Seit zwei Monaten. Seit dem Schlaganfall seines Vaters – und seit dem Geständnis seiner Frau.

Was Niklas benötigte, waren Abstand, Ablenkung und Zeit.

Eine Entfernung von 600 Kilometern sollte genügen, um die notwendige Distanz zu Hanna in München zu schaffen.

Und das, was er im Vorfeld über seinen neuen Arbeitsplatz in Berlin erfahren hatte, sprach dafür, dass er kaum Gelegenheit finden würde, über sein gebrochenes Herz nachzudenken.

Blieb der Faktor Zeit; den konnte er nicht beeinflussen.

Es würde dauern, bis die Wunden heilten. Falls sie heilten.

Zurück unter die Fittiche seiner Eltern?

Nein, diese Frage konnte er klar beantworten: Die Rollen hatten gewechselt. Heute waren es seine Eltern, die ihn brauchten, nicht umgekehrt.

Er passierte die gläsernen Eingangstüren des LKAs und fand sich an einem Empfang wieder, den er bereits von seinem Vorstellungsgespräch vor 14 Tagen kannte. Dem diensthabenden Beamten nannte er seinen Namen; mit einem Blick auf seine Armbanduhr stellte er fest, dass er drei Minuten zu früh war.

Niklas' Gegenüber telefonierte kurz und vergewisserte sich, dass alles in Ordnung war.

„Herr Zimmermann erwartet Sie", bestätigte er, nachdem er aufgelegt hatte. „Sie finden den Weg?"

„Ja, danke, ich erinnere mich."

Das Büro des Ersten Kriminalhauptkommissars lag im obersten Stockwerk, im linken Flur, ganz hinten. Nicht zu verfehlen. Mit dem Aufzug fuhr Niklas nach oben.

Als die Lifttüren sich öffneten, empfing ihn der Duft von frischem Kaffee. Er hörte die Stimmen zweier Frauen, die sich irgendwo unterhielten. Ein Drucker summte. Ein Telefon, das zwei Mal klingelte, ehe jemand abhob.

Typische Büroatmosphäre.

Geräusche, die einen Alltag suggerierten, den es weder für Niklas noch für seine Kollegen geben würde, denn es dürfte nicht leicht für ihn werden, in die Fußstapfen eines Toten zu treten.

Abgetretene dunkelblaue Auslegware dämpfte seine Schritte.

Er ballte die Hand und klopfte an die Tür seines Vorgesetzten.

Von drinnen waren Geräusche zu hören und es dauerte einige Sekunden. Niklas wollte gerade erneut auf sich aufmerksam machen, als Zimmermanns raue, tiefe Stimme ertönte.

„Ja, bitte."

Beim Eintreten gesellte sich sofort Zigarrengeruch zu Niklas' Eindrücken – und Straßenlärm.

Das Fenster hinter Zimmermann stand weit geöffnet; keine Spur von Zigarren, Feuerzeug oder Aschenbecher.

Zimmermann musste alles schnell beseitigt haben.

Rauchverbot am Arbeitsplatz: Als Dienststellenleiter sollte man mit gutem Beispiel vorangehen, auch wenn man ein Büro für sich alleine hatte.

Niklas erinnerte sich an seine eigenen Rauchversuche im Alter von 13 Jahren. Natürlich hatten es seine Eltern sofort gerochen, dass er heimlich geraucht hatte, trotz der geöffneten Fenster.

Auch Zimmermann musste bewusst sein, dass er es nicht geheim halten konnte. Dennoch schien er es zumindest versuchen zu wollen.

Niklas kümmerte es nicht.

„Kommen Sie, setzen Sie sich", sagte Zimmermann viel lauter als notwendig.

Zimmermann deutete auf den Besucherstuhl auf der gegenüberliegenden Seite seines Schreibtischs.

Sein massiger Körper wurde von einem Hustenanfall geschüttelt.

Bereits bei seinem ersten Besuch war Niklas der etwa sechzig Zentimeter große Stoffgorilla aufgefallen, der auf dem obersten Brett eines Bücherregals thronte. Daneben eine Efeupflanze, die sich an den Kriminalistikfachbüchern und Gesetzestexten entlang nach unten rankte.

Der Gorilla trug ein rotes T-Shirt, auf dem in Schwarz das Wort ‚Boss' prangte und – er rauchte eine Zigarre. Sein zerknautschtes Gesicht sah dem seines Eigentümers zum Verwechseln ähnlich.

Ob Zimmermann der Gorilla ursprünglich geschenkt worden war, um ihn damit zu ärgern?

Jedenfalls schien er das Geschenk mit Würde und den Vergleich mit Stolz angenommen zu haben; Zimmermann hatte Hohn und Spott in ein Kompliment umgemünzt. Auch ansonsten eilte ihm der Ruf voraus, sich nicht aus der Reserve locken zu lassen.

Ohne aufzustehen, reichte er Niklas die Hand und nickte ihm zu.

Niklas erwiderte den stummen Gruß.

Bereits im Sitzen erschien ihm Zimmermann wie ein Hüne. Fettpolster arbeiteten gegen die Muskelmasse und schienen den Kampf allmählich für sich zu entscheiden. Der Schreibtischjob forderte seinen Tribut.

Niklas nahm Platz.

„Und? Hat mit dem Umzug alles geklappt?"

Niklas dachte an den einzelnen Reisekoffer, mit dem er vor wenigen Tagen aus München gekommen war.

„Ja, alles bestens."

„Und mit Ihren Eltern?"

„Naja, den Umständen entsprechend, wie man so schön sagt. Die Reha-Maßnahmen haben meinem Vater sichtlich geholfen. Ich habe das Gefühl, dass es täglich aufwärtsgeht."

Zimmermann räkelte sich, sein Bürostuhl ächzte.

„Ich bin sehr froh, dass Sie hier sind, Herr Steg."

Seiner Mimik war dies nicht anzumerken, sie blieb unverändert.

„Ich auch. Froh, dass alles so rasch und unkompliziert organisiert werden konnte."

Sich daran erinnernd, was die Ursache dafür war, suchte er nach Worten und ergänzte: „Trotz der Tragik des Ganzen."

„Ja, wir alle haben das längst nicht verkraftet. Marten war ein guter Mann – und sehr beliebt."

Von Bräumeier, seinem früheren Vorgesetzten in München, hatte Niklas erfahren, dass Marten als Nachfolger von Zimmermann im Gespräch gewesen war, wenn dieser in wenigen Jahren in den wohlverdienten Ruhestand gehen würde. Und dass Zimmermann große Stücke auf ihn gehalten hatte.

Jetzt lag Marten mit durchlöchertem Bauch auf dem Friedhof in der Heerstraße und Niklas selbst würde in wenigen Minuten an Martens Schreibtisch sitzen.

Falls Zimmermann Trauer empfand, wovon Niklas ausging, so spiegelte sich auch dies nicht in dessen Gesicht wider.

Zimmermann richtete seinen Blick auf die Unterlagen, die vor ihm lagen.

„Aber für Ihre Beurteilungen müssen Sie sich auch nicht schämen."

Niklas war nie der Primus gewesen, weder in der Schule noch später an der Universität, aber immer im oberen Viertel. Das war ihm nicht zugefallen. Er hatte sich dafür anstrengen müssen, sehr anstrengen, sein Privatleben war deswegen oft auf der Strecke geblieben.

„Der Kollege Bräumeier hat sie wärmstens empfohlen."

Zusammen hatten Bräumeier und Zimmermann nach einem Ausweg aus den beiden Krisen gesucht. Die eine betraf die vakante Stelle in Berlin, die andere das Privatleben von Niklas, das seinen Dienst bei der Münchner Kriminalpolizei zuletzt viel zu sehr in Mitleidenschaft gezogen hatte. Über ihre vielfältigen Kontakte hatten Bräumeier und Zimmermann die Versetzung via ‚kleinem Dienstweg' erheblich beschleunigt.

„Ich muss zugeben, dass ich mich sehr wenig für die persönlichen Angelegenheiten meiner Mitarbeiter interessiere. Das gilt auch in Ihrem Fall, – außer, sie gefährden Ihre Arbeit."

Dazu schwieg Niklas.

„Ich wünsche Ihnen und uns, dass Sie alles wieder in den Griff bekommen."

Niklas dachte, dass Zimmermann noch irgendetwas sagen sollte, etwas Wichtiges oder eventuell etwas Persönliches, doch Zimmermann sah ihn nur ausdruckslos an.

Der Erste Kriminalhauptkommissar schien einfach darauf zu warten, dass Niklas wieder ging, vermutlich um das Büro schnellstmöglich in sein Raucherzimmer zurückzuverwandeln.

Niklas verstand, drehte sich um und verließ seinen neuen Vorgesetzten.

Herzlich willkommen am neuen Arbeitsplatz!

Was für eine Begrüßung!

Zurück im Flur suchte er nach seinem neuen Büro.

Bereits neben der zweiten Tür standen auf Augenhöhe auf einem Schild die Namen ‚Marten' und ‚Ibscher'.

Niklas vermutete Pietätsgründe dafür, dass niemand in der Zwischenzeit den Namen seines Vorgängers entfernt hatte.

Er trat ein und wusste sofort, welcher der beiden Schreibtische der seine war.

Der eine wirkte unaufgeräumt, Kugelschreiber und Notizzettel neben der Computertastatur, so, als sei der Arbeitsplatz gerade eben erst verlassen worden. Auf einer vollgekritzelten papierenen Schreibunterlage stand leicht angeschrägt ein Telefon, seitlich davon eine schmale gläserne Vase, in der eine einzelne schwarze Rose in voller Blüte stand. Das Kontrolllicht am Computermonitor blinkte, sein Besitzer hatte ihn über Nacht nicht ausgeschaltet.

Auf dem anderen Schreibtisch, der ordentlich und sauber aussah, lagen mehrere Briefumschläge. Niklas las seinen Namen, setzte sich und öffnete die Kuverts.

Beim ersten Brief handelte es sich um die offizielle Begrüßung am neuen Arbeitsplatz, ein Formschreiben, keine Unterschrift; beim zweiten um eine Bestätigung seiner bisherigen Tarifgruppe; beim nächsten um seinen neuen Dienstausweis.

Die anderen enthielten Anweisungen und Passwörter für die verschiedenen Programme, mit denen das LKA Berlin arbeitete. Einige davon kannte er aus München, andere waren ihm neu und fremd. Er würde sich einarbeiten müssen.

„Guten Morgen."

Niklas erschrak. Er hatte niemanden eintreten gehört.

Im Vorfeld hatte er bereits ein Bild von Jasmin Ibscher gesehen. Auf diesem lächelte sie, ihre blauen Augen strahlten und spiegelten Aufgewecktheit und Humor wider, ihr fröhliches Gesicht umrahmt von langem, leicht gelocktem dunkelbraunem Haar.

Die Jasmin Ibscher, die vor ihm stand, wirkte müde, ihre Augen traurig, das Haar glanzlos.

Sie reichte ihm ihre Hand. Niklas stand auf, nahm sie und spürte dabei kaum Gegendruck.

„Niklas Steg", stellte er sich vor.

Jasmin nickte zunächst nur, dann schien sie sich zu besinnen und die gebräuchlichste Standardantwort hervorzukramen: „Freut mich."

Niklas merkte ihr an, dass sie in dieser Sekunde ihren Ex-Kollegen vor sich sah. Lars Martens Tod würde sie noch lange beschäftigen. Dass nun ein ‚Neuer' an seinem Schreibtisch saß, musste ihrem Herzen weitere Stiche versetzen.

Schweigend nahmen sie einander gegenüber Platz.

Niklas wartete, ehe er sich erneut den Dokumenten widmete. Wartete, ob sie noch etwas sagen wollte.

Ihr Blick fiel auf die schwarze Rose. Sie stand wieder auf, verließ das Büro und kehrte kurz darauf mit einer Glaskanne zurück. Ansonsten für Kaffee gedacht, benutzte Jasmin sie nun als Gießkanne.

Viel Wasser hatte nicht gefehlt. Niklas schätzte, dass die Rose erst gestern gegossen worden war.

Jasmin brachte die Kanne zurück in die Küche und setzte sich wieder.

Mit einem Druck auf die Einschalttaste am Computergehäuse unterhalb seines Schreibtischs brachte Niklas seinen Rechner zum Laufen. Während dieser hochfuhr, kontrollierte er in den Schubladen, was an Büromaterial und Lagerfläche vorhanden war.

Alles schien neu zu sein: Stifte, Lineal, Locher, Büroklammern, alles.

Was einem Toten gehört hatte, nutzte man nicht weiter. Ein ungeschriebenes Gesetz.

Niklas rümpfte die Nase. Irgendetwas roch unangenehm.

„Desinfektionsmittel", sagte Jasmin leise. Sie schien ihn beobachtet zu haben.

„Gestern Nachmittag wurde alles gründlich für Sie gereinigt."

Aus ihrer Handtasche zog sie ein iPhone hervor, tippte mit dem Zeigefinger und scrollte mit dem Daumen. Dann zeigte sie Niklas ein Bild.

Er erkannte seinen neuen Arbeitsplatz kaum wieder.

Blumengebinde und Trauerkarten zeugten stumm vom Entsetzen und von der Anteilnahme der Kollegen. Auf dem Monitor lagen kleine Kieselsteine. Niklas entdeckte auch die schwarze Rose, die als Einziges die Säuberungsaktion überlebt hatte.

„Ich habe gestern Abend alles zu seiner Witwe gebracht."

„Meine Frau hängt Rosen immer mit dem Kopf nach unten auf, ehe sie verblühen", während er es aussprach, fragte er sich, ob er von Hanna nun nicht besser in der Vergangenheit sprechen sollte. „Dadurch bleibt die Blüte sehr lange in diesem Zustand."

Ob seine Kollegin überhaupt hörte, was er sagte?

Wortlos nahm sie ihr iPhone zurück und verstaute es an seinem Platz.

Jasmins Magen knurrte und unterbrach die peinliche Stille. Niklas fragte sich, wann sie wohl zuletzt gegessen hatte. Wenn er selbst angespannt war, vergaß er es zuweilen auch.

Er öffnete seine Aktenmappe, holte die orangefarbene Plastikbox hervor, die ihm seine Mutter mitgegeben hatte, und schob sie kommentarlos zu Jasmin hinüber.

Für einen Moment verharrte Jasmin, dann öffnete sie die Schatulle.

In einer Mischung aus Lustlosigkeit und Notwendigkeit biss sie einmal in das Leberwurstbrot und legte es sogleich wieder zurück.

Niklas kümmerte sich um seinen Computer und die Softwarezugänge. Die Zeit würde kommen für ein Gespräch.

Auch Jasmin schaltete nun ihren Rechner ein.

Abgesehen vom Summen der Festplatten kein Geräusch im Büro, endlose Minuten lang.

Ein Telefonklingeln unterbrach schließlich die Stille. Niklas hob ab, aber hörte lediglich ein Freizeichen.

Jetzt meldete sich Jasmins Apparat.

„Rufumleitung", sagte sie, zuckte kurz entschuldigend mit den Schultern und meldete sich mit Dienstgrad und Nachnamen.

Nachdem sie kurz zugehört hatte, fragte sie „Wo?" und „Wann?" und machte sich in mikroskopisch kleinen Buchstaben Notizen auf ihrer Schreibunterlage.

„Wir kommen sofort."

Sie legte auf.

„Sieht nicht so aus, als hätten Sie Zeit für eine geruhsame Einarbeitung."

„Was ist passiert?"

„Ein Rentner hat bei einem Morgenspaziergang eine Leiche gefunden. Am Teltowkanal. Ein Streifenwagen ist bereits dort. Zimmermann möchte, dass wir uns darum kümmern."

Niklas ertappte sich dabei, dass er erleichtert darüber war, seine Gedanken nun mit etwas anderem beschäftigen zu können.

„Die Leiche ist verstümmelt", sagte sie, während sie mit einer raschen Bewegung die Plastikbox mit dem Leberwurstbrot in ihrer Handtasche verschwinden ließ.

Dann machten sich die beiden auf den Weg.

5. Kapitel

Ende Mai

Ein muskulöser Oberkörper, eine markante Nase und fesselnde Augen.

So stellte sich Sabrina Lampe einen Spartaner vor. Dazu der Name ‚Alexandros'. Natürlich hatte sie sofort an Alexander den Großen gedacht, den kraftvollen und selbstbewussten Makedonier, der im Handstreich die antike Welt bezwungen hatte.

Der Alexandros, der nun vor ihr saß, entpuppte sich als das glatte Gegenteil ihrer Assoziationen.

Sein Gesicht kreisrund; das Haar sehnte sich nach Schuppen-Shampoo. Öffnete er den Mund zum Sprechen, entblößte er krumme und leicht gebräunte Zähne. Sein Atem roch penetrant nach Tabak und Teer.

Und klein war er. Zumindest das hätte für Sabrina kein Problem dargestellt: Selbst nur knapp über anderthalb Meter, hatte es sich in der Vergangenheit als äußerst unpraktisch erwiesen, sich für einen deutlich größeren Partner zu entscheiden.

Alexandros' Körperfülle ließ Sabrina schaudern.

„Ich möchte nicht die Welt erobern, sondern lediglich dein Herz", so hatte er es in seinem Profil formuliert, der Mann mit dem Nickname ‚Spartaner'. Sabrina schloss gerade die Tore und zog die Mauern hoch: Ihr Herz wurde zur Festung. Undurchdringlich, unbezwingbar. Sie würde stärker sein als Dareios III, der König der Perser.

„Ich habe eine Einbauküche", sagte Alexandros. „Alles selbst gemacht. Ich bin sehr geschickt mit meinen Händen."

Was hatte sich ihre Tochter Lara nur dabei gedacht, sie bei diesem Dating-Portal anzumelden?

Dies war der dritte Reinfall binnen 14 Tagen.

Ihre Höflichkeit erzwang ein Lächeln, das Alexandros' pausbäckiges Gesicht erstrahlen ließ.

Sabrina erschrak.

„Kochst du gerne?"

Warum, Lara, vereinbarst du ein Date für mich, mit jemandem, der nicht einmal ein Bild veröffentlicht?

„Äh, ja?"

Der Spartaner plapperte: „Wunderbar! Ich habe sogar Bilder von meiner Einbauküche dabei. Ich hatte mich nicht getraut, sie bei Traumpartner24.de zu posten. Aber jetzt, wo ich dich kennenlerne."

Er griff in die Innentasche seiner Jacke. Sabrina konnte gar nicht anders, als auf die Schweißflecken in seinen Achselhöhlen zu starren. Zu ihrer Erleichterung schob ihr Alexandros die Fotos vors Gesicht.

„Und du bist tatsächlich griechisch-stämmig?", fragte sie, während sie auf einen Hängeschrank aus Kiefernholz starrte.

„Aber nein, ich stamme aus Leipzig."

Sie hatte es anhand der Klangfarben der Vokale bereits erahnt.

„‚Alexandros' heiße ich wirklich. Mein Vater hatte ein Faible für die Antike. Meine Schwester heißt ‚Aphrodite'. Bin aber schon seit Jahren in Berlin."

Ein weibliches Pendant zu Alexandros würde ihr hoffentlich erspart bleiben.

Was war denn das für ein Fleck auf dem Foto?

Nein, Sabrina wollte lieber nicht darüber nachdenken.

Die Kellnerin brachte ein Glas Wasser mit einer Scheibe Zitrone für Sabrina, eine heiße Schokolade und ein Stück Schwarzwälder Kirschtorte für Alexandros.

Dieser steckte die Bilder wieder weg und widmete sich lieber der Kalorienbombe vor sich. Bereits nach wenigen Sekunden, Sabrina hatte einmal an ihrem Glas genippt, war die Torte im Spartaner versenkt.

Gleich würde er sicherlich ein weiteres Kuvert hervorholen: die Inneneinrichtung seines Schlafzimmers, ebenfalls mit einigem ‚Selbstgebasteltem'.

Kleine blonde Frauen weckten Beschützerinstinkte bei Männern. Beruflich nutzte Sabrina dies oft zu ihrem Vorteil, im Moment verteufelte sie diesen Umstand.

Sabrina wollte nur noch weg, raus aus dem Café.

Ihr rechtes Auge juckte. Verdammt. Hatte sie ihre Kontaktlinse falsch herum eingesetzt?

Sie durfte auf keinen Fall …

Aber da war es bereits passiert.

Und er? Er blinzelte zurück.

Panik stieg in ihr hoch.

Ein klares ‚Nein' kam ihr nicht über die Lippen. Das brachte sie nicht übers Herz.

Was nun?

Sie gähnte.

Und im selben Augenblick erschrak sie erneut. Konnte er auch das missdeuten?

Um vier Uhr nachmittags?

„Ich bin auch müde", sagte er. „Ich wohne in Lichtenrade. Und ich bin mit dem Auto hier. Magst du weitere Fotos sehen? Ich habe mir heute ansonsten nichts mehr vorgenommen."

„Lieber ein anderes Mal."

Was? Hatte sie eben ‚ein anderes Mal' gesagt?

Verdammt.

Sabrina trank das Wasser in einem Zug aus und wünschte sich, es wäre Wodka.

Unruhig rutschte sie auf ihrem Stuhl hin und her.

Sie erkannte Vorfreude im Gesicht des Spartaners, er leckte sich über die Lippen.

„Zahlen", rief er sogleich die Kellnerin und antwortete „Getrennt", als diese nach der Art der Rechnung fragte.

Als Sabrina in der Handtasche nach ihrem Portemonnaie suchte, fiel ihr Blick auf ihr Handy.

Die Rettung.

„Oh, ein Anruf", log sie, schaltete das Telefon ein und hielt es ans Ohr.

„Ach, du meine Güte. Das ist ja schrecklich. Klar, ich komme sofort. Ich bin in wenigen Minuten bei dir."

„Was ist denn los?"

Ein Schokolade-Schnurrbart war das Einzige, was von seinem Getränk übrig geblieben war.

„Meine Tochter. Sie sagt, sie ist, ähem, hingefallen. Mit dem Kopf gegen – den Toaster geknallt. Der Krankenwagen hat sie in die Klinik gebracht."

Was ist denn das für eine blöde Ausrede, Sabrina?

„Ohje, wie alt ist die Kleine denn?"

„Fünfzehn."

Mist, mit ‚fünf' hätte ich mehr Mitleid erregt.

„Ich muss zu ihr."

„Demnach verschieben wir die Wohnungsbesichtigung?"

„Ja", sagte Sabrina fröhlich – und biss sich auf die Unterlippe; sie musste doch einen besorgten Eindruck machen, schließlich hatte sich ihre Tochter gerade eben am Kopf verletzt.

„Das freut mich sehr", meinte Alexandros. „Wollen wir gleich einen neuen Termin ausmachen?"

„Ich melde mich", sagte Sabrina, kaum hatte der Spartaner die Frage ausgesprochen.

Hoffentlich fragte er sie nun nicht nach ihrer Telefonnummer.

„Deine Nummer habe ich ja schon gegoogelt."

Lara hatte ihm tatsächlich ihren Nachnamen genannt?

Na warte, Lara, lass mich mal nach Hause kommen. Und sofort fiel ihr ein, wie sie sich revanchieren konnte.

„Sehr interessanter Beruf, den du da hast."

Jajaja, wie oft hatte sie diesen Satz bereits gehört.

„Privatdetektivin.“

Hörte sich aufregender an, als es war.

Sie nahm das Wechselgeld der Kellnerin entgegen. Diese presste sich mürrisch ein kaum zu verstehendes „Auf Wiedersehen“ heraus; ihre Art, das fehlende Trinkgeld zu kommentieren, an das Sabrina in der Aufregung nicht gedacht hatte.

„Ich muss nun wirklich los.“

„Kannst mir ja nächstes Mal davon erzählen.“

Wie konnte sie sich nur aus der Affäre ziehen?

„Ich brauche frische Luft.“

Sie rauschte hinaus, Alexandros schnaufend hinterher. Zur Verabschiedung vor der Tür des Cafés beugte er sich nach vorn und wollte ihr ein Schokolade-Küsschen geben. Der Zigaretten-Gestank trieb Sabrina zurück, abwehrend streckte sie eine Hand aus. Alexandros schüttelte diese.

„Bis dann“, grinste er, zündete sich eine Zigarette an, zwinkerte ihr noch einmal zu und wackelte hoch erfreut von dannen.

Sabrina schloss die Augen, atmete langsam ein und aus und konzentrierte sich auf sich selbst.

„Ist alles in Ordnung mit Ihnen?“

Eine tiefe Stimme riss sie aus ihren Gedanken.

Ein glatzköpfiger, älterer Herr blickte sie besorgt an.

Wozu brauchte sie ein Dating-Portal?

Es genügte, sich auf den Bürgersteig zu stellen und die Augen zu schließen.

Schon kamen die Männer an.

„Ja, danke.“

Sie drehte sich rasch um, ehe der Mann sie in ein Gespräch verwickeln und ihr Fotos von seiner Inneneinrichtung zeigen konnte.

Lara, das wirst du mir büßen, du wirst noch heute den Account bei Traumpartner24.de löschen.

Kein ‚Spartaner‘ mehr, kein ‚TollerHecht‘ und ein ‚SupermannKönigsWusterhausen‘ schon gar nicht.

Nach wenigen Minuten drehte sie sich einmal um die eigene Achse.

Wo hatte sie ihr Auto abgestellt?

Da fiel es ihr ein. Die nächste Querstraße rechts.

Sie stieg in ihren roten Golf, legte ‚Die Toten Hosen' in den CD-Player und drehte die Lautstärke voll auf. Das brauchte sie jetzt.

Eine alte Frau am Straßenrand starrte grimmig ins Wageninnere. Sabrina setzte ihre freundlichste Miene auf, lächelte die Alte an und fuhr los.

Zuhause, in Schöneberg, in der Motzstraße, fehlte es an Parkplätzen, mal wieder. Sie gurkte mehr als 15 Minuten umher, bis sie endlich Erfolg hatte.

Campino grölte etwas von einer Horrorshow, sie brachte ihn abrupt zum Schweigen.

Vor dem Bestattungsinstitut steht der Wagen, Sabrina, ‚Himmlischer Frieden', das wirst du dir wohl bis morgen oder übermorgen merken können.

Kürzlich hatte sie zwei geschlagene Stunden nach ihrem Golf gesucht, dabei parkte er direkt vor ihrem Hauseingang.

Du führst zu viele Selbstgespräche, Sabrina.

Ihr Blick streifte einen Kiefernholzsarg, der sie an Alexandros Einbauküche zurückdenken ließ, und einen Werbe-Aushang, der die Vorteile einer Sterbeversicherung anpries.

So weit bin ich dann doch noch nicht.

Zu Kaiser's, ich muss noch zu Kaiser's. Dir werde ich es zeigen, Lara.

Im Supermarkt am Nollendorfplatz griff sie nach einem Körbchen, eilte zielsicher durch die Regale und packte ein.

Feine Putenwurst, Prager Schinken, eingelegter Knoblauch, drei verschiedene Antipasti, Ferrero Rocher, Edle Tropfen in Nuss ‚Weiße Spezialitäten'.

Das sollte genügen. Lara, ich komme.

Noch ein paar Schälchen Sheba, wenn sie schon mal hier war: saftige Filets mit Truthahn in Gelee und Gegarte Filets mit Lachs in Soße.

Alles für die Katz.

Vor der Kasse, als sie sich nach einer Plastiktüte bückte, riss sie versehentlich mit ihrer Handtasche drei Fläschchen Kräuterlikör aus dem Regal. Der Kunde hinter ihr fing sie geschickt auf und ließ dabei seinen TetraPak Milch fallen. Der TetraPak platzte, der Mann fluchte. Er erinnerte sie an einen Zirkusartisten, dem sein Jonglage-Kunststück missglückt war.

Die Kassiererin sah den Mann in der Milchlache strafend an.

„Ich komme sofort. Kassiere nur noch die Dame zu Ende."

Der aufmerksame Mann hinter ihr musste jetzt also warten. Sie sah ihn schulterzuckend an. Irgendwie tat er ihr nun leid, wie er dastand, immer noch die grünen Fläschchen in der Hand. So wie ihn die anderen Kunden ansahen, hielten sie ihn wohl für einen der Alkis, die hier ständig einkauften und sich anschließend bei dem kleinen Eck-Imbiss neben dem Supermarkt betranken.

Attraktiv sah er aus, markantes Gesicht, schön geschnitten.

Irgendwie … makedonisch.

„Kalimera", entfuhr es Sabrina und ihr Gegenüber grüßte tatsächlich auf die gleiche Art und Weise.

Sein vorwurfsvoller Blick wich einem Lächeln, als er Sabrina in die Augen sah.

Es passierte schon wieder!

Schimpfend drängte sich nun die Kassiererin mit einem Lappen an ihr vorbei, ging vor dem Kunden auf die Knie und wischte hektisch zwischen seinen Füßen.

Sabrina verließ den Laden. Für heute hatte sie genug von Männerbekanntschaften.

6. Kapitel

Anfang Juni

Niklas Steg sah zu, wie die Sanitäter die Trage mit Herrn Meisner in den Fond des Krankenwagens hievten und hinter dem Rentner die Türen schlossen.

Armer Kerl.

Hoffentlich erholte er sich von dem Schock.

Unwillkürlich musste Niklas an seine Eltern denken. Sofort hatte er ein schlechtes Gewissen, weil er sie allein gelassen hatte. Doch sein Verstand sagte ihm, dass er alles für sie unternahm, was ihm möglich war. Er durfte keinesfalls vergessen, dass er auch ein eigenes Leben führte. Und dass es auch andere Pflichten gab.

Die emsigen Beamten um ihn herum führten ihm dies vor Augen.

Niklas betrachtete die Szenerie. Ein verwilderter Uferabschnitt am Teltowkanal, wie es einige gab. An der Isar waren Niklas solche verwahrlosten Gelände sehr selten aufgefallen. Das Summen von Wespen und das Zirpen einer Grille versuchten, ihm eine trügerische Idylle vorzuspielen.

Seine neue Kollegin trat unruhig von einem Fuß auf den anderen.

„Wir sollten uns jetzt die Leiche ansehen, Frau Ibscher."

Kaum hatte er den Satz ausgesprochen, griff Jasmin bereits nach der Schutzkleidung, die ihnen die Spurensicherung bereitgestellt hatte. Sie schlüpfte hinein, klappte die Kapuze nach vorn und legte sich einen Mundschutz um.

Niklas war überrascht über ihre Schnelligkeit und folgte ihrem Beispiel.

Jasmin war es auch, die voranschritt und als erste das von Unkraut überwucherte Industriegebäude betrat.

Blitzlichtgewitter in der Ferne zeigte ihnen sofort, in welche Richtung sie sich wenden mussten.

Das Tageslicht hinter ihnen tauchte die Büro- und Lagerräume, die sie durchschritten, in ein schemenhaftes Halbdunkel. Bald gesellte sich von vorne künstliches Licht dazu, die Kollegen schienen den Fundort auszuleuchten. Es klickte, mehrmals in der Sekunde.

Und als sie um die letzte Ecke bogen, sahen sie auch ihre weißgekleideten Kollegen.

Kaum zu erkennen, ob es sich um Frauen oder um Männer handelte, die da knieten, standen, pinselten und fotografierten.

Eine Person stand auf, als sie die Neuankömmlinge entdeckte, und kam auf sie zu.

Niklas wies sich aus und sein Gegenüber stellte sich vor: „Andrea Link."

Niklas' Blick glitt weiter zu der Leiche, die inmitten des ungenutzten Lagerraums lag, zwischen halb vermoderten Holzpaletten.

Nackt.

Verstümmelt.

Fliegen surrten umher.

Der Mundschutz sollte Bakterien abhalten und dafür sorgen, dass sein Träger den Tatort nicht verunreinigte. Vor dem unsäglichen Gestank konnte er Niklas nicht bewahren.

Erfolgreich unterdrückte er einen Brechreiz.

Das rechte Bein des Toten endete unmittelbar am Knöchel. Der Fuß lag daneben. Bissspuren.

„Der Hund hatte ihn gefunden. Wir hatten große Mühe, ihm seine Beute abzunehmen", kommentierte Andrea Link.

Niklas' Blick wanderte weiter.

Der Tote war männlich, die Genitalien schienen unversehrt.

Vermutlich kein sexuelles Motiv, konstatierte Niklas.

Brust und Bauch sahen aus, als habe jemand dort Zigaretten ausgedrückt. Am linken Oberarm klaffte eine riesige Wunde.

„Der Zeigefinger der rechten Hand fehlt. Wir haben ihn noch nicht gefunden."

„Könnte das der Hund gewesen sein?"

„Wäre möglich."

„Sollte mit Röntgen schnell festgestellt werden können."

Messerspuren im Gesicht, eine davon direkt unter dem linken Auge. Eines der Ohren wirkte verstümmelt.

Die grausamste Stelle folgte zuletzt; Niklas kam nicht mehr umhin, sich die vermutliche Todesursache anzusehen.

Der gespaltene Schädel.

Vom Scheitel bis zur Nasenwurzel.

Ein kraftvoll und geradlinig geführter Hieb, vermutlich mit einer Axt.

Dazwischen Teile des Gehirns, getrocknetes Blut und – bei genauem Hinsehen – krabbelte etwas darin.

Niklas war froh, dass er nichts gefrühstückt hatte.

Es fiel ihm schwer, sich die ursprünglichen Gesichtszüge vorzustellen: Stets drängte die entstellte Realität die Vorstellung zurück.

Niklas hatte genug gesehen.

Er wollte nur noch an die frische Luft.

Begleitet von Jasmin verließ er das ehemalige Fabrikgebäude.

Draußen streifte er sich die Schutzkleidung ab und atmete tief durch.

Als er aufsah, entdeckte er, dass Jasmin bereits mit dem Entkleiden fertig war und ihn beobachtete.

„Sieht alles andere als schön aus, unsere erste gemeinsame Leiche", sagte sie.

Dann kramte sie in ihrer Handtasche nach der orangefarbenen Plastikbox, holte Niklas' Leberwurstbrot heraus und biss herzhaft hinein.

7. Kapitel

Ende Mai

Sabrina Lampe lehnte die Kaiser‘s-Plastiktüte unterhalb der Briefkästen an die Wand, damit sie nicht umkippen konnte. Danach öffnete sie die kleine Tür und es flogen ihr ein Anzeigenblatt, mehrere Supermarktprospekte und zwei Briefe entgegen. Sie bückte sich, um alles wieder aufzuheben. Beim einen Brief handelte es sich um eine Stromrechnung, der andere war ohne Absender.

Sie hatte eine Ahnung.

Mit dem Zeigefinger ritzte sie einen Schlitz ins Kuvert und fischte ein Blatt Papier heraus, das sie auseinanderfaltete.

Aus einer Zeitung ausgeschnittene Buchstaben formten eine Botschaft:

EINE LAMMPE LESST SICH AUCH AUSKNISPEN.

ICH BEOBACHDE DICH.

Als sie hinter sich ein Quietschen hörte, steckte sie das Blatt rasch zurück in den Umschlag.

„Ah, Sie waren bei Kaiser‘s.“

Da wohnte ja noch eine weitere Detektivin im Haus. Es roch deutlich muffiger im Treppenhaus, seit Frau Schimmelpfeng ihre Wohnungstür geöffnet hatte.

„Plastiktüten. Sie wissen schon, dass die schlecht für unsere Umwelt sind, Frau Lampe?“

Ehe Sabrina reagieren konnte, fuhr Frau Schimmelpfeng bereits fort.

„Im Pazifik treibt bereits ein riesiger Plastikmüll-Strudel, größer wie Europa.“

Größer als, dachte Sabrina, schwieg aber lieber.

„Kam erst letztens im Fernsehen. Wussten Sie das, Frau Lampe?“

Sabrina steckte Briefe und Prospekte schnell in ihre Handtasche und nahm ihre Tüte auf.

Hoffentlich kam die Schimmelpfeng nicht schon wieder darauf zu sprechen, dass Lara angeblich zu laut Musik hörte.

Frau Schimmelpfeng kniff die Augen zusammen.

„Gestern hat jemand Altglas mitsamt der Tüte in den Container geworfen. Das ist mir bei der Durchsicht des Mülls aufgefallen."

Wie wäre es mit einem Hobby, herzallerliebste Nachbarin?

Canasta. Rommé. Russisches Roulette.

„Die war auch von Kaiser's."

Frau Schimmelpfeng sah Sabrina vorwurfsvoll an.

„Ich war's nicht", sagte sie und ärgerte sich sogleich, dass sie sich in eine Rechtfertigungshaltung hatte treiben lassen.

Frau Schimmelpfeng sah nicht so aus, als ob sie ihr glauben wollte.

Sabrina wollte an ihr vorbei, in ihre Wohnung im ersten Stock; Frau Schimmelpfeng trat ihr in den Weg.

Hätte Sabrina eine Hand freigehabt, so hätte sie sich die Nase zugehalten.

Aus Frau Schimmelpfengs Wohnung roch es, als wäre dort eine Lepra-Kolonie.

„Aber das ist es nicht, warum ich Sie sprechen wollte."

Aha, also doch die Musik!

Täuschte sie sich, oder war gerade eben Frau Schimmelpfengs Gebiss hin und her gerutscht?

Sie verdrängte den Gedanken daran, starrte an der Nachbarin vorbei, nach oben ins Treppenhaus.

„Es geht um meinen Neffen."

Was? Die hat Verwandte? Ich habe noch nie welche gesehen.

„Er besucht mich nie."

Vermutlich weiß er nicht, wo er sich eine Atemschutzmaske und Ohrstöpsel besorgen kann.

„Aber wir telefonieren öfters."

Ja, das ist sicherer.

„Doch neuerdings wimmelt mich die Nadine immer ab."; sie sprach den Vornamen mit einem ‚e' aus.

Mich wundert eher, dass sie keine Geheimnummer beantragt hat, dachte Sabrina.

„Ich war von Anfang an gegen die Heirat, auf mich hört ja keiner. Wie lange wohnen Sie jetzt hier, Frau Lampe? Zwei Jahre?"

„Acht."

„Da kann man sich doch langsam vertrauen. Wir sind uns ja selten in die Quere gekommen."

Wie sagte schon Albert Einstein? Alles ist relativ!

„Sie sind doch Privatdetektivin, Frau Lampe."

Klar wusste sie das. Frau Schimmelpfeng wusste alles hier im Haus. Über jeden.

Sabrina nickte. Die Tüte wurde ihr zunehmend schwerer, Sabrina stellte sie wieder ab und lehnte sie gegen das Treppengeländer.

„Ich wusste zwar nicht, dass auch Frauen das lernen können, und Sie sahen mir schon immer etwas mickrig aus, aber ich dachte mir: besser als nichts."

Komplimente konnte sie verteilen, das musste man ihr lassen.

Frau Schimmelpfeng beugte sich nach vorn und ihr Atem erinnerte Sabrina an den des Spartaners.

„Wir müssen das nicht im Treppenhaus besprechen."

Sie rollte mit den Augen: „Es gibt Nachbarn, die lauschen."

Willkommen im Club!

Mit ihrer rechten Pranke griff Frau Schimmelpfeng nach dem Ärmel von Sabrinas Bluse.

„Kommen Sie doch kurz zu mir herein."

Nein!, schrie alles in Sabrina auf. Ich will da nicht hinein. Ich werde nie mehr daraus zurückkehren.

„Ähm, meine Tochter wartet. Wir wollten kochen."

Sie suchte nach einer weiteren Ausrede.

„Und danach ins Theater. Wir sind schon spät dran."

Bitte, lass meine Bluse los. Ich möchte dich nicht anfassen und deine dicken Finger lösen müssen.

„Sie hat Besuch."

„Wer? Nadine?"

Mist, jetzt hatte sie es ebenfalls mit einem ‚e' ausgesprochen.

„Nein, Ihre Tochter. Laura."

„Lara."

„Ja, Laura."

„Dieser magere Junge ist nachmittags zu ihr nach oben. Sah mir nicht fürs Theater gekleidet aus."

Bitte, ich will einfach nur nach Hause!

Moment, Mojito war oben?

‚Sturmfreie Bude' nutzen, Lara, ja?

Na, warte.

„Es ist mir sehr wichtig, Frau Lampe."

Sabrina verstand nicht.

„Mein Neffe."

Ach so, jetzt ging es wieder um den.

„Kommen Sie doch morgen früh gleich zu mir runter. Ich weiß, morgen ist Sonntag. Aber es ist wirklich dringend."

Trotz starken Widerwillens erkannte Sabrina Sorge in Frau Schimmelpfengs Blick, große Sorge.

„Also gut", sagte sie und bereute es im selben Augenblick.

Aber in die Lepra-Höhle bringen mich keine zehn Pferde.

„Besser, Sie kommen zu mir nach oben. Neun Uhr?"

„Ich stehe ja schon um halb sieben auf."

Ihre Blicke trafen sich und fochten ein Duell aus.

„Acht", lenkte Sabrina schließlich ein.

„Also gut", antwortete Frau Schimmelpfeng. „Ich trinke meinen Kaffee mit Süßstoff und fettarmer Milch."

Erst als Sabrina nickte, ließ die Nachbarin die Bluse los und trat einen Schritt zur Seite.

Rasch griff Sabrina ihre Tüte und drängte vorbei.

Als sie die halbe Treppe oben war, rief Frau Schimmelpfeng ihr etwas nach: „Ich bin dann um halb acht bei Ihnen!"

Sabrina kapitulierte.

8. Kapitel

Anfang Juni

Blitzlichtgewitter empfing Niklas Steg, als er am späten Nachmittag den Medienraum des Polizeipräsidiums betrat. Das Klicken der Kameras begleitete seine Schritte, während er sich hinter Tatjana Kosinsky, der Pressesprecherin, und dem Ersten Kriminalhauptkommissar Zimmermann dem Rednerpult am Kopfende des Saals näherte.

Kosinsky, in ein dunkelblaues Businesskostüm gekleidet, setzte sich elegant auf den rechten Stuhl. Eine attraktive Frau um die Fünfzig, langes blondes Haar, sehr freundlicher, doch geschäftsmäßiger Gesichtsausdruck. Sie hätte ebenso gut ein Atomkraftwerk oder ein DAX-Unternehmen vertreten können.

Zimmermann presste seinen Körper in den mittleren Stuhl. Für einen Augenblick spiegelte sich Unmut in seinem Gesichtsausdruck wider: Die Enge zwischen den Armlehnen schien ihn zu quälen.

Niklas nahm links Platz.

Mit einem raschen Griff zur Krawatte prüfte er, ob diese richtig saß.

Obwohl er vor der Tür nicht mehr als ein paar Worte mit Kosinsky gewechselt hatte, glaubte er, diesen Typ Frau ganz genau zu kennen. Ohne es sich anmerken zu lassen, genoss sie die Aufmerksamkeit, die ihr die anwesenden Reporter widmeten, daran hatte Niklas keinen Zweifel. In aller Seelenruhe wartete Kosinsky ab, bis die Klickgeräusche und das Stimmengemurmel im Medienraum abebbten.

Stille.

„Meine Damen und Herren, ich begrüße Sie im Namen des Polizeipräsidenten von Berlin zur kurzfristig anberaumten Pressekonferenz."

Kosinsky stellte sich und ihre beiden Begleiter vor, ehe sie fortfuhr.

„Wir werden Ihnen Auskunft geben über eine Leiche, die heute Morgen am Wulfilaufer in Höhe der Alarichstraße am Teltowkanal gefunden wurde."

Niklas beobachtete, wie einige der Journalisten sich Notizen machten oder etwas in ihre Smartphones tippten. Rechts außen entdeckte er seine Kollegin Jasmin Ibscher, die aufmerksam das Geschehen im Saal verfolgte, in ihrer Hand ein Diktiergerät.

Zimmermann räusperte sich; für Kosinsky das Signal, den Vorgesetzten übernehmen zu lassen.

„Notwendig wurde diese Veranstaltung, weil bereits erste Gerüchte über den Toten durch die Redaktionen geistern", seine Betonung ließ keinen Zweifel daran, dass er seine Worte als Vorwurf meinte.

Noch draußen vor der Tür hatte Zimmermann die Reporter als Schmeißfliegen bezeichnet, nicht besser und nicht schlechter als die, die sich alsbald auf frischen Leichen versammelten und ihre gefräßige Brut dort hinterließen.

„Wie Sie alle wissen, bin ich ein Freund von Offenheit und Transparenz."

Das konnte Zimmermann nur ironisch gemeint haben.

„Deswegen möchten wir Ihnen gerne", er betonte das letzte Wort, „mitteilen, was wir bisher an Fakten zusammengesammelt haben."

Niklas glaubte schon, Zimmermann schaffte es ohne einen weiteren Seitenhieb auf die versammelte Presse, da legte dieser nach: „Ehe einige weniger vorbildliche Vertreter Ihrer Zunft am Tatort herumtrampeln, Spuren verwischen und die Arbeit der Polizei behindern."

Der Generalverdacht blieb unüberhörbar.

Niklas beobachtete Kosinsky. Sie musste die undiplomatische Vorgehensweise Zimmermanns als ein einziges Desaster empfinden. Doch blieb sie ruhig, ihr Pokerface zeigte keine Regung.

Vielleicht handelte es bei den beiden aber auch um ein längst eingespieltes Team: good cop – bad cop.

„Wir haben die Sonderkommission ‚Alarich' eingerichtet und ich habe Herrn Kriminalhauptkommissar Steg mit der Leitung betraut."

Niklas sah, wie sich die Blicke der Anwesenden auf ihn richteten. Da Zimmermann schwieg, schien es nun an ihm zu sein, die bisherigen Fakten des Falls zusammenzufassen.

Bei seinen ersten freien Reden in der Öffentlichkeit, die er damals in München gehalten hatte, war es ihm weder gelungen, das Vibrieren seiner Stimme zu unterdrücken, noch das Zittern seiner linken Hand zu verbergen. Nach all den vielen Jahren und Dutzenden von Pressekonferenzen war die Aufregung längst der Routine gewichen.

„Guten Tag."

Er nickte den Reportern zu, dann sprach er ruhig und selbstsicher die Worte, die er sich im Vorfeld in Gedanken zurechtgelegt hatte: „Heute Morgen, gegen sieben Uhr dreißig, wurde an besagter Stelle in einem verlassenen Industriegebäude von einem Rentner beim Spaziergang mit seinen Hunden die Leiche eines Mannes entdeckt. Ein Jogger, der den völlig verstörten Herrn am Teltowkanal antraf, hat schließlich die Polizei informiert."

Niklas' Mund fühlte sich trocken an. Er nahm einen Schluck aus dem bereitstehenden Wasserglas und fuhr fort.

„Der Tote ist vermutlich um die dreißig Jahre alt und definitiv einem Gewaltverbrechen zum Opfer gefallen. Die Ursache seines Todes möchten wir aus ermittlungstaktischen Gründen zu diesem Zeitpunkt noch nicht bekannt geben. Nach einer bereits erfolgten Erstuntersuchung in der Rechtsmedizin gehen wir aufgrund des Verwesungszustands davon aus, dass der Mann vor etwa drei bis fünf Tagen ums Leben kam. Der Tote trug keine Dokumente bei sich, die Rückschlüsse auf seine Identität zulassen. Erste Abgleiche mit der Datenbank über vermisste Personen in Berlin und Brandenburg haben keine Ergebnisse erbracht."

Niklas beschloss, dass sich die Reporter mit diesen Informationen zufriedengeben sollten. Ein Blick zu Zimmermann bestätigte ihm, dass dieser der gleichen Ansicht war. Zimmermann nickte und Niklas glaubte, ein leises Ächzen von Zimmermanns Stuhl zu vernehmen.

„Danke, Herr Steg", sagte Kosinsky und wandte sich anschließend an die Presse: „Selbstverständlich stehen wir für Ihre weiteren Fragen zur Verfügung."

Wieder erhellten Blitzlichter den Medienraum, wieder erklang eine Kakophonie klickender Kameras.

Hände wurden nach oben gestreckt und Kosinsky erteilte via Blickkontakt und Zunicken das Wort.

„Mark Sträter, Hauptstadtradio", gab sich der erste Ausgewählte zu erkennen. „Entspricht es den Tatsachen, dass der Tote durch einen Axthieb ums Leben kam?"

Verdammt, wie konnte dies bereits durchgesickert sein?

Niklas hoffte, dass sein Erschrecken und sein kurzes Zögern nicht zu erkennen gewesen waren.

„Das können wir zu diesem Zeitpunkt nicht bestätigen."

Aber der Reporter ließ sich durch die Floskel nicht abwimmeln.

„Können Sie es denn dementieren?"

„Wir können im Moment noch keine Aussage zur Todesursache machen."

„Sie können es also nicht dementieren", konstatierte Sträter und schrieb etwas in seinen Block. Aus den Augenwinkeln heraus beobachtete Niklas, dass auch Jasmin sich Notizen machte.

Sträter hob erneut den Kopf und schob ein „Wurde die Tatwaffe am Tatort gefunden?" hinterher.

„Dazu kein Kommentar", schaltete sich Kosinsky ein und erteilte rasch einer anderen Journalistin das Wort, ehe Sträter weiter nachbohren konnte.

„Mein Name ist Gabriele Feldmann, n-tv.", die Reporterin hielt ein iPhone in der Hand, das Display leuchtete. „Ich lese gerade, dass Sie noch vor wenigen Tagen für die Kriminalpolizei in München gearbeitet haben, Herr Steg. Was war der Grund für Ihren Wechsel? Fühlen Sie sich einem solchen Fall bereits gewachsen? Und auch den besonderen Herausforderungen der Hauptstadt?"

Smartphones. Wie schnell sich heute alles recherchieren ließ.

Zimmermann räusperte sich. Die Blicke richteten sich auf ihn.

„Hätten Sie gründlicher gearbeitet, wäre Ihnen aufgefallen, dass Herr Steg hier in Berlin geboren wurde und auch aufgewachsen ist. Herr Steg hat in München – was im Übrigen auch nicht gerade ein Dorf ist – hervorragende Arbeit geleistet. Die Ursache seines Wechsels zum LKA Berlin ist privater Natur. Ich habe Herrn Steg mit der Leitung der Soko ‚Alarich' betraut, weil er der beste Mann für den Job ist."

„Was ist mit Ihrem früheren ‚besten Mann', Herrn Marten? Gibt es neue Ermittlungsergebnisse? – Juan Marquez, von der Berliner Morgenpost."

Als der Name ‚Marten' fiel, ging ein Zucken durch Zimmermann, durch Jasmin ebenfalls. Niklas entdeckte glitzernde Schweißperlen auf Zimmermanns Stirn.

Kosinsky reagierte sofort: „Dies ist nicht Teil dieser Pressekonferenz. Wir werden hierzu, sobald wir es als notwendig erachten, eine eigene Pressekonferenz veranstalten."

Ein weiterer Journalist fragte nach dem Zustand des Rentners, der die Leiche gefunden hatte. Kosinsky konnte die Fragestellerin beruhigen, dass es dem Senioren – gemessen an den Umständen – gut ginge und er die erforderliche psychologische Betreuung erhielte.

Wenigstens interessierte sich von den ‚Schmeißfliegen' auch eine für die betroffenen Menschen, dachte Niklas, nicht nur für die reißerischen Schlagzeilen.

Danach wieder Fragen zur Leiche, zur Todesursache und zur Tatwaffe, gleichen Inhalts wie die vorhergehenden, nur anders formuliert.

Kosinsky blockte alle ab.

Schließlich beendete sie die Pressekonferenz, gemeinsam verließen die drei den Medienraum, Jasmin folgte ihnen.

Vor der Tür wischte sich Zimmermann mit einem Stofftaschentuch über die Stirn, Kosinsky sah ihn vorwurfsvoll an.

„Marten hatte einen guten Draht zur Presse", sagte sie, „Sie haben sich ebenfalls wacker geschlagen, Herr Steg."

Ob Zimmermann den Seitenhieb verstand, ließ er sich nicht anmerken. Er spielte bereits mit einer seiner Zigarren und trat nervös von einem Fuß auf den anderen.

Jasmin machte Niklas auf ihr Diktiergerät aufmerksam.

„Ich zeichne immer alles auf. Wer weiß, ob man später nicht mal benötigt, wer was in einer Pressekonferenz gesagt hat."

Niklas nickte. Sein Kollege in München hatte dies ebenfalls so gehandhabt.

„Ich muss zurück in mein Büro", sagte Zimmermann und alle drei wussten, weshalb.

Und kaum hatte sich auch Kosinsky verabschiedet, da vibrierte Niklas' Mobiltelefon, das er vor der Pressekonferenz stumm geschaltet hatte.

Andrea Link von der Spurensicherung meldete sich.

Am Tatort konnten Fingerabdrücke sichergestellt werden, teilte sie mit, zwei Stück. Ein Routineabgleich mit der Datenbank hatte sofort einen Treffer ergeben.

Einer der beiden Fingerabdrücke führte zu einem ungeklärten Mordfall in Hamburg.

9. Kapitel

Ende Mai

Als Sabrina Lampe ihre Wohnung betrat, glaubte sie, drüben im Wohnzimmer liefe eine Dokumentation über Zikaden oder Heuschrecken im Fernsehen. Doch wurde ihr rasch klar, dass es eher Reißverschlüsse sein mussten, die sie hörte.

Schnellen Schritts ging sie weiter, im Türrahmen zum Wohnzimmer verharrte sie.

Dort saß ihre Tochter auf der Couch und versuchte verzweifelt, ihren BH hinter dem Rücken zuzumachen. Neben ihr beugte sich ein junger, spindeldürrer Mann über die Sofalehne und griff nach einem schwarzen T-Shirt, das dort auf dem Boden lag. Schnell schlüpfte er hinein.

Gleichzeitig sprang Mielke auf, Laras roter Kater, der bis gerade eben noch auf dem Tisch gelegen hatte, und lief auf Sabrina zu, den Schwanz freudig nach oben gereckt. Er musste die Kaiser's-Tüte erkannt haben.

Lara fummelte immer noch an dem Verschluss herum, wenigstens half ihr ihr Freund nun. Sein T-Shirt flatterte dabei um seinen Oberkörper.

Rettet die Ozeane konnte Sabrina lesen, darüber sprühte ein Buckelwal Wasser in die Höhe.

Eigentlich müsste sich Mojito gut mit der Schimmelpfeng verstehen, dachte sie.

Mojito. Was für ein Name.

Mielke strich ihr um die Beine, Lara sah sie mit hochrotem Kopf an.

Mojito bückte sich nach Laras T-Shirt, Sabrina kannte es noch nicht: Weinrot, irgendetwas mit ‚Rain Forest' stand darauf geschrieben.

Sabrina ahnte, von wem Lara das Kleidungsstück hatte.

„Da bin ich ja gerade noch rechtzeitig gekommen."

„Es ist nicht so, wie es aussieht, Frau Lampe."

Sabrina fühlte sich augenblicklich wie in einer schlecht gescripteten Nachmittags-Pseudo-Reality-Show.

„Ach, ihr habt wohl die Sportschau geguckt und danach Trikot-Tausch gespielt, oder wie?"

Sie setzte gerade an, um ihrer Tochter zu geigen, was sie von der Situation hielt, doch ein Geräusch hielt sie davon ab; etwas riss; sie sah nach unten.

Mielke hatte seine Pfoten weit nach oben gereckt und kratzte gerade der Länge nach die Kaiser's-Plastiktüte auf.

Alles kullerte heraus. Auf dem Wohnzimmerteppich versammelten sich Putenwurst, Prager Schinken, Antipasti, Ferrero Rocher, die Schachtel ‚Edle Tropfen in Nuss' und dazwischen diverse Sheba-Schälchen, obenauf das Glas mit eingelegtem Knoblauch, zum Glück heil geblieben.

Mielke sah sie zufrieden an.

Konnten Katzen ein Siegerlächeln aufsetzen?

Beim Kater ihrer Tochter war sich Sabrina dessen gewiss.

Seiner Beute sicher, trottete er zu einem Schälchen mit der Aufschrift ‚Gegarte Filets mit Lachs in Soße' und setzte seine rechte Pfote darauf. Claim abgesteckt.

Auch bei Lara schienen die Reize zu funktionieren.

Mit großen Augen sah sie auf ihre Lieblingsspeisen.

Sehr schön. Wenigstens etwas.

Sabrina bückte sich und hob den in Plastikfolie eingewickelten Prager Schinken auf. Sie packte ihn aus und sofort entfaltete sich sein Aroma. Sich den Schinken unter die Nase haltend, atmete sie theatralisch ein. In ihrem Mund sammelte sich Speichel.

Wie mochte es da erst Lara ergehen?

„Mmmm."

Dann griff sie nach den Ferrero Rocher.

Mielke maunzte laut und vorwurfsvoll: Sabrina sollte sich um sein Sheba kümmern, um nichts anderes. Er schien so darauf fixiert, dass ihn im Moment noch nicht einmal der Duft des Schinkens reizte.

Konnte Werbefernsehen auch Katzen beeinflussen?

Wenn überhaupt, dann sicherlich Mielke.

Sabrina ignorierte den Kater und schritt zum Wohnzimmertisch. Dort drapierte sie den Prager Schinken so, als handele es sich um eine Opfergabe, auf einem Altar den Göttern dargebracht.

Lara beobachtete ihr Tun voller Erwartung und Neugier.

Prager Schinken. Sie liebte ihn.

Geräuschvoll öffnete Sabrina die Packung mit den Rocher, holte sich eines heraus und steckte es sich genüsslich in den Mund. Mielke begleitete dies mit einem zunehmend aggressiveren Miauen.

Beugte sich Lara gerade ein Stück nach vorn?

Ihre Augen huschten zwischen dem Schinken und den Rocher hin und her.

Zuckten ihre Finger?

Dann sah Lara zu Mojito und Sabrina wusste im selben Augenblick, dass sie verloren hatte. Ihre Racheaktion scheiterte, die beiden blieben sich einig.

„Ich habe dir doch gesagt, dass wir uns ab sofort nur noch fructan ernähren, Mama."

Während ihr selbst nicht gelang, ihren vorwurfsvollen Blick zu verbergen, sah Mojito sie einfach nur lächelnd an. Ohne Triumph. Ohne Genugtuung. Einfach nur ein bescheidenes Lächeln.

Und darüber ärgerte sich Sabrina am meisten!

Plötzlich hielt er einen Apfel in der Hand, größtenteils braun. Ob er früher rot oder grün gewesen war, konnte Sabrina nicht mehr erkennen.

Er teilte ihn liebevoll und reichte die eine Hälfte Lara.

Fast zeitgleich bissen beide zu.

Wie oft hatte Lara in den letzten Tagen von ihren neuen ethischen Maßstäben gesprochen.

Ethische Maßstäbe, pah!

Okay, zurück auf ‚Null'. Lauter werden. Energischer.

„Wie kommst du eigentlich dazu, mit meiner Tochter …"

Im selben Augenblick sprang ihr Mielke von hinten an die Wade.

Sie erschrak, stolperte und konnte sich gerade noch am Wohnzimmertisch festhalten.

Mielke, sich seiner Tat bewusst, flitzte sofort aus dem Raum. Ein roter Blitz. Er bog in Richtung der Küche ab. Ja, dort standen schließlich die Futternäpfe.

Ihre Tochter nutzte die Schrecksekunde: „Wie war dein Date?"

Sabrina schnaubte.

Jetzt fehlten ihr doch die Worte.

Außerdem schmerzte ihre Wade.

Keine Schwäche zeigen, erst einmal ankommen.

Sie sah die beiden Jugendlichen giftig an, dann drehte sie sich um. Ohne darüber nachzudenken, bückte sie sich nach der Sheba-Dose, die Mielke ausgewählt hatte, und brachte sie in die Küche.

Der Kater schnurrte, als sei nichts geschehen, und schmuste mit ihrer Hand, während sie mit einem Löffel das Futter in seinen Napf schabte.

Mielke schnupperte einmal daran, dann beschloss er, dass er es doch nicht mochte. Er hob den Kopf und trottete aus der Küche.

Hunde haben Herrchen, Katzen haben Personal.

Sabrina stöhnte auf.

Womit habe ich das alles verdient?

Wer war ich im letzten Leben, dass ich so viele böse Karmapunkte abarbeiten muss?

Josef Stalin?

Sie ging in ihr Büro und setzte sich an den Schreibtisch. Dort las sie noch einmal den Drohbrief, den sie vorhin aus dem Briefkasten gefischt hatte. Dann lochte sie ihn und heftete ihn zu den anderen.

10. Kapitel

Mitte Mai – Hamburg

„Das ist jetzt aber wirklich das letzte, das ich dir geben darf", sagte Hilde und stellte ein gekonnt gezapftes Glas Pils vor Sven Plank auf den Tresen.

Doch Sven, auf einem Barhocker sitzend, beachtete die wunderbare Schaumkrone gar nicht; stattdessen starrte er auf Hildes Brüste, die sie unbeabsichtigt präsentierte, als sie sich nach vorne beugte, um das Glas abzustellen.

Kugelrund, wohlgeformt, groß, so liebte er sie.

Er musste dringend mal mit seiner Frau Katja darüber reden. Vielleicht ließe sich da was machen.

Allerdings fehlte ihm das Geld, das so eine Operation kosten würde … Vielleicht fand er jemanden, der das preisgünstig abwickelte. Konnte ja kein allzu großer Eingriff sein. Aufschneiden. Silikon rein. Zunähen.

„Kümmer dich lieber um deine Rechnungen, als mir ständig auf die Möpse zu glotzen."

Er griff nach seinem Bier, trank, wischte sich den Schaum von der Oberlippe.

„Du hast Glück, dass Werner vormittags nie da ist. Der hat gesagt, ich soll dir nichts mehr geben."

„Werner ist ein alter Geizkragen."

„Du weißt, dass du ihm inzwischen über 150 Euro schuldest?"

„Jaja", die 150 Euro waren sein kleineres Problem.

„Normalerweise ist bei 100 Euro Schluss."

„Ich habe für ihn in der Vergangenheit einige Dinge erledigt."

„Deswegen drückt er ein Auge zu. Aber irgendwann geht das nicht mehr, Sven."

Verdammt. Das größere Problem kam gerade zur Kneipentür herein: Dinko Glisic. Er arbeitete für Liebkind. Und dem schuldete Sven erheblich mehr als nur 150 Euro.

Glisic blickte sich um und entdeckte den einzigen frühen Gast sofort.

„Ach, sieh mal einer an. Wen haben wir denn da?"

Wie Sven schnell erkannte, hatte er keine Chance mehr, das Lokal zu verlassen.

„Haben wir dir nicht gesagt, dass du hier nichts mehr zu suchen hast, Dinko?", Hildes Stimme hörte sich ängstlich an. Sie musste allen Mut für diese klare Ansage zusammengekratzt haben.

„Will dein Mann wieder ein blaues Auge haben, Hilde? Wo ist er denn?"

„Er kommt sicher gleich zurück. Er ist nur kurz raus gegangen."

„Nur kurz rausgegangen. Soso."

„Ich rufe einfach die Polizei. Wir wissen alle, dass du keine Aufenthaltserlaubnis hast."

„Ich glaube, das würde einigen deiner Stammkunden gar nicht gefallen, wenn du ihren Kumpel verpfeifst. Außerdem wollte ich nur mit meinem lieben Freund Sven ein Glas Bier trinken. Zapfst du mir auch ein Pils, Hilde?", Glisic sprach perfektes Hochdeutsch, gleichzeitig war sein serbischer Akzent unüberhörbar.

Er legte einen 10-Euro-Schein auf den Tresen.

„Das Bier von Sven geht auf mich. Der Rest ist Trinkgeld."

Nach kurzem Zögern nahm Hilde das Geld und widmete ihre Aufmerksamkeit der Zapfanlage.

Glisic stellte sich neben Sven und legte seinen Arm von hinten um dessen Oberkörper, seine Hand umschloss Svens Oberarm und drückte kräftig zu.

„Na, alles gut verheilt?"

Natürlich wusste Sven, dass Glisic darauf anspielte, dass er ihm vor anderthalb Jahren den Arm gebrochen hatte, aber er ignorierte die Frage.

„Liebkind hat schon Sehnsucht nach dir, Sven."

Sven überlegte panisch, wie er sich aus Glisics festem Griff winden könnte.

Glisic war mindestens zehn Zentimeter größer als er. Außerdem sahen Brustkorb und Oberarme so aus, als verbrächte er die Hälfte seiner Wachzeit im Fitnessstudio.

„Weißt du, welchen Tag wir heute haben, Sven?"

Hilde brachte Glisics Bier.

„Stell es einfach hier ab. Und dann hast du doch sicher was am Spülbecken zu tun, oder?"

Hilflos sah Hilde zu Sven, dann drehte sie sich weg.

„Nun, welcher Tag, Sven?"

„Ähm, Freitag?", fragte Sven leise.

„Genau. Freitag. Sehr gut."

„Weißt du noch, bis zu welchem Tag du Liebkind das Geld hättest zurückgeben sollen?"

Sven schwieg.

„Dann sage ich es dir: Es war Dienstag."

Auf dem Barhocker hin- und herrutschend prüfte Sven, ob er sich aus Glisics Umklammerung lösen könnte. Doch es führte lediglich zu dem Ergebnis, dass Glisic seinen gesamten Körper noch enger an Sven schmiegte.

Mit der freien Hand griff der Serbe nach dem Pilsglas.

„Und wer ist am Dienstagabend zu Liebkind gekommen und hat gebettelt und gefleht, ist auf dem Boden herumgerutscht, hat Liebkind die Schuhe geküsst und ihm das Popöchen sauber geleckt?"

In einer ruhigen, gleichmäßigen Bewegung führte Glisic das Bier zum Mund und nahm einen kleinen Schluck, ehe er mit verstellter Stimme weitersprach: „Bitte, bitte, Herr Liebkind. Ich habe im Moment nur eine kleine Pechsträhne. Die ist sicher bald vorbei. Nur noch 48 Stunden. Bitte, bitte, bitte."

„Heute Abend", unterbrach Sven, ehe ihn Glisic weiter demütigen konnte. „Da ist diese Pokerrunde. Bei den Ukrainern. Du kennst die doch auch. Die spielen immer in der Shanghai-Bar."

„Die Ukrainer. Soso. Wir wissen doch beide, dass du noch nicht mal mehr das Geld für den Einsatz hast."

Glisic blickte zu Hilde hinüber, die mit zittrigen Händen zum wiederholten Mal die Armaturen polierte.

„Wie viel schuldet er Werner und dir, Hilde?"

„Ich weiß es nicht so genau."

Er wurde lauter: „Wie viel schuldet er Werner und dir, Hilde?"

Widerwillig antwortete sie: „Um die 150 Euro."

Erneut trank Glisic von seinem Bier, ehe er weitersprach.

„Welches Geld wolltest du heute Abend denn einsetzen bei den Ukrainern?"

„Ich … ich dachte, die leihen mir vielleicht etwas."

„Niemand in Hamburg wird dir noch Geld geben, Sven."

Ohne im Druck auf Svens Oberarm nachzulassen, griff Glisic mit der anderen Hand in die Innentasche seiner Jacke. Zuerst erkannte Sven nicht, was Glisic hervorholte, doch dann hörte er das charakteristische Klickgeräusch, mit der eine Messerklinge aus ihrem Schaft sprang.

„Du kennst doch den alten Melchow, Sven, oder?“

Ohne eine Antwort abzuwarten, fuhr Glisic fort.

„Du weißt auch, warum dem alten Melchow an der rechten Hand der kleine Finger und der Ringfinger fehlen?“

Glisic legte das Messer neben sein Bierglas, Sven starrte es ehrfurchtsvoll an.

„Ich erzähle es dir gerne nochmal. Liebkind hatte ihm damals ebenfalls 48 Stunden Zeit gegeben. Für eine weitere Kreditverlängerung betrug der Preis einen Finger. Melchow benötigte zwei Verlängerungen. Dann konnte er plötzlich bezahlen.“

„Vielleicht könnte ich irgendetwas für Herrn Liebkind erledigen?“

„Dein Problem, Sven, ist deine Unzuverlässigkeit. Liebkind traut dir noch nicht einmal den simpelsten Job zu.“

Sven starrte auf die Klinge des Sprungmessers. In ihr spiegelte sich eines der Deckenlichter des Kneipenraums.

„Leg eine deiner Hände auf den Tresen, Sven. Entscheide selbst, welche.“

Svens Oberarm schmerzte inzwischen vom Druck von Glisics Pranke.

Glisic griff bereits nach dem Messer.

Panisch suchte Sven nach einem Ausweg aus seiner Misere.

Ohne ihm ins Gesicht zu sehen, wusste Sven, dass Glisic bei den folgenden Worten grinste: „Ich hoffe, du hast ausreichend Abtrockentücher hier, Hilde. Könnte sein, dass es gleich etwas zum Aufwischen gibt.“

Svens Blick fiel auf sein Pilsglas.

Eine Idee, er bräuchte eine Idee.

Zögerlich streckte er seine rechte Hand nach vorn.

Erst tat er so, als wolle er sie flach auf den Tresen legen. Dann – von einem Sekundenbruchteil zum anderen – fasste er sein Glas und schüttete Glisic das Bier ins Gesicht.

Seines Augenlichts beraubt, lockerte Glisic den körperlichen Druck. Zwar stach er reflexhaft mit dem Messer zu, doch Sven sah die Klinge kommen und wich zur Seite. Sie ritzte ihn lediglich an der Hüfte.

Und schon packte Sven mit beiden Händen Glisics Messerhand, drehte sie und rammte Glisic die Klinge in den Magen.

Der stöhnte laut auf und blickte ungläubig zum unterlegen eingeschätzten Gegner.

Sven lachte triumphierend und stach ein weiteres Mal zu. Und wieder. Und wieder. Und wieder.

„Das reicht!"

Hildes Worte rissen ihn aus seinem Blutrausch.

Mit letzter Energie versuchte Glisic noch, sich an Sven festzukrallen, um sich aufrecht zu halten. Aber seine Muskeln wurden bereits schwach und seine Hand glitt kraftlos an Sven hinab, während er selbst in sich zusammensackte.

„Oh, mein Gott. Was hast du getan, Sven?"

Erst jetzt wurde ihm die Situation bewusst.

Hektisch sah er sich um.

Es gab nur Hilde. Die einzige Zeugin.

Sollte er auch sie …?

Nein, das brachte nichts.

Liebkind würde sowieso wissen, wer Glisic abgestochen hatte.

Die Polizei!

Hilde würde die Polizei rufen müssen.

Für einen Krankenwagen besteht keine Notwendigkeit mehr, dachte Sven, als er sich die riesige Blutlache betrachtete. Unwillkürlich fielen ihm Glisics letzte Worte wieder ein: „Könnte sein, dass es gleich etwas zum Aufwischen gibt."

Als hätte sie seine Gedanken gelesen, meldete sich Hilde zu Wort: „Ich werde der Polizei sagen, dass ich dich nicht kenne. Ein mir unbekannter Gast war hier und es kam zu einer Messerstecherei."

Vermutlich wusste sie, dass Schweigen ihre Lebensversicherung darstellte.

Sven beruhigte sich.

Er durchsuchte Glisics Jackentaschen und entdeckte eine Pistole mit Schalldämpfer. Waffen hatten schon immer eine große Faszination auf Sven ausgeübt. Ein Gefühl von Macht durchflutete ihn und er richtete die Pistole sogleich auf Hilde. Er entsicherte.

„Bitte, Sven. Mach es nicht noch schlimmer. Ich verspreche dir: Ich werde dich nicht verraten. Bitte."

So liebte er es.

Wie entwürdigend war es am Dienstag für ihn gewesen, vor Liebkind im Staub zu kriechen.

Glisic hatte an Liebkinds Stelle dafür gebüßt.

Das musste erst mal genügen.

Er steckte die Waffe ein und beschaffte sich Glisics Portemonnaie. Dreihundert Euro fand er darin. Die Hälfte davon legte er auf den Tresen.

„Lass gut sein, Sven. Du hast es jetzt vermutlich nötiger."

Er nickte und steckte es wieder ein.

Jeden Augenblick könnten Gäste in die Bar kommen.

Er musste zusehen, dass er sich in Sicherheit brachte.

Die kurz darauf eintreffende Polizei sollte bei der Wirtin auf Granit beißen. Den Hamburger Beamten blieb nichts anderes übrig, als ihr zu glauben, dass sie den Täter noch nie zuvor gesehen hatte.

Der Tote konnte sehr schnell als Dinko Glisic identifiziert werden: serbischer Staatsangehöriger, vorbestraft wegen illegalen Glücksspiels, Nötigung und Erpressung.

Der Abgleich der sichergestellten Fingerabdrücke auf einer der Glasscherben führte in der Datenbank dagegen zu keinem Treffer. Alle weiteren Recherchen nach den Hintergründen der Tat blieben ergebnislos.

Erst wenige Tage später, als sich Kriminalhauptkommissar Niklas Steg vom LKA Berlin nach dem Fall erkundigte, erhielten die Ermittlungen eine neue Richtung.

11. Kapitel

Ende Mai

„Sie sind zu früh, Frau Schimmelpfeng."

„Hatten wir nicht halb acht vereinbart?", fragte die Nachbarin vorwurfsvoll.

Sie reckte ihre Nase nach oben: „Ich rieche gar keinen Kaffee."

Mich wundert, dass deine Nase bei deinem Eigengeruch überhaupt noch anderes wahrnimmt.

„Dauert nur einen Augenblick."

Ehe Sabrina Frau Schimmelpfeng hereinbitten konnte, hatte diese sich schon an ihr vorbeigedrängt und hielt Ausschau nach offenen Zimmertüren. Dies vorausahnend, hatte Sabrina bis auf die Bürotür bereits alle geschlossen, bevor sie der Nachbarin aufgemacht hatte.

Sie führte sie in ihr gerade mal achteinhalb Quadratmeter großes Arbeitszimmer und wies ihr den Platz gegenüber ihres Schreibtisches zu. Mit einem raschen Blick überzeugte sie sich, dass weder Privates noch sensible Klientendaten herumlagen.

Du wirst deinen Zinken doch hoffentlich nicht in meine Ordner und Schubladen stecken, oder?

Ganz sicher fühlte sich Sabrina nicht dabei, Frau Schimmelpfeng allein zu lassen.

Sie versuchte, sich genau einzuprägen, wo welche Gegenstände im Büro standen oder lagen.

Dann huschte sie in die Küche und aktivierte ihre Tassimo-Kaffeemaschine. So lange hatte es noch nie gedauert, bis eine Tasse sich füllte. Süßstoff und fettarme Milch hinein, schnell.

Sie selbst verzichtete heute auf morgendlichen Kaffee. Nur halb so viel Zeit für die Schimmelpfeng, um Unsinn anzustellen.

Ins Büro zurückgekehrt, stand die Nachbarin vor der Wand mit den Ordnern und studierte die Rückenschilder.

Bei ‚Finanzen' zuckte ihre rechte Hand.

„Ihr Kaffee", machte Sabrina auf sich aufmerksam.

„Ah, sehr schön."

Frau Schimmelpfeng nahm wieder Platz und schob mit der Zunge ihr Gebiss an die richtige Position. Dann griff sie gierig nach dem Henkel der Tasse.

Erst jetzt entdeckte Sabrina, welche Tasse sie in der Hektik aus dem Küchenschrank geholt hatte.

Lara hatte sie ihr zynischerweise nach einem ihrer häufigen Mutter-Tochter-Dispute geschenkt.

Auf der Sabrina zugewandten Seite konnte man einen nackten Hintern sehen, der Schriftzug in roten Großbuchstaben prangte demnach genau vor Frau Schimmelpfeng: LECK MICH!

Die Augen der Nachbarin weiteten sich, Sabrina fühlte, wie sich ihre Wangen vor Scham röteten.

In Sabrinas Kopf formten sich in Sekundenbruchteilen Dutzende von Reaktionsmöglichkeiten, doch mit dieser hatte sie nicht gerechnet.

In acht Jahren Nachbarschaft hatte Sabrina in ihrem Gesicht nicht ein einziges Lächeln gesehen, jetzt lachte Frau Schimmelpfeng lautstark auf.

Als sie wieder Luft bekam, sagte sie: „Was für ein Zufall! Ich habe dieselbe Tasse."

Die gleiche, die gleiche!

Wer mag dir die wohl geschenkt haben? Es gibt sechs Milliarden Möglichkeiten.

Dann nahm sie einen Schluck und verzog sofort das Gesicht.

„Das ist aber kein Bohnenkaffee, oder?“

Nein, meiner ist teurer.

„Ich kaufe ja immer den Guten.“

Alles klar. Bitte, ich möchte das Gespräch einfach so rasch wie möglich hinter mich bringen, den Sonntag mit angenehmeren Dingen verbringen: barfuß über glühende Kohlen laufen, den Wannsee durchschwimmen, Glaubersalz schlucken.

„Naja, wenigstens haben Sie an die fettarme Milch gedacht.“

Das schmeckte die tatsächlich heraus?

„Das nächste Mal drei Tabletten Süßstoff, ja?“

Bitte, bitte, kein nächstes Mal.

Zum Thema kommen, Sabrina, aber pronto.

„Sie sagten gestern, Ihr Neffe würde sich nicht mehr bei Ihnen melden.“

„Ja, seit meine Schwester tot ist, kümmere ich mich um ihn. Wir haben doch sonst keine Angehörigen mehr. Ich rufe jede Woche mal an, meist reden wir nur zwei, drei Minuten miteinander.“

Ah, dein Neffe hat gelernt, dich abzuwimmeln. Vielleicht sollte ich tatsächlich mit ihm in Kontakt treten.

„Wir haben ja einen völlig anderen Lebenswandel.“

Jeder hat einen völlig anderen Lebenswandel als sie.

„Naja, manchmal greift er mir auch finanziell etwas unter die Arme.“

Daher wehte der Wind: Angst vor dem Versiegen der Geldquelle. Das verbarg sich also hinter dem ‚sich kümmern‘.

„Er hat doch so viel von seinem Vater geerbt. Sie müssten einmal seine Villa in Zehlendorf sehen. Das ist schon etwas anderes als Ihre Bude hier. Sein Schreibtisch ist so groß wie Ihr ganzes Büro.“

Unbedingt für die nächste Tasse Kaffee merken: fettarme Milch, drei Tabletten Süßstoff und einen Teelöffel Arsen.

„Seit sie an der Ostsee waren, meldet er sich nicht mehr.“

Plötzlich hielt Frau Schimmelpfeng Sabrina eine Ansichtskarte vor die Nase. ‚Rügen' stand ursprünglich darauf, doch über dem ‚ü' pappte ein undefinierbarer brauner Klumpen. Woher die Nachbarin die Karte plötzlich gezaubert hatte, wollte Sabrina lieber nicht wissen.

Frau Schimmelpfeng wedelte damit, wollte sie wohl auffordern, die Karte in die Hand zu nehmen.

Drei Sekunden dauerte das stille Duell, dann gab Sabrina auf. Mit Daumen und Zeigefinger eine möglichst kleine Fläche berührend, nahm sie die Postkarte entgegen, drehte sie um und las.

Wetter und Hotelessen in Ordnung.

Beste Grüße von der Ostsee

Patrick und Nadine

Sehr herzlich, die Familienverhältnisse, das musste man zugeben.

„Die Nadine", wieder sprach sie den Namen mit einem ‚e' aus, „ist danach nochmal drangegangen. Aber sie hat nur gesagt, sie habe keine Zeit und Patrick sei im Moment nicht zu sprechen. Dann hat sie wieder aufgelegt. Ich rufe jeden Tag mehrfach an, aber es hebt keiner ab."

Auf keinen Fall gibst du ihr deine Telefonnummer, Sabrina.

Plötzlich sprach Frau Schimmelpfeng ganz leise.

„Ich mache mir große Sorgen, Frau Lampe."

Trotz allen Widerwillens ihrer Nachbarin gegenüber, spürte Sabrina in dieser Sekunde, dass es Frau Schimmelpfeng ernst war, dass es ihr nicht nur um Geld ging. Und sie spürte auch, dass ihr Anliegen möglicherweise nicht unbegründet war. Irgendetwas stimmte hier nicht.

Die Geldscheine, die Frau Schimmelpfeng plötzlich in der Hand hielt, untermauerten ihre Worte.

„Am Geld soll es nicht scheitern."

Und das aus ihrem Munde.

„Sie kümmern sich doch um solche Dinge, ja?"

Hauptsächlich verdingte sie sich als Kaufhausdetektivin, gelegentlich überwachte sie auch vermeintlich untreue Ehemänner, mehr nicht, keine wichtigeren Fälle. Aber das musste sie ihrer Nachbarin ja nicht auf die große Nase binden.

Sie nickte.

„Wir sind also im Geschäft?“

Sabrina nickte erneut und Frau Schimmelpfeng steckte das Geld wieder ein.

Da ertönte ein Pfeifen aus Richtung des Wohnzimmers.

„Was ist das denn?“, fragte die Nachbarin.

Ohje, Sabrina schwante Übles.

„Hört sich wie eine Melodie an.“

Hört sich wie die Internationale an, dachte Sabrina: Mojito war hier. Dabei hatte sie Lara doch untersagt, ihn hier übernachten zu lassen.

Und schon war Frau Schimmelpfeng aufgestanden und folgte den Tönen wie die Hamelner Ratten dem Flötenspieler.

Sabrina wollte hinterhergehen und verhindern, dass sie Mojito entdeckte – womöglich noch nackt –, da klingelte ihr Handy.

Eine SMS:

Ich kann an nix mehr andres als an dich denken und ich spüre im tiefsten Herzen, dass du dich ebenfals in mich verliebt hast, Sabina. Dein Alexandros.

Dann hörte sie bereits, wie jemand die Klinke der Wohnzimmertür hinunterdrückte.

Völker, hört die Signale: Was für ein Sonntagmorgen!

12. Kapitel

Anfang Juni

Niklas legte keinen gesteigerten Wert darauf, sich die Leiche noch einmal in natura zu betrachten. Berichte und Fotos genügten ihm völlig.

„Kein Problem. Wir können uns auch in der Kantine treffen. Ich habe sowieso noch nichts gefrühstückt“, hatte ihm Dr. Bostak auf seine Bitte hin geantwortet.

Und der Rechtsmediziner saß bereits an einem der Tische, als Niklas und Jasmin eintrafen – vor sich Strammen Max und ein großes Glas Cola. Jasmin stellte Niklas und Bostak einander vor. Bostak streckte Niklas keine Hand entgegen, nickte nur. Niklas entdeckte einen roten Fleck auf dem Ärmel von Bostaks dunkelgrauem Hemd und hoffte, dass es sich lediglich um einen Spritzer vom Ketchup handelte, das der Mediziner großzügig auf dem Strammen Max verteilt hatte.

„Kann ich verstehen, dass Sie sich den Toten nicht nochmal antun wollen. Ganz schön zugerichtet.“

Bostaks Blick wanderte zu einem dünnen, knallroten Pappordner, der neben seinem Teller lag.

„Hier ist ein erster Bericht drin. Die Fotos sollte Ihnen meine Assistentin inzwischen per Mail geschickt haben.“

Lag da ein kurzes Aufleuchten in seinen Augen, als er seine Assistentin erwähnt hatte?

Der hagere Mann leckte sich mit der Zunge über die Lippen.

„Die Todesursache ahnen Sie sicher bereits: eine Axt.“

Gekonnt säbelte Bostak mit Messer und Gabel ein Stück vom Strammen Max und steckte es sich in den Mund, was ihn nicht am Weitersprechen hinderte.

„Davor war der Mann wiederholt umfangreichen Quälereien ausgesetzt“, glaubte Niklas verstanden zu haben. Jasmin schien die krude Mischung aus vollem Mund und iranischem Akzent besser deuten zu können: Sie nickte.

„Der Zeigefinger der rechten Hand fehlt“, kaute Bostak. „Insgesamt lassen die Schnittwunden vermuten, dass da jemand herumgespielt hat.“

„Was meinen Sie mit ‚herumgespielt‘?“, fragte Jasmin.

„Es handelt sich um verschiedene Messer, würde ich sagen, oder auch um andere mehr oder weniger scharfe Gegenstände, die Wunden sind unterschiedlich tief und schwer, manchmal an harmlosen Stellen, manchmal an lebensgefährlichen. Wir untersuchen das weiter.“

Bostak sah zufrieden auf seinen Teller: Die Hälfte war vernichtet. In einem einzigen Zug leerte er nun auch die Hälfte seiner Cola und machte sich sogleich an die Fortsetzung seines Werks.

Es schien Niklas gerade so, als warte er ab, bis sich wieder eine ausreichende Menge in seiner Mundhöhle im Mahlvorgang befand, ehe er weiter berichtete.

„Zudem Brandverletzungen. Da hat jemand Zigaretten auf ihm ausgedrückt: im Gesicht, auf dem Oberkörper, im Genitalbereich. An das eine Ohr wurde wohl ein Feuerzeug gehalten. Es ist kaum noch als solches zu erkennen.“

Niklas entschied, dem Rechtsmediziner zu vertrauen, was die Beschreibung der Leiche anging, und beschloss, die Anhänge der Mail erst einmal nicht zu öffnen.

„Lässt sich bereits sagen, wie lange der Mann schon tot ist und wie alt er war?“, fragte er.

„Wir müssen das endgültige Ergebnis der Obduktion abwarten, aber aufgrund des Verwesungszustands vermute ich etwa eine Woche; ich schätze ihn auf Mitte bis Ende Zwanzig“, sagte es, schob sich den Rest vom Strammen Max in den Mund und spülte mit der Cola nach. Mit dem Nagel des Zeigefingers pulte er sich einen für Niklas unsichtbaren Essensrest aus den Zähnen und schnaufte zufrieden auf.

„So, ich muss dann wieder. Meine Assistentin wartet.“

Fragend sah er zu Niklas. Der nickte.

„Wir melden uns, wenn noch Fragen auftauchen, Herr Dr. Bostak.“

„Klar doch. Kein Problem.“

Sein Geschirr brachte Bostak brav zurück zur Theke. Der Köchin dahinter warf er noch irgendein Wort zu, das Niklas nicht verstand, die Köchin jedoch erröten und verlegen auflachen ließ.

„Wie passt das zu dem Fall in Hamburg?“, fragte Jasmin.

Sofort war Niklas bei ihr: „Ja, das möchte ich auch gerne wissen. Möglicherweise handelt es sich bei der Leiche ebenfalls um einen Kriminellen.“

„Ob sich da jemand rächt?“

„Der muss aber eine ganz schöne Wut auf seinen Kollegen gehabt haben.“

„Mord im Milieu“, Jasmin verdrehte die Augen. „Wie ich solche Ermittlungen hasse.“

Obwohl ihre Trauer in allem, was sie sagte und tat, zum Ausdruck kam, empfand Niklas seine Kollegin als hübsch und anziehend. Er mochte sie sich gar nicht zwischen tumben Ganoven und schmierigen Zuhältern vorstellen, falls ihre weiteren Untersuchungen sie etwa dorthin führen sollten.

„Umso befriedigender dann, wenn ich mein Lieblingsgeräusch höre.“ Und Niklas wusste sogleich, dass sein Mitleid fehl am Platze war. „Klickende Handschellen“, sagte sie und lächelte.

Ein simpler Dreiklang unterbrach die beiden. Niklas hielt Klingeltöne für absolut überbewertet. Überall – auf der Straße, in öffentlichen Verkehrsmitteln, in Supermärkten – und rund um die Uhr bedrängten einen gnadenlos die Lieblingsmelodien von Mitmenschen.

Seiner Meinung nach sollte sich ein Mobiltelefon schlicht und einfach nur bemerkbar machen.

Er ging dran und meldete sich.

Eine ihm unbekannte Kollegin namens Inga Mahlow, ihres Zeichens Kriminalkommissarin, gab sich zu erkennen und was sie berichtete, ließ ihn aufhorchen.

„Was ist passiert?", fragte Jasmin, nachdem er aufgelegt hatte. Sie schien ihm die Aufregung anzumerken.

„Sie haben die Axt gefunden", antwortete Niklas.

13. Kapitel

Ende Mai

Über Frau Schimmelpfengs Schulter hinweg starrte Sabrina ins Wohnzimmer: niemand zu sehen.

Dafür hörte sie nun aus dem Badezimmer, dass jemand den Toilettendeckel nach oben klappte.

Frau Schimmelpfengs Gehör schien versagt zu haben, sonst wäre sie sicher schon in diese Richtung weitergewalzt.

Sabrina ergriff ihre Chance und bugsierte die Nachbarin zur Wohnungstür. Sie fühlte sich wie eine Greenpeace-Aktivistin, die eben mithalf, einen gestrandeten Wal zurück ins Meer zu schieben.

„Dann haben wir ja alles besprochen, Frau Schimmelpfeng."

Endlich, endlich hatte sie die Nachbarin draußen.

Das Letzte, was Sabrina sah, bevor sie die Tür hinter der Schimmelpfeng schloss, waren die roten Großbuchstaben auf ihrer Kaffeetasse: LECK MICH!

Der Aufdruck schoss in ihrer persönlichen Lieblingsliste von Lebensmottos gerade steil nach oben.

Und sofort kam die Angst, die Nachbarin könnte klingeln und ihr die Tasse zurückgeben wollen. Doch hielt sie es für wahrscheinlicher, dass die Tasse auf Nimmerwiedersehen im Schwarzen Loch der Erdgeschosswohnung verschwand.

Wer konnte schon ahnen, was dort unten alles lagerte?

Die Bundeslade?

Das Bernsteinzimmer?

Die Geburtsurkunde von Kaspar Hauser?

Sie starrte auf den braunen, ausgefransten Zettel, den ihr Frau Schimmelpfeng gerade eben noch in die Hand gedrückt hatte. Abgerissen von einer Brötchentüte. Neben dem Logo der Bäckerei stand in krakeligen Buchstaben ‚Patrick und Nadine Bender' und eine Adresse in Zehlendorf geschrieben.

Ein plätscherndes Geräusch holte Sabrina ins Hier und Jetzt zurück: Mojito.

Und gleichzeitig fing er auch wieder an zu pfeifen.

Sabrina stapfte durch den Gang zu Laras Zimmer. Ohne vorher anzuklopfen, öffnete sie die Tür.

Wie ein Engel lag Lara da, ihr Kopf seitlich auf dem geblümten Kopfkissen ruhend, ihr hübsches Gesicht eingerahmt von ihrem langen, blonden, lockigen Haar, ihr Atem ruhig und regelmäßig.

Sabrina sah nach, ob eine von Laras neuerdings so heiß geliebten Heavy-Metal-CDs im Player lag, schaltete an und drehte mit einem entschiedenen Ruck den Lautstärkeregler bis zum Anschlag.

Lara schreckte hoch, Sabrina zuckte ebenfalls zusammen.

Schnell drehte sie den schweren Bass und die schrillen E-Gitarrenklänge wieder nach unten.

Wenigstens hörte ihre Tochter inzwischen vernünftige Musik.

Zurück blieb unbeeindruckt das Pfeifen aus dem Bad.

Lara rieb sich das Ohr und sah ihre Mutter vorwurfsvoll an.

„Mama! Was soll das? Bist du verrückt geworden?“

Sabrina lächelte sanftmütig. Das hatte ihr gut getan.

„Du kannst doch nicht solch einen Krach verursachen. Ich hätte fast einen Herzinfarkt bekommen."

Dass ihre Tochter sich so echauffierte, gab Sabrina neue Kraft. Das Leben hatte doch auch seine schönen Seiten. „Pssst", machte sie nun, als sei sie die Ruhe selbst.

Lara schwieg tatsächlich.

„Hörst du?"

Jetzt gurgelte Mojito die Internationale sogar und traf erstaunlich gut die Töne.

Lara, in Erwartung einer Standpauke, verdrehte die Augen.

Sabrina spürte, wie Mielke an ihrer Wade entlangstrich. Zeit fürs Frühstück. Immer, wenn er Hunger hatte, fühlte sich Sabrina als sein Lieblingsmensch. Ansonsten ignorierte der Kater sie noch nicht einmal.

„Also, Fräulein, wie oft habe ich dir …"

Ihr Handy klingelte. Schon wieder.

Wenn das noch einmal dieser Alexandros wäre …

Die SMS von vorhin hatte sie einfach weggedrückt.

Na, dem würde sie aber die Leviten lesen.

„Lampe!", meldete sie sich mit aggressivem Tonfall und holte gerade Luft, um die Sache ein- für allemal abzuschließen, da hörte sie ein Weinen vom anderen Ende der Leitung, von einer Frau.

„Wer ist denn da?", fragte sie – und „Hallo?", als ihr niemand antwortete.

Schluchzen, Röcheln, Nase schnäuzen.

Jetzt erkannte Sabrina die Anruferin.

„Frau Niebuhr?"

Das Geräuschvoll-Luft-und-Sonstiges-durch-die-Nase-nach-oben-ziehen hörte sich wie ein „Ja!" an.

Niemand heulte so herzzerreißend wie Aline Niebuhr. Sabrina sah sie noch, wie sie in ihrem kurzen, knappen Kleidchen bei ihr gesessen hatte, die Beine übereinandergeschlagen, einen Jahresvorrat Tempo-Taschentücher verbrauchend. Dass sie vor ein paar Jahren zur ‚Miss Tegel' gekürt worden war, sah man ihr immer noch an.

Äußerst attraktiv.

Mit ihr wäre Sabrina nur ungern um die Häuser gezogen, um nach Männern Ausschau zu halten. Da wäre nicht viel für Sabrina übrig geblieben.

„Frau Niebuhr, was ist denn los?"

Schweigen, die Mandantin schien sich zu sortieren.

„Er ist wieder bei ihr, jetzt."

‚Er', das war Herr Niebuhr, und er betrog seine Ehefrau – zumindest glaubte Aline Niebuhr dies.

Sabrina wusste inzwischen, dass er sich vergangenen Freitag abends in Zehlendorf aufgehalten hatte. Seiner Frau hatte er versichert, er sei noch im Büro in Reinickendorf und müsse Überstunden machen. Die alte Geschichte. Männer! Schon mal was von pfiffigeren Ausreden gehört?

Sabrina hatte ihn observiert und nur noch gesehen, wie er von der Clayallee abgebogen war. Danach schaltete die Ampel auf ‚rot'. Den parkenden Wagen Niebuhrs hatte sie danach im angrenzenden Wohnviertel entdeckt, aber nicht herausbekommen, wohin Peter Niebuhr verschwunden war.

Vielleicht hatte sie heute mehr Glück.

Zehlendorf.

Dann könnte sie auch gleich bei dieser Nadine vorbeifahren.

Zwei Fliegen mit einer Klappe.

Wer ahnte schon, ob die Schimmelpfeng tatsächlich Geld in der Sache rausrückte.

So konnte Sabrina wenigstens ihre Kosten minimieren.

Sie versicherte Aline Niebuhr, sich darum zu kümmern. Danach versorgte sie rasch den Kater, schnappte sich ihren Autoschlüssel und verabschiedete sich liebevoll von ihrer Tochter: „Bis ich zurückkomme, ist Mojito von hier verschwunden!"

Und jetzt raus. Die Treppe hinab, am Tor zur Hölle vorbei und hinaus auf die Straße.

Strahlender Sonnenschein empfing sie, kein Wölkchen am Himmel.

Sie atmete auf.

Das Auto, Sabrina, wo hast du es geparkt?

Vor dem Bestattungsinstitut, ja, richtig.

‚Himmlischer Frieden', im Augenblick klang das äußerst verheißungsvoll für sie.

Durch das Schaufenster des Unternehmens konnte sie einen schwarz gekleideten Angestellten entdecken.

Wenigstens noch einer, der sonntags arbeiten musste.

Von schräg hinten sah er aus wie George Clooney, doch als er sich umdrehte und sich ihre Blicke begegneten, erinnerten sie seine Augen eher an Herman Munster.

Genau der Richtige für den Job. Jetzt blinzelte er ihr zu.

Rasch stieg sie ein, auf Flirten hatte sie nun wirklich keine Lust, und auf einen Bestattungsunternehmer schon gar nicht.

Sie fuhr acht Mal vor und zurück – Herman Munster beobachtete sie dabei – und konnte dann endlich die Parklücke verlassen.

Etwa eine halbe Stunde später stand sie an der Ampel in der Clayallee, an der sie auch vorgestern abgebogen war. Wie sie kurz danach entdeckte, parkte Niebuhr an der gleichen Stelle wie beim letzten Mal. Sabrina fuhr in eine Querstraße und hielt an.

Schmucke Einfamilienhäuser, Villen und Bungalows, umgeben von großen, gepflegten Gärten: Das war Zehlendorf. Sabrina gab die Spaziergängerin und schlenderte an den Zäunen entlang.

Vielleicht konnte sie einen Blick hinter eine Küchen- oder Wohnzimmerscheibe erhaschen. Und Niebuhr entdecken. Und dann rasch ein Foto schießen. Ihre Digitalkamera wusste sie in ihrer Handtasche.

Bereits nach kurzer Zeit wurde ihre Mission von Erfolg gekrönt. Sabrina ertappte sich dabei, sich für einen Augenblick zufrieden zu fühlen. Gab es – nach den turbulenten Ereignissen des Sonntagmorgens – doch noch so etwas wie eine ausgleichende Gerechtigkeit?

Denn da saß er, unter einer kitschig geblümten Markise, an einem reichhaltig gedeckten Frühstückstisch: Niebuhr; der Platz ihm gegenüber leer. Niebuhr trug Anzug und Krawatte.

Sabrina versteckte sich rasch hinter einer akkurat gestutzten Hecke.

Das Glück blieb ihr hold, Niebuhr hatte sie nicht gesehen.

Sie kramte ihre Digitalkamera heraus.

Gleich sollte sie den Fall gelöst haben. Sie nahm den Frühstückstisch ins Visier und wartete.

Ein Mann trat auf die Terrasse, ebenfalls gekleidet wie für einen Businesstermin.

Ob es sich doch um etwas Geschäftliches handelte?

Frau Niebuhr würde erleichtert sein.

Man sollte eben nicht immer gleich schwarz sehen und vom Schlimmsten ausgehen, Frau Niebuhr. Das spart jede Menge Taschentücher.

Der andere Mann trat auf Niebuhr zu, beugte sich über ihn und gab ihm einen innigen Kuss. Dann setzte er sich gegenüber. Die Hände der beiden wanderten aufeinander zu und berührten sich. Die Augen Niebuhrs sprachen eine deutliche Sprache.

Kein Geräusch erklang, als Sabrina auf den Auslöser drückte.

Gleichzeitig beschloss Sabrina, Frau Niebuhr das Foto per E-Mail zu schicken. Sie mochte keinesfalls dabei sein, wenn die Mandantin es zur Kenntnis nahm. Mit der Rechnung würde sie danach lieber auch etwas warten.

Es gab Tage, an denen sollte man – sofern es die Hintergrundgeräusche zuließen – einfach morgens im Bett bleiben.

Sabrina erlebte jede Menge solcher Tage. Sie fügten sich zuweilen zu Wochen und Monaten zusammen.

Erneut sah sie zu den beiden Männern: Welcher Verlust für die Damenwelt und den Genpool!

Sie steckte die Kamera wieder ein, ging ein paar Schritte weiter und kramte dann den braunen Zettel von Frau Schimmelpfeng hervor. Auf ihrem Smartphone überprüfte sie die Adresse und stellte fest, dass Patrick und Nadine Bender keine zehn Minuten Fußmarsch von hier entfernt wohnten.

Sie merkte sich den Namen der Straße, in der ihr Auto stand, und spazierte los.

Die Sonne schien erneut zu versuchen, Sabrina aufzuheitern. Sie wärmte Sabrinas Gesicht und ließ sie blinzeln.

Vielleicht konnte sie ja nachher einfach irgendwohin fahren und sich ins Grüne legen.

Das könnte auch eine Alternative zum Im-Bett-bleiben sein: Gras im Rücken, Sonne auf der Haut. Am besten raus nach Brandenburg. In den Berliner Parks ging es heute sicherlich zu wie am Hauptbahnhof.

Wie viele Jahre sind es noch bis zur Rente, Sabrina?

Fast wäre sie an der Villa der Benders vorbeigelaufen.

Falls sie darin tatsächlich nur zu zweit wohnten, musste jeder der Eheleute mindestens fünf Zimmer für sich allein haben. In der ohnehin schon gehobenen Wohngegend ragte das Domizil der Benders über die Nachbarhäuser hinaus. Stuck und Ornamente verliehen dem Gebäude etwas Erhaben-Aristokratisches.

Und unmöglich, dass Nadine Bender sich alleine um den Garten kümmerte: Das war ein Fulltimejob.

Welch ein Kontrast zu Angelika Schimmelpfengs miefender Schlangengrube.

Ja, Patrick Bender schien jede Menge Kohle zu haben. Kein Wunder, dass die Schimmelpfeng sich sorgte. Sabrina fühlte sich bestätigt, dass es nicht um den Neffen ging, sondern um dessen Geld.

Und sicherlich gab es simple, nachvollziehbare Gründe, warum sich Patrick und Nadine nicht mehr bei Frau Schimmelpfeng meldeten. Die nervte sie zu sehr, die Alte. Niemand konnte die beiden besser verstehen als sie selbst.

Du gehst jetzt dort hinüber, Sabrina, und klingelst.

Alles ganz einfach.

Die Benders werden dir bestätigen, dass sie keine Lust haben, sich mit dem Drachen zu unterhalten. Verwandte konnte man sich nicht aussuchen. Leider.

Gesagt. Getan.

Sie klingelte an der Gartentür.

Keine Reaktion.

Sonntag Vormittag, dachte Sabrina, da sollten sie doch zuhause sein.

Ob sie zur Kirche gingen?

Ihr Blick schweifte umher. Die Blumenrabatte am rechten Rand benötigten dringend Wasser. Das passte nicht zum ansonsten gepflegten Garten.

Sie drückte erneut, ließ den Finger für mehrere Sekunden auf dem Knopf.

Am Fenster neben der Haustür bewegte sich etwas. Eine Gardine, sie wackelte. Sabrina sah das Gesicht einer Frau, das sich sofort wieder zurückzog.

Ohne lange darüber nachzudenken, klingelte Sabrina ein drittes Mal. Und wartete.

Mich bekommt ihr so schnell nicht los; wenn ich etwas von eurer Tante gelernt habe, dann ist es Hartnäckigkeit.

Tatsächlich. Irgendwann summte es und die Gartentür ließ sich aufdrücken.

Die Haustür dahinter öffnete sich nur einen Spalt. Sabrina sah eine Türkette, die vor ungebetenen Gästen schützen sollte, dahinter erneut das Gesicht der unbekannten Frau, deren Augen groß und ängstlich.

Wen erwartete sie?

Jehovas Zeugen?

Eine Invasion vom Mars?

„Frau Nadine Bender?“, fragte Sabrina.

Mist, sie hatte das ‚e‘ am Ende des Vornamens ausgesprochen.

Die Frau nickte.

„Mein Name ist Sabrina Lampe. Ich bin Privatdetektivin. Ihre Tante schickt mich.“

Nadine Bender schien angestrengt nachzudenken.

„Frau Schimmelpfeng“, ergänzte Sabrina.

Doch Nadine starrte sie einfach nur an. In ihren Augen erkannte Sabrina etwas Undefinierbares. Als wollten sie ihr eine Botschaft senden.

„Alles in Ordnung, Frau Bender?“

Wie in Zeitlupe nickte Nadine.

„Ihre Tante macht sich Sorgen.“

„Sorgen?“

„Sie hat das Gefühl, dass Sie sie abwimmeln.“

„Es ist alles in Ordnung. Wir melden uns bei ihr.“

Und schon war die Tür geschlossen.

Seit acht Jahren wohnte Sabrina im selben Haus wie Angelika Schimmelpfeng. Zum ersten Mal in dieser Zeit passierte etwas, womit Sabrina nie gerechnet hätte: Sie war mit ihrer Nachbarin einer Meinung – hier stimmte etwas nicht!

14. Kapitel

Anfang Juni

Die Frau ruderte wild mit den Armen.

Im freien Fall stürzte sie an der im Zuckerbäckerstil gehaltenen Fassade nach unten.

Ein fünfjähriger Junge, der tagträumend umherblickte, war im Moment der Einzige, der sie beobachtete. Seine Finger, die die Hand seiner Mutter hielten, drückten immer fester zu; seine Augen wurden größer; sein Mund öffnete sich.

Die panischen Bewegungen veränderten die Flugbahn der Frau. Sie steuerte auf den Rand einer mehrere Meter hohen Linde zu. Als sie ins Geäst einbrach, wurde auch die Mutter aufmerksam.

Auch sie sah nun, wie der Frauenkörper durch die Linde krachte und Zweige und Blätter mit sich riss. Spatzen und Meisen verließen fluchtartig und laut schimpfend den Baum.

Ein dicker Ast bremste für weniger als eine Sekunde den Fall, danach ging es weiter für die Frau, deren Kehle nun ein lauter, durchdringender Schrei verließ.

Keinem, der bereits zu so früher Stunde hier auf der Karl-Marx-Allee unterwegs war, entging das Unglück mehr.

Rings um die Linde fror die Zeit ein.

Alles verharrte und stierte.

Einzig die Frau bewegte sich und brüllte um ihr Leben, nur kurz, dann verstummte sie.

Das Auftreffen auf dem schmalen Streifen Wiese hörte sich wie ein lautes Schmatzen an.

Sie landete direkt neben dem gepflasterten Eingangsbereich des zu Ulbrichts und Stalins Zeiten errichteten Repräsentativbaus, mit den Füßen voran. Für die Umstehenden sah es aus, als bohrten sie sich in den Boden. Für einen Moment hielt sich der Oberkörper aufrecht, um gleich darauf zur Seite ins Gras zu kippen.

Mutter und Sohn schienen gleichermaßen hypnotisiert vom Geschehen.

Sie fixierten die Frau, als könnten sie das Unglück ungeschehen machen, zurückspulen, die Frau wieder nach oben aufs Dach des Hauses fliegen lassen.

Doch langsam näherten sich bereits die ersten Passanten.

Irgendjemand hielt sich ein Handy ans Ohr und nur wenige Sekunden später ertönte die gleichzeitig erleichternde und nervtötende Tonfolge eines Martinshorns.

Ein Mann am Straßenrand übergab sich.

Ein anderer beugte sich über die Frau. Seine Bewegungen sahen so aus, als würde er sich auskennen. Dennoch wirkte er hilflos.

Mit quietschenden Bremsen traf der Krankenwagen ein.

Zwei Männer sprangen heraus und zur Unfallstelle; einer wurde kreidebleich, als er sich die Frau ansah. Doch er fing sich wieder.

Zu dritt kümmerten sie sich um die Verunglückte.

Zu Mutter und Sohn wehte es Sprachfetzen herüber.

„Kaum zu glauben."

„Bei der Höhe!"

„Wenn ich es doch sage: Sie lebt!"

Ja, die Linde hatte das Schlimmste verhindert: Nadine Bender überlebte.

15. Kapitel

Anfang Juni

„Wer kennt diese Frau?"

Nur wenige Tage, nachdem Sabrina Lampe das Gesicht von Nadine Bender durch einen Türspalt in Zehlendorf gesehen hatte, flimmerte es über die Bildschirme hunderttausender Haushalte.

„Heute Morgen stürzte eine Unbekannte von einem Dach in der Karl-Marx-Allee", meldete die Sprecherin der RBB-Abendschau. „Wie durch ein Wunder hat sie den Fall von dem neunstöckigen Gebäude und den Aufprall überlebt."

Mithilfe eines Bildbearbeitungsprogramms hatten Mitarbeiter der Polizei sämtliche Verletzungen verschwinden lassen. Der Gesichtsausdruck wirkte dadurch künstlich, jedoch ließ sich die Frau hervorragend erkennen.

„Inzwischen wurde sie in ein künstliches Koma versetzt. Die behandelnden Ärzte bezeichnen ihren Zustand als äußerst kritisch."

Jetzt sah man den imposanten 50er-Jahre-Bau. Die Kamera schwenkte vom Dach abwärts und die Einstellung endete an einer blutbefleckten, von Absperrbändern gesicherten Stelle in der Wiese.

„Die Frau hatte keine Ausweispapiere dabei und die Berliner Polizei bittet um Mithilfe bei der Identifizierung."

Erneut wurde Nadine Benders Gesicht gesendet.

„Falls Sie, liebe Zuschauer, diese Frau kennen, melden Sie sich bitte bei der unten eingeblendeten Rufnummer. Wir von der Abendschau halten Sie über neue Erkenntnisse und über den Gesundheitszustand der Unbekannten selbstverständlich auf dem Laufenden."

Keine zwei Minuten später klingelte bei Kriminalkommissarin Inga Mahlow das Telefon.

„Guten Abend, Frau Thiele hier“, hörte sie, nachdem sie sich gemeldet hatte.

„Ja?“

„Diese Frau, die gerade im Fernsehen gezeigt wurde. Ich kenne sie.“

Inga Mahlow wartete eine Sekunde, die Anruferin fuhr fort: „Das ist Frau Bender, sie wohnt drei Häuser weiter.“

„Nennen Sie mir bitte Ihre Adresse, Frau Thiele?“

Mahlow hörte zu und notierte sich einen Straßennamen und eine Hausnummer im Stadtteil Zehlendorf. Ohne dass sie danach gefragt wurde, teilte Frau Thiele auch die Anschrift Nadine Benders mit.

„Sie ist eine Freundin von Ihnen?“

„Freundin würde ich es nicht nennen. Wir reden ab und zu ein, zwei Sätze miteinander, wenn wir uns begegnen. Ich bin oft im Garten, wissen Sie.“

„Und Sie sind sich ganz sicher, dass es sich bei der gezeigten Frau um Ihre Nachbarin handelt?“

„Hundertprozentig sicher.“

Frau Thiele klang so resolut, dass Inga Mahlow nicht an ihren Worten zweifelte. Als innerhalb weniger Minuten zwei weitere Anrufer glaubten, Nadine Bender wiedererkannt zu haben, überließ sie den Telefondienst einer Kollegin und machte sich gemeinsam mit ihrer Assistentin Beate Kleinert auf den Weg.

In Zehlendorf angekommen, entdeckten sie, dass sich an besagter Adresse bereits eine kleine Menschenmenge vor der Gartentür versammelt hatte. Die Nachbarn blickten besorgt, redeten durcheinander.

Die Kriminalkommissarin zückte ihren Ausweis, hielt ihn in die Höhe und stellte sich vor.

Für einen Augenblick wurde es ruhig, dann redeten alle gleichzeitig auf Inga Mahlow ein.

„Wir haben schon mehrfach geklingelt.“

„Ihr Mann scheint auch nicht zuhause zu sein."

„Ich habe die beiden schon seit Tagen nicht mehr gesehen."

„Schrecklich. Wie schrecklich. Ein Sturz aus dem neunten Stock."

„Sie sah aber auch so was von blass aus in den letzten Tagen."

„Da macht niemand auf."

„Ich habe sofort angerufen, als ich Frau Bender erkannt habe."

„Die arme Frau Bender. Hoffentlich erholt sie sich wieder."

Inga Mahlow ging schnurstracks auf die Klingel an der Gartentür zu und versuchte nun selbst ihr Glück.

„Sagten wir doch schon. Da öffnet keiner."

Sie drückte erneut, dann griff sie zur Klinke und presste sie nach unten.

„Abgeschlossen", kommentierte irgendjemand unnötigerweise.

„Da kommt Frau Jakob-Lüderitz mit den Schlüsseln."

Eine grell geschminkte Frau wackelte auf hochhackigen Schuhen vom Nachbarhaus herüber. Aus der Ferne sah sie wie eine junge Frau aus, doch je näher sie Inga Mahlow kam, desto mehr konnte die Polizistin erkennen, dass die großzügig aufgetragene Schminke das fortgeschrittene Alter überdecken sollte. Frau Jakob-Lüderitz schien weit über sechzig zu sein.

„Ich gieße immer die Blumen, wenn die Benders im Urlaub sind", sagte sie, als sie die Gruppe an der Gartentür erreicht hatte.

Inga Mahlow wies sich auch ihr gegenüber aus und bat sie, die Gartentür zu öffnen.

An der Haustür klingelte sie erneut und wartete wieder ein paar Sekunden.

Dann nickte sie Frau Jakob-Lüderitz zu. Aus ihrem kurzen Zögern schloss die Kriminalkommissarin, dass es der Nachbarin alles andere als leicht fiel, ungebeten ins Haus der Benders einzudringen.

Doch Frau Jakob-Lüderitz tat, was man von ihr verlangte. Sie sperrte auf und trat zur Seite.

„Sie bleiben alle hier draußen!“, befahl Inga Mahlow und ging hinein, ihre Assistentin folgte ihr.

„Hallo?“, rief sie. „Ist jemand zuhause?“

Rasch passierte sie einen kleinen Vorraum, von dem eine Gästetoilette und eine überdimensionierte, begehbare Garderobe abzweigten. Der Diele schloss sich ein Gang an, von dem aus Treppen in den Keller und ins Obergeschoss führten, zudem zwei geöffnete Türen. Durch eine konnte man eine große, modern eingerichtete Küche sehen, durch die andere ein lichtdurchflutetes Wohnzimmer. Eine große Glaswand gab den Blick auf den hinteren Garten frei und ließ die Abendsonne in den Raum scheinen; deren Strahlen mündeten auf einen für mindestens acht Personen ausgelegten, massiven, hölzernen Esstisch.

Was auf dem Esstisch lag, ließ die beiden Polizistinnen innehalten: eine Axt, blutverschmiert.

Natürlich wusste Inga Mahlow von der unbekannten Leiche, die gestern am Teltowkanal aufgefunden wurde, und auch, wie der Mann vermutlich zu Tode gekommen war.

Es brauchte nicht viel, um eins und eins zusammenzuzählen: Die Kriminalkommissarin hatte die Tatwaffe vor sich.

Neben der Axt ein Umschlag. Ein Abschiedsbrief?

„Oh, Gott. Sie hat ihren Mann erschlagen und danach versucht, sich selbst zu töten“, sagte ihre Assistentin.

Und Inga Mahlow teilte ihre Einschätzung.

16. Kapitel

Anfang Juni

Künstliches Koma.

Nadine Bender lag im Vivantes-Klinikum des Bezirks Friedrichshain. Vor den Toren des großflächigen Komplexes parkte ein Übertragungswagen des Rundfunks Berlin-Brandenburg. Den Schriftzug und das Logo des Klinikums im Hintergrund, filmte ein Kameramann eine Kollegin, die ein Mikrofon in der Hand hielt.

Was die Reporterin zu berichten hatte, war auf der gegenüberliegenden Straßenseite der Landsberger Allee nicht zu verstehen.

Sven Plank stand dort, im Schatten eines Ärztehauses, zwischen sich und dem Aufnahmeteam eine vierspurige, vielbefahrene Straße und zwei Gleise der Trambahn. Er rauchte; ein halbes Dutzend filterloser Zigarettenstummel lag bereits vor ihm auf dem Boden, eine davon qualmte noch. Schräg hinter ihm trat seine Frau Katja in schneller Folge von einem Fuß auf den anderen.

„Nun bleib endlich mal ruhig stehen", raunzte er sie an.

Für ein paar Sekunden verharrte Katja, dann begann sie erneut, nervös zu wackeln.

Sven kniff die Augen zusammen.

„Möchte mal wissen, was die Alte erzählt."

„Kommt ja nachher in den Nachrichten", meinte Katja leise.

„Ich möchte es aber jetzt wissen. Außerdem stimmt sowieso nicht, was die in den Nachrichten bringen."

„Aber überlebt scheint sie wirklich zu haben."

„Ja, verdammt."

Er hatte es sich nicht verkneifen können, Nadine Bender von oben zuzusehen, wie sie durch die Linde krachte. Allein der Gedanke daran, wie sich ihr Körper in den Boden gebohrt hatte, erregte ihn.

„Dann liegt sie wahrscheinlich auch wirklich im Koma."

„Wie oft habe ich dir schon gesagt, dass du nicht alles glauben sollst, was die im Fernsehen verzapfen?"

Der Kameramann gegenüber beendete seine Aufzeichnung. Zwei Männer kamen auf die RBB-Reporterin zu und unterhielten sich mit ihr.

„Bestimmt auch solche Schnüffler, von der Zeitung, oder vom Radio."

„Wieso sind sie hier draußen?"

„Vermutlich lässt die Krankenhausleitung sie nicht rein. Die filmen, was sie kriegen können. Und sei es nur so ein dämliches Krankenhauslogo."

An der noch brennenden Zigarette steckte er sich eine neue an und schnippte die aufgerauchte achtlos zu Boden.

„Mich wundert, dass die sich dran halten."

Seine Frau brachte ihn gerade auf eine Idee.

„Du bleibst hier. Am besten, du gehst noch ein paar Schritte zurück, damit man dich von der Straße aus nicht sehen kann."

„Was hast du vor?"

„Ich geh da rein."

„Aber …"

Er sah sie streng an und sie verstummte. Wie er ihr befohlen hatte, entfernte sie sich nach hinten, in die ans Ärztehaus angrenzende Seitenstraße.

Sven wartete – anders als sonst – an der Ampel geduldig, bis diese ‚Grün' anzeigte, dann überquerte er Straße und Trambahnlinie. An den Journalisten marschierte er wie selbstverständlich vorbei, ohne sie groß zu beachten. Für sie war er einer unter vielen, die auf das Krankenhausgelände gingen oder es gerade verließen.

Zielstrebig näherte er sich dem Hauptgebäude. Bevor er es betrat, warf er seine Zigarette in eines der vor den Glastüren angepflanzten Blumenbeete. Eine Frau im Rollstuhl blickte vorwurfsvoll zu ihm auf. Sven sah ihr an, dass sie einen Kommentar auf den Lippen hatte, aber sein Blick schien auszureichen, dass sie ihn für sich behielt.

Am Empfang ging er vorbei, als würde er keine Hilfe benötigen.

Erst kurz dahinter, bei den vielen Wegweisern, blieb er stehen.

Nadine lag sicher auf der Intensivstation, doch er fand diese nicht auf den Schildern. Um sich nicht allzu lange im Bereich des Empfangsmitarbeiters aufzuhalten und womöglich von diesem angesprochen zu werden, ging er einfach in einen der abzweigenden Trakte. Eine junge Krankenschwester kreuzte seinen Weg, er schätzte sie auf maximal 20. Sie gefiel ihm. Sie fragte er nach dem Weg.

Eine ältere, erfahrenere Kollegin hätte vielleicht nachgehakt, was er auf der Intensivstation wolle; Besucher durften dort schließlich nicht hinein. Das freundliche Mädchen vor ihm jedoch schöpfte keinen Verdacht. Bereitwillig erzählte sie ihm, wo er die Station finden konnte.

Unwillkürlich musste er daran denken, dass Katja früher auch so eine schöne, glatte Haut gehabt hatte wie die junge Krankenschwester vor ihm. Alkohol, Nikotin und andere Drogen hatten mittlerweile ihre Spuren bei Katja hinterlassen. Und bei ihm selbst ebenfalls, wie er immer wieder feststellen musste, wenn er in einen Spiegel blickte.

Mit dem zuvorkommendsten Lächeln, zu dem er imstande war, bedankte er sich bei dem Mädchen.

Danach ging er zielstrebig die Route entlang, die die Krankenschwester ihm beschrieben hatte. Er verlief sich kein einziges Mal und erreichte nach wenigen Minuten den Abzweig, der zur Intensivstation führte. Ein großes Schild an der Wand wies darauf hin, dass der Gang geradeaus in die Notaufnahme weiterführte.

Natürlich: Der Zugang zur Intensivstation war gesichert.

Nichts anderes hatte er erwartet.

Rechts der doppelflügeligen Türen entdeckte er eine in die Wand eingelassene Apparatur mit Zifferntasten, auf der man wohl eine bestimmte Kombination eingeben musste: drei Zeilen à drei Ziffern, links oben mit der ‚1' beginnend, darunter eine vierte Zeile mit einem Sternchen, einer Null und einem Gitterzeichen.

„Kann ich Ihnen helfen?"

Er erschrak.

Ein Arzt in einem weißen Kittel stand vor ihm, um den Hals ein Stethoskop hängend. Das Haar nach hinten gegelt, überheblicher Blick, typischer Halbgott in Weiß: Sven hasste solche Leute. Er musste zu ihm aufsehen, denn der Arzt überragte ihn um mindestens fünfzehn Zentimeter.

„Äh."

Mist. Er hatte sich keine Ausrede überlegt.

„Suchen Sie die Notaufnahme?"

„Ähm, ja."

„Einfach geradeaus weitergehen."

Sven drehte sich ein Stück.

„Steht ja auch hier auf diesem Schild."

Und als könnte Sven nicht lesen, verkündete der Arzt langsam und laut: „Not-auf-nahme."

Svens Hände wurden zu Fäusten.

In Gedanken drängte er den Arzt bereits durch eine Toilettentür und prügelte ihm die arrogante Fresse ein. Dabei würde der Kerl sicher den Zifferncode ausspucken.

Das ging natürlich nicht. Viel zu auffällig.

Sven beherrschte sich.

Der Arzt schien auf etwas zu warten.

Ein Dankeschön?

So etwas gab es bei Sven nicht.

Er wandte sich ab und marschierte weiter zur Notaufnahme. Bereits nach wenigen Schritten erweiterte sich der Gang zu einem Wartesaal.

Ein etwa vierzehnjähriger Junge saß dort, das Bein hochgelegt und auf unnatürliche Weise abgewinkelt. Neben ihm seine Mutter, die vorwurfsvoll auf ihn einredete. Weiterhin sah Sven einen Mann mit nacktem, muskulösem Oberkörper, um seinen Arm hatte er ein blutdurchtränktes T-Shirt gewickelt.

Hinter einem Tresen beobachtete ihn eine Krankenschwester mit erwartungsvollem Blick.

Dieses Mal fand er eine Ausrede.

„Ich warte nur auf jemanden", sagte er.

Die Krankenschwester gab sich zufrieden, nickte und widmete sich wieder ihrem PC. Sie schien irgendwelche Dokumente abzutippen.

Sven überlegte.

Wenn er sich dort hinten auf den Stuhl setzen würde, ganz am rechten Rand, dann müsste er eigentlich den Eingangsbereich der Intensivstation sehen können, oder?

Er versuchte es – und hatte Glück!

Sich etwas reckend, sah er gerade noch die Tafel mit der Zifferntastatur.

Er durfte nur nicht so auffällig dorthin starren.

Musste er ja nicht. Er blickte zu Boden und hob erst den Kopf, als sich jemand der Intensivstation näherte. Dabei versuchte er, gedankenverloren vor sich hinzustarren.

Ein Krankenpfleger kam in seinen Sichtbereich, er schob einen leeren Rollstuhl. An den Doppeltüren hielt er an und widmete sich dem Zahlencode. Zuerst tippte er in die Mitte der obersten Reihe.

Das müsste also die ‚2' sein.

Und dann? Das ging alles ziemlich schnell. Am Ende berührte er die ‚9' und dann das Gitterzeichen.

Aber welches waren die beiden Ziffern dazwischen?

In der ersten oder zweiten Zeile hatten beide gelegen, da war sich Sven sicher. Denn zur ‚9' war der Zeigefinger heruntergewandert.

„Martin Finowski", die Krankenschwester hatte den Namen des nächsten Patienten gerufen.

Der Muskelprotz stand auf, unterhielt sich kurz mit der Krankenschwester und trat dann durch eine Tür links des Tresens.

Die Minuten zogen sich quälend lange hin, bis endlich eine weitere Person die Intensivstation aufsuchte. Eine Ärztin, sichtlich kurz vor dem Rentenalter, erreichte die Doppeltür schnellen Schrittes.

Die ‚2'. Sven konnte es erneut deutlich erkennen.

Tippte sie danach zwei Mal auf dieselbe Stelle eine Zeile darunter?

Jetzt die ‚9' und das Gitterzeichen.

Die Türen öffneten sich.

2559?

Ob er es wagen sollte?

Oder lieber noch eine weitere Person beobachten?

Die Krankenschwester nahm ihm die Entscheidung ab: „Auf wen warten Sie denn eigentlich?"

Er musste schleunigst von hier verschwinden, sonst würde das zu auffällig.

„Auf meine Frau", sagte er rasch und fügte vorwurfsvoll hinzu: „Ach, ich gehe einfach nochmal eine rauchen, wenn das hier alles so lange dauert."

An der Tastatur beim Eingang zur Intensivstation vergewisserte er sich, dass er außerhalb der Sichtweite der Krankenschwester war.

Ein Alarm würde ja wohl nicht losgehen, wenn man sich vertippte, oder?

Dass jemand den Code vergaß, passierte sicherlich häufiger mal.

Er tippte 2, 5, 5, 9 und abschließend das Gitterzeichen.

Die halbe Sekunde, in der nichts geschah, erschien ihm deutlich länger.

Erleichtert hörte er leises Summen, endlich, die Türen öffneten sich.

Sogleich erschrak er.

Was, wenn hinter den Türen jemand stand?

Jemand, der ihn sofort als Unbefugten identifizieren würde?

Er atmete auf. Der Gang vor ihm war leer; rechts und links jeweils eine gläserne Tür, in ein paar Metern Entfernung knickte er nach rechts ab, Neonlichtröhren an der Decke. Die Kürze des Flurs bis zur Abzweigung ließ darauf schließen, dass Sven es mit zwei Einzelzimmern zu tun hatte.

Er blickte durch die Glastür zu seiner Rechten. Ein dunkelhäutiger, schnauzbärtiger Mann lag auf einem Bett. ‚Fernandes' stand handschriftlich auf einem Namensschild neben der Tür. Mehr brauchte Sven nicht zu sehen, er drehte sich zum gegenüberliegenden Zimmer und atmete auf.

‚Bender'.

Welch ein Glück!

Sie hatten Nadine bereits identifiziert und sogar schon das Namensschild beschriftet.

Dann haben sie auch schon die Axt gefunden, wurde ihm sogleich bewusst.

Hoffentlich zogen sie die Schlüsse daraus, die er sich wünschte.

Auf keinen Fall dürfte Nadine sich dazu zu Wort melden und seinen Plan zunichtemachen.

Aber um dies zu verhindern, war er schließlich hier.

Er drückte die Klinke und schlüpfte durch den Türspalt.

Piepsen, Summen und blinkende Lichter, verursacht von verschiedenen Maschinen und Geräten, dazwischen ein Krankenbett. Schnell schloss er hinter sich die Tür.

Sven wandte sich dem Bett zu.

Diverse Kabel führten unter eine weiße Zudecke, die der Patientin bis zum Hals reichte, Schläuche verbanden sie mit Transfusionsbeuteln.

Alles, was vom Körper im Freien lag, war entweder blau oder rot verfärbt, oder mit Pflastern oder Wundverbänden versehen; über Nase und Mund eine milchig weiße Atemmaske aus Kunststoff.

Sven hätte nicht einmal sagen können, ob es sich bei der Person um eine Frau oder einen Mann handelte, geschweige denn, dass er das ehedem hübsche Gesicht Nadine Benders wiedererkannt hätte.

Svens kurzer Schreckmoment wich keinem Mitleid, sondern kühler Berechnung.

Er war an seinem Ziel angelangt: Ob es genügte, wenn er einfach all die Schläuche und Kabel herausriss?

Er blickte nach oben, über den Türrahmen.

Videoüberwachung. Aufs Bett gerichtet. Natürlich. Schließlich musste ein Patient auf der Intensivstation rund um die Uhr betreut werden. Sicherlich saß eine Krankenschwester irgendwo vor einer Videowand und würde sofort reagieren, wenn etwas Unvorhergesehenes geschah.

Seine Aktion müsste also schnell gehen, danach müsste er rasch verschwinden. Zumindest könnte er verhindern, dass sich sein Bild auf der Videoaufzeichnung wiederfinden würde: Die Kamera herunterzureißen, sollte kein all zu großes Problem darstellen.

Lauter werdende Stimmen holten ihn rüde aus seinen Überlegungen. Verdammt, er hatte zu lange gezögert. Jemand näherte sich.

Vielleicht gingen sie ja hinüber zu Fernandes – oder verließen die Intensivstation.

Aber sie würden ihn durch die Glastür sehen können.

Wenn er noch schnell …

Nein, er musste sich verstecken, jetzt.

Panisch sah er sich um.

Unters Bett würde er es nicht mehr schaffen und die medizinischen Geräte daneben waren eigentlich viel zu klein, um sich dahinter vernünftig zu verbergen. Doch eine Alternative hatte er nicht. Es blieb ihm nichts anderes übrig, als hinter eine Maschine zu huschen und sich möglichst klein zusammenzukauern.

Da schwang auch schon die Tür auf.

„Da wären wir", konnte er verstehen.

Die Stimme musste zu dem kleinen, glatzköpfigen Mann im weißen Kittel gehören, der voranschritt. Durch einen Schlitz zwischen einem der Geräte und dessen Unterschrank konnte er ihn von der Seite her sehen.

Ihm folgten ein Mann und eine Frau, beide in Zivil.

„Frau Benders Überlebenschance ist äußerst gering. Und selbst, wenn sie es schaffen sollte: Die Verletzungen lassen vermuten, dass ihr Gehirn einen irreparablen Schaden erlitten haben könnte. Näheres wissen wir, wenn sie stabil genug ist, um eine funktionelle MRT durchzuführen. Ich glaube nicht, dass sie in absehbarer Zeit vernehmungsfähig ist, Herr Steg."

Der Mann, der zugehört hatte, nickte. Die begleitende Frau drehte sich ein Stück und sah sich um. Hatte sie ihn wahrgenommen?

Ja!

Verdammt.

Sie ging einen Schritt auf ihn zu und blickte ihm genau in die Augen.

Eine Schrecksekunde verging, in der sich beide die Situation vergegenwärtigten.

Dann sprach die Frau: „Wer sind Sie? Was machen Sie hier?"

Sven wurde schlagartig bewusst, dass ihm nur eine Chance verblieb, wenn es ihm gelang, sich etwas Zeit zu verschaffen.

Er machte einen Satz auf die Frau zu und stieß sie mit roher Gewalt von sich fort, sodass sie gegen die beiden Männer prallte. Ihre Hände wollten den Rempler abwehren, aber fassten ins Leere; sie kämpfte um ihr Gleichgewicht. Alle drei taumelten.

Ob sie umfielen, im besten Falle gegen das Krankenbett, konnte Sven nicht abwarten.

Er rannte zur Tür hinaus, ehe erneut jemand nach ihm greifen konnte.

Lediglich ein schepperndes Geräusch hörte er noch, dann befand er sich schon draußen auf dem Flur. Der Krankenpfleger von vorhin stand an der doppelflügeligen Stationstür, die sich gerade eben öffnete. Jetzt saß jemand in seinem Rollstuhl, ein dürrer, alter Mann, den Kopf verbunden, um den Hals eine Manschette. Den verständnislosen Blick des Krankenpflegers beantwortete Sven mit einem Faustschlag direkt auf dessen Nase. Dann gab er dem Rollstuhl einen Tritt, sodass der Alte herausfiel und der Rollstuhl im Weg liegen blieb.

Er hoffte, dass sich seine Verfolger zunächst um die beiden Männer kümmern würden. Vielleicht verschaffte ihm dies weitere wertvolle Sekunden.

Sogleich bog er nach links ab, in Richtung des Empfangsbereichs. Eine Frau mit Gehhilfe brachte er kurz darauf zu Fall und dann zwei Krankenschwestern, die Essenstablette in den Händen hielten.

Erst danach traute er sich zum ersten Mal, über die Schulter zu blicken.

Die Frau aus dem Krankenzimmer war ihm, ein paar Meter entfernt, auf den Fersen und weiter hinten kam gerade der Mann in Zivil um die Ecke.

Am Empfang vorbei.

Die Schreie und wütenden Blicke ignorierte er.

Raus ins Freie.

Sein Atem. Verdammt. Keine Zeit, um Luft zu holen. Weiter.

Im Sprint den kurzen Weg entlang.

„Halten Sie den Mann auf!", hörte er hinter sich eine weibliche Stimme.

Die Reporter am Eingang des Klinikums guckten ihn einfach nur verdutzt an.

Das ging wohl etwas zu schnell für die Schnüffler.

Sven sah geradeaus zum Ärztehaus. Ob Katja ihn beobachtete? Hoffentlich. Dann könnte sie sich schon mal dünnemachen.

Dort: die Trambahn.

Sie hatte gerade eben angehalten.

Über die Straße. Rote Ampel. Bremsgeräusche. Egal.

Ein grauer Ford berührte seine Beine. Fast wäre er auf die Motorhaube gefallen.

Rasch. Weiter.

Die roten Lichter an den Türen der Trambahn blinkten bereits. Das Alarmsignal ertönte: Einsteigen! Jetzt!

Im letzten Moment huschte er hinein.

Dann schlossen sich die Türen und die Tram fuhr an.

Er drehte sich und sah die Frau, wie sie hinten an den Waggon klopfte, dann war er bereits außerhalb ihrer Reichweite. Der Mann in Zivil hielt neben ihr an, beugte sich vornüber und stützte erschöpft die Hände auf die Oberschenkel.

Dass die Leute ringsherum ihn anstarrten, interessierte ihn nicht.

Er ging nach hinten und sah zum Fenster hinaus. Erneut trafen sich sein Blick und der der Frau. Er ließ es sich nicht nehmen, ihr die Zunge herauszustrecken.

Ihm wurde klar, dass man bereits in wenigen Sekunden nach ihm fahnden würde. Er musste so schnell wie möglich die Tram verlassen.

Bis zum Alexanderplatz war es nicht weit, dort fuhren S- und U-Bahnen, zudem Regionalzüge, mehrere Buslinien und weitere Trambahnverbindungen kreuzten sich.

Sven war zuversichtlich, entwischen zu können.

Dass Nadine keine Aussage machen konnte, beruhigte ihn.

Und Katja?

Falls sie seine Flucht nicht beobachtet hatte, würde sie irgendwann schon bemerken, dass er nicht zurückkehrte.

17. Kapitel

Ende Mai

Um zu entspannen oder einen klaren Kopf zu bekommen, schwören viele Menschen auf Yoga. Andere gehen spazieren – oder sie packen ihre Angelsachen ein und fahren zum nächstgelegenen Gewässer.

Sabrina Lampe half in solchen Fällen eine volle Dröhnung von einer ihrer Lieblingsbands.

Ihr Blick glitt über drei Blautannen, die hinter einem Zaun in der Ecke eines liebevoll gestalteten Gartens standen. In ihrem Schatten ein gepflegter Gartenteich mit Seerosen, dahinter eine Bank, die zum Verweilen einlud.

„Meine Freunde sind homosexuell", erklang dazu aus den Boxen im Heck ihres Golfs. „Sie bleiben tagelang zuhaus, peitschen sich gegenseitig aus und sie zerschneiden sich mit Glas. Dürfen die das?"

Romantisches Zehlendorf.

Ja, die Schimmelpfeng hatte sich nicht geirrt.

Hier war etwas gewaltig faul. Nadine Bender hatte Angst, gewaltige Angst.

Doch wovor?

Hatte sie etwas zu verbergen?

Ob Sabrina sich ans Haus schleichen und durchs Fenster spähen sollte?

Sie verwarf den Gedanken schnell.

Nicht bei Tageslicht. Viel zu auffällig.

Es musste mit Nadines Mann zu tun haben; schließlich meinte die Schimmelpfeng, dass sie Patrick lange nicht persönlich gesprochen habe.

Sabrinas Neugier war geweckt. Sie ärgerte sich darüber, denn die Neugier ließ ihr keine andere Wahl, als bei der ungeliebten Nachbarin anzurufen und sich mit ihr auszutauschen.

Sie drehte die Ärzte leiser, nahm ihr Smartphone und wählte Frau Schimmelpfengs Nummer.

Wenn Sabrina nicht gewusst hätte, bei wem sie anrief und wie ihre Gesprächspartnerin hieß, dann hätte sie den Namen nicht verstanden, mit dem sich die Frau am anderen Ende der Leitung meldete.

„Sabrina Lampe“, gab sie sich nun selbst zu erkennen.

Kaugeräusche.

„Frau Schimmelpfeng?“

Ein Schlucken. Eine Pause.

„Es ist 12 Uhr.“

„Wie?“

„Kutteln. Ich habe mir Kutteln gemacht. Ich mache mir sonntags immer Kutteln. Am besten gelingen sie, wenn Sie …“

„Ich bin gerade in Zehlendorf.“

„Und? Was sagt Patrick?“

„Ich habe ihn nicht gesprochen.“

„Warum nicht?“

„Ich bin nicht bis zu ihm vorgedrungen.“

„Dachte ich mir doch, dass Sie auch nicht schlauer sind wie ich.“

Als!, Sabrina schluckte einen entsprechenden Kommentar hinunter.

Stattdessen grätschte Farin Urlaub mit einer Liedzeile dazwischen: „Meine Freunde sind alle kriminell."

Rasch schaltete Sabrina den CD-Player ab.

„Haben Sie das eben mitbekommen?"

„Was?"

„Ihre Tochter hört schon wieder laute Musik."

Frau Schimmelpfeng schwieg für einen Augenblick.

„Jetzt hat sie sie ausgeschaltet. Sie müssen da wirklich mal mit ihr reden."

Tief durchatmen, Sabrina, du schaffst das.

„Aber warum erzählen Sie mir denn nicht, was bei Patrick los war? Nun sagen Sie schon!"

Wieder Kaugeräusche.

Vor ihrem geistigen Auge sah Sabrina, wie halbrohe Innereien im weit geöffneten, übel riechenden Rachen ihrer Nachbarin verschwanden.

„Nadine hat mich abgewimmelt."

„Wie das?"

Sabrina verstand die Frage nicht.

„Ich bin zum Haus gefahren und habe dort geklingelt."

„Wird in so einem Fall nicht immer erst obversiert? Ein richtiger Privatdetektiv wie der Josef Matula im Fernsehen würde jetzt …"

Sabrina fixierte den Seerosenteich und versuchte, einfach nicht zuzuhören.

Goldfische. Sicher lebten auch Goldfische im Teich. So einer wäre sie manchmal gerne. Einfach nur vor sich hinschwimmen.

Das Hintergrundrauschen namens Angelika Schimmelpfeng verebbte.

„Ups. Da klemmt etwas unter meinem Gebiss. Moment."

Lieber Gott.

Mein nächstes Leben würde ich gerne in diesem Teich verbringen.

Amen.

„Dasch isch immer ‚ieder so ein ‚roblem. So, jetzt passt es wieder."

Vertreib das Bild aus deinen Gedanken, Sabrina, sieh dir an, wie hübsch die Seerosen blühen. Sicher duften sie auch.

„Von wem haben Sie die dritten Zähne, Frau Lampe?"

„Ich habe noch meine eigenen."

„Wirklich?"

„Könnten wir auf Ihren Neffen zurückkommen?"

„Na, an mir liegt's nicht. Wieso versuchen Sie es nicht einfach bei Goebbels?"

„Bei wem?"

„Na, die Goebbels. Das sind die besten Freunde von Patrick und Nadine. Haben sie jedenfalls erzählt. Sie wollten sich demnächst auch einen Swimmingpool anschaffen."

„Und die heißen wirklich ‚Goebbels'?"

„Klar. Den Namen konnte ich mir besonders gut merken. Wissen Sie auch, warum?"

Bitte erzähl es mir nicht.

„Mein erster Verehrer hieß so. Johann Goebbels. Was für ein Mann!"

Einfach nicht darüber nachdenken.

„Und die Goebbels wollten einen Swimmingpool?"

„Nein, nein. Zuhoren. Die Goebbels haben schon einen. Patrick und Nadine wollten dann auch einen. Die wissen wohl nicht, wohin mit dem Geld."

„Haben Sie Adresse und Telefonnummer?"

„Ne."

„Wie soll ich sie dann finden?"

„Sie müssen doch nur nach einem Swimmingpool Ausschau halten."

„Wo? An der Côte d'Azur?"

„Wie die Restaurants in der Gegend heißen, weiß ich nicht. Die haben mich ja selten zu sich nach Hause eingeladen. Wie gesagt, die haben einen Swimmingpool im Garten."

„Aber wo soll ich denn suchen? Ich kann doch nicht die ganze Stadt abklappern."

„Die wohnen in der gleichen Straße wie Patrick und Nadine. Das habe ich Ihnen doch schon gesagt, Frau Lampe. Machen Sie eigentlich noch andere Dinge, während Sie telefonieren?"

Jetzt fingen wieder die Kaugeräusche an.

„Also gut, ich suche den Garten. Danach melde ich mich wieder."

Sie drückte hastig auf ‚Gespräch beenden'.

Wieso lässt du dir das eigentlich bieten, Sabrina? Das nächste Mal geigst du ihr deine Meinung! Und Lara ebenfalls. Die tanzt dir auch auf der Nase herum.

Sie stieg aus und ging hinüber zu dem Gartenzaun. Zwischen den Seerosen bemerkte sie einen Goldfisch, der leblos an der Wasseroberfläche trieb: Ja, andere hatten es auch nicht leicht.

Bereits ein paar Meter weiter entdeckte sie, halb verdeckt von einer mondänen Villa, tatsächlich einen Swimmingpool. Sie las den Namen auf dem Klingelschild an der Gartentür: Dres. Roger und Antje Goebel.

Auf die Genauigkeit von Angelika Schimmelpfengs Angaben war eben Verlass.

Was würde Josef Matula nun unternehmen?

Hm, vermutlich auch einfach klingeln und sich dumm stellen. Egal.

Sie drückte auf den Knopf.

Bereits wenige Sekunden später ertönte ein „Ja, bitte?" aus der Gegensprechanlage.

„Frau Goebel? Könnte ich Sie kurz sprechen?"

„Wer sind Sie denn?"

Du hast nichts zu verbergen, Sabrina. Entweder es löst sich alles in wenigen Minuten in Wohlgefallen auf oder hier ist tatsächlich etwas faul, und dann ist es deine Pflicht, die Sache aufzuklären.

„Es geht um Ihre Freunde, das Ehepaar Bender."

Die Frau am anderen Ende schien mit jemandem Rücksprache zu halten.

„Und wer sind Sie?", fragte sie noch einmal.

Sabrinas Instinkt sagte ihr, dass sie mit offenen Karten spielen konnte: „Mein Name ist Sabrina Lampe. Ich bin Privatdetektivin."

Wieder eine kurze Pause, dann summte es.

Sie trat in den Garten und ehe sie die Villa erreichte, öffnete sich dort bereits die Tür.

Ein Mann stand auf der Schwelle, gut gekleidet, mit Krawatte, als habe er Besuch erwartet. Hinter ihm eine Frau in einem blauen Kostüm. Ihre Schuhe sahen so aus, als hätten sie mehr gekostet als die knapp zehn Paare zusammen, die Sabrina ihr eigen nannte.

Sie schätzte die beiden auf etwa dreißig Jahre.

Yuppies, lautete ihr schnelles Urteil.

„Goebel", der Mann streckte ihr seine Hand entgegen.

Sie ergriff sie.

Ohne ein weiteres Wort trat er zur Seite und ließ sie ein.

„Antje Goebel", stellte sich nun auch seine Frau vor, Sabrina nickte.

„Haben Sie einen Ausweis?", fragte Roger Goebel.

Sabrina kramte aus ihrer Handtasche eine Visitenkarte hervor.

„Genügt das?"

Anscheinend entschied der Hausherr, dass von ihr keine Gefahr ausging: Er bat sie ins Wohnzimmer. Sabrina identifizierte Designermöbel; eine Wand des Raums bestand aus Glas, dahinter eine Terrasse und anschließend der Swimmingpool.

Es duftete nach Lavendel.

„Setzen Sie sich doch. Dürfen wir Ihnen etwas zu trinken anbieten?“

Sabrina war sich sicher, dass sie neugierig sein mussten, was sie hierher führte, doch das Bedürfnis, gute Gastgeber zu sein, schien zu überwiegen.

„Ein Glas Wasser, gerne.“

Als hätte sie schon in der Küche bereitgestanden, kehrte Antje Goebel innerhalb kürzester Zeit mit einer Karaffe Wasser zurück, in der Zitronenscheiben schwammen.

Sie schenkte Sabrina ein.

Deren zukünftiger Schwiegersohn wird sicherlich nicht den Namen eines Cocktails tragen, dachte Sabrina und bedankte sich.

„Wer hat sie beauftragt?“

„Herrn Benders Tante.“

Zeitgleich entglitten beiden Eheleute die Gesichtszüge, nur eine Schrecksekunde später hatten sie sich wieder gefangen: Sie schienen Frau Schimmelpfeng zu kennen.

„Patrick, ich meine ‚Herr Bender‘, hat uns von ihr erzählt, ja. Sie ist die Schwester seiner Mutter.“

„Hatten Sie in den vergangenen Tagen Kontakt zu Herrn oder Frau Bender?“

„Nein“, sagte Herr Goebel und „Ja“ seine Frau.

„Wie jetzt?“

„Meine Frau hat es versucht.“

„Ich hatte bei Nadine angerufen.“

Wie schön sich der Name doch mit stummem ‚e‘ anhörte.

Antje Goebel fuhr fort: „Sie hat mich abgewimmelt.“

„Normalerweise gehen meine Frau und ich nicht einfach hin und klingeln an der Tür.“

„Aber nachdem Nadine sich am Telefon so seltsam angehört hatte, bin ich gestern hinüber.“

„Gemeinsam mit Ihrem Mann?“

„Nein, ich war gestern im Büro. Da lag einiges an Arbeit.“

„Wir sind ja erst Freitag Mittag aus Dubai zurückgekehrt. Mein Mann hat mir die Reise zum fünften Hochzeitstag geschenkt. Abends wollte ich dann gleich mit Nadine sprechen. Zuerst dachte ich, dass sie vielleicht, hm, ‚sauer‘ ist.“

„Wieso das denn?“

„In den vergangenen Jahren sind wir übers Pfingstwochenende immer zu viert nach Rügen gefahren. Das ging diesmal natürlich nicht, wegen Dubai.“

„Aber erzählen Sie, Frau Lampe. Weshalb hat Herrn Benders Tante Sie beauftragt?“

„Auch sie wird am Telefon abgewimmelt.“

Herr Goebel runzelte die Stirn.

„Sein Geschäftspartner, Herr Frings, ebenfalls. Ich habe inzwischen auch ihn angerufen. Patrick war seit Pfingsten nicht mehr an seinem Arbeitsplatz. Nadine hat ihn gleich am Dienstag krankgemeldet.“

„Patrick war noch nie krank. Zumindest nicht so lange. Und wenn, dann schleppt er sich trotzdem ins Büro. Mein Mann ist da genauso.“

Roger Goebel nickte.

„Herr Frings schien mir sehr aufgebracht. Patrick hätte einige wichtige Dokumente gegenzeichnen müssen. Das passt alles gar nicht zu ihm.“

„Was arbeitet er denn?“

„Herr Frings und er betreiben eine Finanzagentur. Unter den Linden. Unsere Vermögenswerte verwalten sie ebenfalls.“

Sabrina dachte an ihre Sparkassen-Filiale am Nollendorfplatz und daran, wie sie kürzlich nachts im Vorraum Geld vom Automaten abgeholt hatte: Es war kein Lavendel gewesen, der sie in der Nase gekitzelt hatte.

Jetzt zückte Sabrina ihr Notizbuch und schrieb sich Namen und Adresse von Patricks Firma auf.

„Was ist eigentlich mit Patricks Eltern? Sie sind beide bereits verstorben, ja?“

„Bei einem Autounfall ums Leben gekommen. Vor ein paar Jahren. Das war ein großer Schock für Patrick.“

„Für Nadine auch“, meinte Frau Goebel.

„Ja, für beide. Sie hatten lange überlegt, ob sie das elterliche Haus hier in Zehlendorf übernehmen wollen.“

„Wir hatten ihnen zugeredet. Da wir schon hier wohnten, waren wir froh, sie in der Nachbarschaft zu haben.“

„Und Nadines Eltern?“, fragte Sabrina.

„Sind im diplomatischen Dienst. In Kenia. Oder war es Tansania? Sehr wenig Kontakt. Nadine spricht nur selten über sie. Ihre Kindheit verbrachte Nadine fast ausschließlich in Internaten. Mit ihren Eltern telefoniert sie nur an Weihnachten und den Geburtstagen.“

„Hilft Ihnen das alles denn weiter?“

„Ich hoffe, Frau Goebel.“

„Frau Lampe gibt sicher ihr Bestes, Liebling.“

Sabrina meinte, einen Unterton zu vernehmen: Er traute ihr also nicht zu, Licht ins Dunkel zu bringen.

„Eine Frage noch.“

„Ja?“

„Sie sagten, dass Sie jedes Jahr an Pfingsten nach Rügen fahren.“

„Richtig.“

„Steigen Sie da immer im selben Hotel ab?“

„Immer in der Hanseresidenz in Binz.“

Sabrina notierte den Namen und bedankte sich. Bei der anschließenden Verabschiedung drückte Roger Goebel ihr nun seinerseits eine Visitenkarte in die Hand.

„Sie halten uns doch auf dem Laufenden, ja?“

„Natürlich.“

Auf dem Rückweg zum Auto passierte sie erneut den Garteneich. Der Goldfisch war verschwunden. Entweder der Gartenbesitzer hatte ihn entfernt oder er war dem Tod noch einmal von der Schippe gesprungen: Es gab doch noch Hoffnung.

So, die Schimmelpfeng anrufen. Diesmal setzt du dich zur Wehr, Sabrina!

„Schimmelpfeng“, der Name diesmal laut und deutlich ausgesprochen.

„Sabrina Lampe. Ich war nun bei den Goebbels, Frau Schimmelpfeng“, besser bei dem Namen bleiben, alles andere verwirrte die Nachbarin nur.

„Und?“

„Sie waren bis vorgestern in Dubai. Dann das Gleiche wie bei Ihnen: Nadine hat sie abgewiesen, kein Kontakt zu Patrick.“

„Dubai, Dubai, ja, habe ich schon mal gehört. Das liegt an der Mosel, oder? Schöne Gegend.“

„Die letzten Jahre waren sie wohl immer gemeinsam auf Rügen.“

„Da muss diesmal irgendetwas passiert sein.“

„Das sehe ich auch so. Können Sie sich vorstellen, was?“

„Nein. Keine Ahnung.“

Dann schwieg Frau Schimmelpfeng und Sabrina glaubte bereits, sie habe aufgelegt oder sei sanft entschlafen, doch dann sprach die Nachbarin plötzlich wieder.

„Gute und schnelle Arbeit, Frau Lampe.“

Was war das denn? Die Schimmelpfeng hatte sie gelobt?

Hatte da jemand einen Diplomaten unter die Kutteln gerührt?

„Hätte ich gar nicht von Ihnen erwartet.“

Okay, jetzt war sie wieder normal.

„Ich bezahle Ihnen natürlich das Benzin.“

„Benzin? Welches Benzin?“

„Wollten Sie mit der Bahn fahren? Das dauert doch vermutlich länger, oder?“

Jetzt verstand Sabrina: „Ich fahre nach Rügen?“

Frau Schimmelpfeng schien dies nicht als Frage verstanden zu haben.

„Soll ich Sie begleiten?“

Neeeiiiinnnn!

„Das wird nicht nötig sein“, sagte sie rasch und erkannte sogleich, dass sie ihr damit indirekt die Reise bestätigt hatte.

„Ich war seit Jahren nicht mehr an der Ostsee.“

„Es ist am sinnvollsten, wenn ich gleich von hier losfahre“, sie blickte auf ihre Uhr. „Es ist schon kurz nach eins, sonst wird das alles zu spät.“

„Schade. Aber vielleicht können wir ja ein andermal einen Ausflug unternehmen?“

„Am besten, ich mache mich gleich auf die Socken.“

„Frau Lampe?“

„Ja?“

Für einen Augenblick schien die Zeit stillzustehen.

„Danke.“

Sabrina stutzte. Welch seltenes Wort in Angelika Schimmelpfengs Wortschatz. Sie konnte sich gut vorstellen, wie viel Überwindung die Nachbarin dies gekostet hatte.

Ja, sie würde nach Rügen fahren. Sie musste erfahren, was es mit dem seltsamen Verhalten Nadine Benders auf sich hatte. Verdammte Neugier.

‚Luftlinie Berlin-Binz 206,1 Kilometer, Entfernung auf deutschen Straßen 312 Kilometer‘, spuckte ihr Smartphone aus, Staumeldungen gab es keine. Da sollte sie bis allerspätestens Mitternacht zurück in Berlin sein.

Ansonsten könnte sie frühestens kommenden Samstag losfahren, wie ihr ihr Terminkalender bestätigte.

Montag, Dienstag und Donnerstag jeweils vier Stunden Arbeit im KaDeWe, daneben mehrere Personen- und Objekt-Observierungen, am Mittwoch einen wichtigen Arzttermin und der regelmäßige Besuch bei ihrer Psychotherapeutin.

Ihre Tochter durfte sie auch nicht vernachlässigen. Sie nahm sich vor, jeden Abend dieser Woche üppig für Lara zu kochen: Die Karnivoren schlagen zurück.

An den Freitag mochte sie gar nicht denken: Da stand vormittags der Gerichtstermin gegen Kurtuluş Kaymaz an. Sie war als Zeugin geladen.

Alles sprach dafür, sofort loszufahren.

Sie wählte Laras Handy-Nummer.

Keine Sekunde verging und ihre Tochter meldete sich.

„Ich wollte dich eben anrufen, Mama."

„Was ist denn los?"

„Mielke ist hier über deinen Schreibtisch getobt und hat alles durcheinandergewirbelt."

Wie Türklinken funktionierten, wusste er nun also auch. Das nächste Etappenziel war dann wohl der Gebrauch von Dosenöffnern.

„Da habe ich diesen seltsamen Brief gefunden."

„Was für einen Brief?"

„Da hat jemand Buchstaben aus einer Zeitung ausgeschnitten."

Sabrina wunderte sich; sie dachte, sie hätte alle diese Briefe abgeheftet.

„Mama, da bedroht dich jemand. Warum sagst du mir das nicht?"

„Das ist nichts, Lara."

„Das liest sich aber ganz anders. Da will dir einer an den Kragen. Du musst zur Polizei gehen. Die finden schon heraus, wer das ist. Und du bekommst Personenschutz."

„Ich weiß selbst, wer die Briefe geschrieben hat."

„Was?"

„Ja, glaub mir, der will mir nur etwas Angst machen. Kein Grund zur Sorge."

„Mama, der schreibt, dass er dir dein Licht ausschaltet."

„Das ist der Junge aus dem KaDeWe, von dem ich dir erzählt habe: Kaymaz."

„Der mit dem Plasmafernseher?"

„Ja, genau."

Rotzfrech hatte der Jugendliche versucht, den geklauten Fernseher vor sich hertragend, das Kaufhaus durch den normalen Ausgang zu verlassen.

Den ‚Ware bezahlt'-Aufkleber kannte Sabrina: Es war einer von Saturn. Schön dumm.

Gemeinsam mit einem Verkäufer hatte sie ihn angesprochen. Und Kaymaz war nichts Besseres eingefallen, als sich und den Fernseher auf den Verkäufer zu werfen.

Drei Rippen des KaDeWe-Mitarbeiters brachen; aus Kaymaz' Jacke fielen drei ebenfalls geklaute Blu-Rays der Augsburger Puppenkiste.

„Was will er von dir?"

„Am Freitag ist seine Gerichtsverhandlung. Ladendiebstahl. Tätlicher Angriff. Schwere Körperverletzung."

„Und warum schreibt er dir Drohbriefe?"

„Er will, dass ich für ihn aussage. Ich soll bestätigen, dass er gestolpert ist und sich alles nur um einen unglücklichen Unfall handelt. Dann bliebe nur der Ladendiebstahl für die Anklage."

„Und? Ist er gestolpert?"

„Hätte er dann ‚Tschakka' gerufen, während er auf den Verkäufer sprang?"

„Hast du eben gelacht, Mama?"

„Ich musste nur gerade an die Filme denken, die um ihn herum auf dem Boden lagen: Urmel aus dem Eis, Jim Knopf und Kater Mikesch. Das Allererste, was er machte, war, sich für die Blu-Rays zu rechtfertigen: ‚Die sind alle für meinen kleinen Bruder.' Dabei hat er gar keinen."

Sabrina liebte es, diese Geschichte zu erzählen, doch ihre Tochter stimmte nicht in ihre Fröhlichkeit ein.

„Lara, der macht nur Show. Der ist ein ganz kleines Licht. Vermutlich bekommt er sowieso nur eine geringe Jugendstrafe. Von dem geht überhaupt keine Gefahr aus.“

Dass Kaymaz ihr in der vergangenen Woche drei Mal vor ihrem Wohnhaus aufgelauert und sie dann verfolgt hatte, erwähnte sie lieber nicht.

„Wirklich, Mama?“

Jetzt hörte sie sich wieder ganz wie das liebe, kleine Mädchen an, das sie vor dem Eintritt in die Pubertät gewesen war.

„Wirklich. – Hör mal, kommst du heute alleine klar?“

„Wieso?“

„Ich muss dringend wegen eines Falls nach Rügen. Das geht zeitlich nur heute.“

„Oh, wie schade.“

Laras Reaktion hörte sich alles andere als traurig an.

Verbote nutzen in dem Alter nichts, Sabrina, denk daran, wie du selbst damals warst: „Es ist für mich in Ordnung, wenn Mojito dich besucht. Dann bist du auch nicht so allein.“

Sie hörte ein Geräusch.

„Er ist sowieso gerade bei dir, oder?“

Nach einer kurzen Pause bestätigte Lara.

„Hört er mit?“

Ein Klicken.

„Jetzt nicht mehr.“

„Lara, du hast noch dein ganzes Leben vor dir. Mach nichts, was du später bereuen könntest.“

„Mojito hat Kondome gekauft.“

Peng!

Okay, dann gab es zu diesem Thema ja nichts mehr zu sagen.

Hoffentlich setzte Mojito auf modernen Kunststoff und nicht auf Schafsdarm aus dem Prä-Plastik-Zeitalter.

„Und, Lara!“

„Ja?“

„Versprich mir, dass ihr euch etwas Anständiges zu essen macht. Muss ja nichts mit Fleisch sein. Aber du wirst dich auf Dauer nicht von alten Äpfeln ernähren können."

„Also gut."

Mehr, als sich auf Laras Wort zu verlassen, blieb Sabrina im Moment sowieso nicht übrig.

„Ich melde mich spätestens, wenn ich von Rügen losfahre."

„Mama?"

„Ja?"

„Bitte sei vorsichtig."

„Du auch. Ich hab dich lieb."

Sabrina legte auf und startete Wagen und CD-Player.

Drei Stunden Fahrt, drei Stunden mit den Toten Hosen, den Ärzten und Rammstein.

„Meine Freunde glauben nicht an Gott, meine Freunde gehören aufs Schafott. Sie leugnen seine Existenz, sind totale Satan-Fans, einer spielt Drums, der andere Bass. In Nomine Satanas!"

Entspannung pur.

18. Kapitel

Pfingsten – Rügen

Aufgereiht wie an einer Perlenschnur präsentierten sich die Hotels und Pensionen im erstarkten Licht der Frühlingssonne, direkt hinter der viel frequentierten Binzer Strandpromenade. Dazwischen die Hanseresidenz: Kurz nach der Wende in altehrwürdigem, hanseatischem Stil erbaut, schlank und doch geräumig, nicht zu schlicht und nicht zu protzig.

Der weiße Steinbau überragte seine Nachbarn, nicht viel, gerade so viel, um zu zeigen, welches sich für das feudalste Haus am Platze hielt.

Der Blick aus einem der Fenster musste fantastisch sein: Der kilometerlange, breite Sandstrand mit der Binzer Seebrücke, die Strandspaziergänger über das heute ruhige Wasser der Ostsee führte, 370 Meter aufs Meer hinaus; dahinter nur noch Wasser, einige wenige Schiffe und dann, irgendwo, weit in der Ferne, die dänische Insel Bornholm.

Doch von all dem sah das Ehepaar nichts, das auf der Rückseite der Hanseresidenz hinab in die hoteleigene Tiefgarage fuhr. Eine Reisetasche und einen abgestoßenen Hartschalenkoffer luden sie aus, abgesehen davon besaßen sie ohnehin nichts mehr. Viel zu schnell hatten sie aufbrechen müssen.

Der Fahrstuhl brachte sie nach oben zur Rezeption und eine freundliche, junge Frau hieß sie willkommen.

„Wir hatten vor etwa einer halben Stunde angerufen“, sagte der Mann.

„Ach, ja“, strahlte die Hotelangestellte. „Sie haben wirklich ein Riesenglück. Eigentlich sind wir ausgebucht. Aber heute Vormittag haben zwei ältere Damen abgesagt, wegen einer Erkrankung.“

Sie schob den beiden die obligatorischen, amtlichen Meldebögen hinüber, dazu zwei Kugelschreiber mit dem Schriftzug der Hanseresidenz.

Ehe seine Frau ihr Formular selbst ausfüllen konnte, hatte der Mann bereits danach gegriffen und es zu seinem herübergezogen.

Er schrieb ‚Hannes Schmidt‘ ins eine Namensfeld, ‚Beate Schmidt‘ ins andere; darunter jeweils eine Adresse in Rostock, die Felder für Postleitzahl und Telefonnummer ließ er frei.

Der Angestellten schien das auszureichen.

„Sollen wir im voraus bezahlen?“

Er zückte ein altes, abgegriffenes Portemonnaie, mehrere 200-Euro-Scheine ragten daraus hervor.

„Oh, das ist hier unüblich.“

Schmidt steckte das Geld wieder ein.

„Darf ich Ihnen behilflich sein?"

Ein junger Mann hatte sie angesprochen und griff bereits nach Koffer und Reisetasche.

„Zimmer 212. Leider kein Meerblick", die Hotelangestellte händigte Schmidt eine Chipkarte aus.

„Damit kommen Sie in Ihr Zimmer und rund um die Uhr durch den Haupteingang."

„Danke", sagte Frau Schmidt, ihr Gatte schwieg.

Danach trotteten sie beide dem Kofferträger hinterher, der sie bis in ihr Zimmer führte. Trinkgeld gaben sie keines.

„Oh, das sieht ja alles ganz normal aus", sagte Frau Schmidt enttäuscht, als der junge Mann draußen war, und ließ sich aufs Bett plumpsen.

„Was hast du erwartet, die Fürstensuite?"

„Weiß auch nicht, irgendetwas Nobleres."

„Ist's dir mal wieder nicht gut genug?"

Schmidt sah sich um: ein Doppelbett, ein kleiner Schreibtisch, ein Tisch, zwei Stühle, ein Fernseher.

„Das ist sicher die unterste Preiskategorie hier", er ging hinüber zum Fenster. „Mit Blick auf die Tiefgarageneinfahrt. Wird vermutlich nur in Ausnahmefällen vermietet. Wenn jemand so drängelt wie ich."

„Wir waren schon so lange nicht mehr im Urlaub. Im Fernsehen lief letztens ein Bericht über Monaco. Das war ein Hotel! Zwölf Stockwerke, riesiger Swimmingpool."

„Du laberst schon wieder. Wir sind nicht im Urlaub und wir sind nicht in Monaco."

Mit seinem Finger fuhr er über eine Kante am Bettgestell.

„Wenigstens ist es hier sauber. Anders als bei uns zuhause."

In der kleinen Nasszelle – Duschkabine, Toilette und Waschbecken – war ebenfalls alles zu seiner Zufriedenheit.

Seine Frau lag immer noch rücklings auf der Matratze.

Sie räkelte sich.

„Eine lange Fahrt. Bin froh, dass wir endlich aus dem verrauchten Auto raus sind. Hättest ruhig mal eine Pause machen können."

Dabei streckte sie die Arme nach hinten, verschränkte ihre Finger über dem Kopf und ließ leise die Gelenke knacken. Sie atmete tief ein und aus. Zeitgleich hoben sich ihre Brüste und senkten sich dann wieder.

Es erregte ihn.

„Na, ‚Frau Schmidt'. Liegen Sie bequem?"

Er setzte sich neben sie und schob rasch seine Hand unter ihr T-Shirt.

„Hey."

Sie wollte zur Seite rutschen, doch seine andere Hand war schneller. Er griff an ihre Hüfte und drückte zu.

„Autsch."

„Nu hab dich nicht so."

Jetzt fasste er nach ihrer rechten Brust und quetschte.

Sofort jammerte sie noch lauter, was ihn nur um so mehr anstachelte.

Ihr Versuch aufzustehen, endete damit, dass er seinen Körper auf den ihren schob.

„Ich hab jetzt keine Lust."

„Halt einfach die Klappe. Oberkörper aufrichten!"

Sie gehorchte; es gelang ihr mehr schlecht als recht, doch es genügte ihm, um ihr mit einem beherzten Ruck das T-Shirt über den Kopf zu streifen.

Beide Brüste lagen nun entblößt vor ihm.

„Mmmm."

Mit der einen Hand griff er nach ihrem Kinn und drückte ihren Kopf nach hinten, mit der anderen nestelte er zuerst an seinem Reißverschluss, dann an ihrem.

Dass ihr Unterkiefer sich bewegte, registrierte er kaum. Irgendetwas schien sie zu stammeln.

Und schon drang er in sie.

Jetzt verstummte sie; alle ihre Muskeln erschlafften, kein Widerstand mehr.

Er ejakulierte.

Das Ganze hatte keine Minute gedauert.

Fast zeitgleich schlossen sie ihre Hosen.

Schmidt wünschte sich, dass seine Frau etwas sagte. Er hätte ihr nur zu gerne Contra gegeben. Seine Finger zuckten.

Doch seine Frau schwieg.

Kommentarlos schlüpfte sie wieder in ihr T-Shirt.

Schmidt zündete sich eine Zigarette an und trat wieder ans Fenster.

„Sie sind sicher unterwegs. Bei dem herrlichen Wetter."

Er hörte, wie sich hinter ihm die Badezimmertür schloss.

„Aber beeil dich. Wir wollen los."

Kurze Zeit später kehrte sie wieder zu ihm zurück.

Die beiden verließen das Hotel und unterschieden sich durch nichts von den anderen Kurgästen, die die Strandpromenade entlangflanierten.

Der Blick der Frau glitt immer wieder sehnsüchtig hinüber zu den Cafés entlang des Weges, doch Schmidt interessierten diese genauso wenig wie die Souvenirgeschäfte und Eisdielen.

Am Strand selbst herrschte buntes Treiben.

Kinder, die ins Wasser rannten. Väter, die mit ihren Sprösslingen Sandburgen bauten. Frauen, die in der Sonne lagen. Strandkörbe. Sonnenschirme. Liegedecken.

Das Rauschen der sanft anbrandenden Wellen vermischte sich mit dem Lachen und Jauchzen am Strand.

„Guck dich um. Vielleicht sind sie hier irgendwo."

„Das ist wie eine Nadel im Heuhaufen suchen."

„Du hast recht. Wir sollten den Nachmittag abwarten und uns nachher in die Hotellobby setzen. Da müssen sie abends ja vorbeikommen."

„Am liebsten würde ich baden."
„Wir haben keine Badesachen eingepackt."
„Ja, und FKK-Strand ist keiner ausgewiesen."
„Du weißt, dass ich FKK nicht mag."
„Gibt ja sowieso kein FKK."
„Wäre egal, weil ich sowieso nicht an den FKK-Strand will."
„Dann gehen wir einfach am Strand entlang, ja?"
Sie zog ihre Schuhe aus und trug sie nun in der Hand.
Schmidt gesellte sich zu ein paar Jugendlichen, die sich mit einem Fussball vergnügten. Als ihm bewusst wurde, dass er nicht willkommen war, spielte er noch etwas weiter, dann wurde ihm langweilig.
Ein paar Meter weiter ein Volleyballfeld. Vier junge Männer spielten gegen vier junge Frauen. Schmidts Aufmerksamkeit galt dem zweiten Team.
„Sag mal, hat die dir gefallen?", fragte seine Frau.
„Wer?"
„Die Frau an der Rezeption."
„Quatsch", sagte er, ohne sich zu seiner Frau umzudrehen.
„Du hast die so komisch angesehen."
Jetzt grinste er sie frech an.
„Ich hab nicht mal bemerkt, dass sie lange, blonde Haare und riesige Titten hatte."
Sie schlug ihm mit der Faust auf die Brust und er lachte darüber.
„Hast doch vorher im Hotelzimmer gemerkt, dass ich nur dich lieb hab."
„Eben."
Schmidt verstand seine Frau mal wieder nicht. Aber dies war ihm auch nicht wichtig.
Eine halbe Stunde liefen sie in Richtung Norden, dann wollte er zurück.
Seine Frau widersprach ihm nicht.

„Ich könnte mir ja auch mal wieder die Haare färben", sagte sie, kurz bevor sie zur Hanseresidenz zurückkehrten.

Schmidt brummte.

Bald darauf saßen sie in der Lobby. Schmidt nahm an einem der PCs Platz, an denen man bei Einwurf einer 2-Euro-Münze eine halbe Stunde im Internet surfen konnte. Gleichzeitig hatte er einen hervorragenden Blick auf die Rezeption. Er konnte genau beobachten, wer aus- und einging. Die attraktive Rezeptionistin war leider einem glatzköpfigen Mittfünfziger gewichen. Schmidts Frau, am Rande eines schwarzen Ledersofas sitzend, schlug die Beine übereinander und las in Illustrierten.

Zum wiederholten Male besah Schmidt sich das Foto, das er in seinem Portemonnaie mit sich trug.

Er zweifelte nicht daran, dass er den Mann und die Frau erkennen würde, sobald sie hier auftauchten. Er, gegeltes Haar und Nickelbrille, erinnerte ihn irgendwie an den früheren Verteidigungsminister zu Guttenberg; sie, kurzes, brünettes Haar und burschikoser Gesichtsausdruck.

Knapp anderthalb Stunden später war es soweit. Das gesuchte Paar, beide sommerlich-elegant gekleidet, grüßte den Rezeptionisten und verließ das Hotel.

In echt wirkten sie noch arroganter und unsympathischer.

Der Blickkontakt mit seiner Frau bestätigte, dass sie die Zwei ebenfalls identifiziert hatte.

Sie hefteten sich an deren Fersen, in ausreichendem Sicherheitsabstand, damit die Verfolgten nichts bemerkten.

Drei Straßen weiter betrat das Ehepaar ein gehoben wirkendes Restaurant; die Schmidts warteten kurz, dann gingen sie hinterher.

Es roch nach Fisch. Im Restaurant selbst, gut besucht, keiner der Tische frei.

Schmidt erspähte die beiden hinten links und erkannte, wie er ihr gerade den Stuhl zurechtrückte und dann selbst Platz nahm.

Ehe einer der Kellner auf ihn zukommen und womöglich wegen fehlender Reservierung abweisen konnte, eilte er schnell hinüber, seine Frau zog er an der Hand mit sich.

„Entschuldigung. Dürften wir uns zu Ihnen setzen?“

Schmidt fühlte sich einer entwürdigenden Musterung ausgesetzt. Die Zwei sahen ihn an, an ihm hinab und wieder nach oben.

Am liebsten hätten sie ihn wohl abgewiesen.

Er musste reagieren. Schnell.

„Meine Frau hat sich so sehr auf das Essen gefreut. Wir haben schon so viel über das Lokal gehört. Und nun ist hier voll.“

Hoffentlich reagierte seine Frau und setzte den ihr eigenen mitleiderregenden Blick auf, der bei ihm schon lange nichts mehr nutzte.

Der Mann schien noch zu überlegen, während seine Frau eine Entscheidung traf: „Kein Problem. Setzen Sie sich doch.“

„Danke“, sagte Frau Schmidt und nahm Platz.

Schmidt schob seine Hand zu der Frau hinüber und stellte sich vor.

„Nadine Bender“, erwiderte sein Gegenüber, danach machte sich ihr Mann Patrick bekannt.

„Freut mich sehr, Ihre Bekanntschaft zu machen“, meinte Schmidt in größtmöglicher Höflichkeit und setzte sich zwischen die beiden Frauen.

„Mich auch“, antwortete Patrick, was eindeutig als Floskel erkennbar war.

„Oh, darf ich mal Ihren Ring sehen?“, hörte Schmidt Nadine sagen und erschrak. Irritiert blickte er zu seiner Frau, die zaghaft ihre Hand nach vorne streckte und ihren Fingerring präsentierte. Nadine musterte das silberfarbene Schmuckstück mit dem dezenten, quadratisch geschliffenen Rubin.

„Der sieht genau so aus wie einer, den ich habe. Nicht wahr, Schatz? Man könnte fast meinen, es sei ein Duplikat.“

„Deiner ist ein Einzelstück.“

Jetzt besah sich auch Patrick den Ring: „Aber er sieht ihm wirklich zum Verwechseln ähnlich."

„Wir haben ihn im Urlaub gekauft", log Schmidt. „In Thailand."

Unterm Tisch trat er mit dem Fuß gegen das Schienbein seiner Frau. Sie verzog keine Miene.

„Haben Sie schon gewählt?"

Zum Glück unterbrach sie der Kellner.

Frau Schmidt zog ihre Hand zurück und griff nach der vor ihr liegenden Speisekarte.

„Der Hummer gestern hatte uns vorzüglich geschmeckt", meinte Patrick, Nadine nickte. „Den kann ich gerne zwei Tage hintereinander essen. Was meinst du?"

„Zwei Mal Hummer", bestätigte Nadine.

„Vier Mal Hummer", berichtigte Schmidt.

Der Kellner notierte.

„Dazu trockenen Weißwein?"

Patrick, Nadine und Frau Schmidt bestätigten, Schmidt bestellte sich ein Pils.

Danach schwiegen sie.

„Letztes Jahr hatten wir Regen an Pfingsten", versuchte Frau Schmidt, eine Konversation zu beginnen.

„In Berlin nicht", meinte Nadine. „Wo kommen Sie her?"

„Aus Rostock", sagte Schmidt rasch.

„Schöne Altstadt. Nicht wahr, Schatz?"

„Ja."

„Wir fahren öfter mal hin. Mein Mann hat dort häufiger Termine, ich gehe dann immer zum Shoppen. Wo genau wohnen Sie denn da?"

„Nicht genau in Rostock", antwortete Schmidt. „Wir haben ein Haus in einem kleinen Dorf an der Stadtgrenze. Das kennen Sie sicher nicht."

Insgeheim hoffte er, dass die Benders nicht nach dem Dorfnamen fragten.

„Mit einem großen Garten", ergänzte seine Frau.

Schmidt fiel auf, dass sie zwischenzeitlich den Fingerring abgestreift hatte. Erneut stieß er ihr gegen das Schienbein. Sie rutschte zur Seite.

„Wir haben auch einen Garten. Ist in Berlin ja eher eine Seltenheit."

Der Kellner brachte Getränke und Besteck.

Als er die Hummergabel sah, wurde Schmidt bewusst, dass er noch nie in seinem Leben Hummer gegessen hatte. Aber wenn andere das konnten, würde es ihm sicher auch gelingen. Er würde einfach schauen, wie die Benders das machten.

„Zum Wohl", sagte Nadine. Die drei Weißweingläser stießen aneinander und dann einzeln gegen das Pilsglas.

Bender schien den Wein zu kauen und erzählte etwas von Noten und Abgang.

Schmidt lobte, dass das Bier eine hervorragende Temperatur habe, und trank das Glas in einem Zug leer.

Dann bemerkte er, wie seine Frau Patrick Benders Augen musterte und danach ihn ansah.

Was ging in ihr vor?

Nadine Bender erzählte währenddessen, dass sie in der Hanseresidenz übernachten würden.

„Was für ein Zufall!", sagte Frau Schmidt, die Augen weit geöffnet. „Wir auch." Zeitgleich fror Patrick Bender die gespielte Freundlichkeit ein; eine Reaktion, die Schmidt wiederum genoss.

Der Hummer wurde serviert.

„Im Urlaub esse ich am liebsten Produkte aus der Region", meinte Frau Schmidt.

„Hier in der Ostsee gibt es keinen Hummer", belehrte sie Patrick und reckte dabei das Kinn nach oben. „Unser Freund hier kommt vermutlich aus Norwegen."

Schmidt kochte vor Wut über Patricks herablassende Art. Am liebsten hätte er seinem Gegenüber mit der Faust ins arrogante Gesicht geschlagen.

Während des Essens redete niemand.

Unter ständiger Beobachtung ihrer Tischnachbarn mühten sich Schmidt und seine Frau redlich, aber vergeblich, ein halbwegs gutes Bild beim Verzehr abzugeben. Die despektierlichen Blicke demütigten Schmidt weiter, doch er riss sich zusammen. Seine Zeit würde kommen.

Kaum hatte Nadine als Letzte ihr Besteck zur Seite gelegt, rief Patrick auch schon nach dem Kellner.

„Zahlen, bitte."

„Oh, ich dachte, wir reden noch etwas miteinander", spielte Schmidt Enttäuschung.

„Meine Frau hat bereits vor dem Essen über Kopfschmerzen geklagt, sie ist nur mir zuliebe mitgegangen."

„Ja, danke, mein Schatz. Nun würde ich gerne zurück auf unser Zimmer", griff sie den Faden auf. „Ich hoffe, Sie sind uns nicht böse?"

Es klang mehr nach Feststellung als nach Frage.

„Getrennt oder zusammen?", wollte der Kellner wissen.

„Dann lassen Sie wenigstens mich das übernehmen."

Und schon zückte Schmidt sein abgewetztes Portemonnaie und legte einen 200-Euro-Schein auf den Tisch.

„Kommt gar nicht infrage!", sagte Patrick resolut.

„Getrennt!", bestand er gegenüber dem Kellner.

„Dann bezahle ich noch einen Absacker", meinte Schmidt und orderte vier Klare, die kurz darauf zusammen mit den beiden Rechnungen gebracht wurden.

Er kippte ihn sogleich hinunter, seine Frau trank langsam, Patrick und Nadine nippten lediglich daran.

Er genoss, wie peinlich die Situation den Benders sein musste und beschloss, noch einen Schritt weiter zu gehen.

„Wir sind doch etwa im gleichen Alter. Wollen wir nicht ‚du' zueinander sagen?"

Und ehe Patrick widersprechen konnte, schob er „Also, ich bin der Hannes." hinterher; „Ich die – Beate", sagte sogleich seine Frau.

Nach kurzem Zögern nannte Nadine leise ihren Vornamen; ihr Mann sagte, die Zähne kaum auseinanderbringend: „Patrick."

„Wie schön, dass wir uns kennengelernt haben. Vielleicht können wir ja morgen etwas gemeinsam unternehmen? Natürlich nur, wenn es deiner Frau wieder besser geht, Patrick. Ein Ausflug vielleicht? Da sollen so große, weiße Felsen im Norden der Insel sein. Habe ich auf einem Prospekt gesehen."

„Mal sehen", wiegelte Patrick ab.

„Wann frühstückt ihr denn immer?"

„Nicht vor acht."

Dass Patrick vor der Antwort kurz überlegt hatte, bestärkte Schmidt darin, auf jeden Fall vor acht im Frühstückszimmer der Hanseresidenz aufzutauchen.

Auf dem Rückweg schwadronierte Schmidt über die letzten Spiele der Bundesliga. Es blieb ein Monolog.

Lediglich noch ein „Gute Nacht" pressten sich die Benders heraus, als die Schmidts im ersten Stock aus dem Fahrstuhl stiegen.

Zurück im Zimmer hatte seine Frau gerade die Tür hinter sich geschlossen, da schlug Schmidt auch schon mit der flachen Hand in ihr Gesicht. Sie krachte gegen den Türrahmen der Nasszelle, hielt sich aber aufrecht.

„Das war für den Ring."

Und noch eine, diesmal mit links. Die Augen seiner Frau: schreckgeweitet. Das gefiel ihm.

„Und das dafür, dass du ihn dann so auffällig abgenommen hast."

Sie stöhnte, aber wehrte sich nicht, hielt sich lediglich die Arme vors Gesicht.

Falls sie sich tatsächlich damit rechtfertigen sollte, dass er selbst Geld und das Foto hatte mitgehen lassen, würde er ein weiteres Mal zuschlagen.

Doch dieses Vergnügen gönnte sie ihm nicht, sie schwieg.

Am nächsten Morgen gingen sie bereits um sieben hinab ins Frühstückszimmer, um auf keinen Fall die Benders zu verpassen. Im Gesicht von Schmidts Frau waren keine Spuren mehr von den Schlägen zu sehen. Seit Jahren hatte sie Übung darin, Blutergüsse und kleine Wunden zu überschminken.

Als die Benders kurz nach ihnen eintrafen, drängte Schmidt sich erneut auf, was diesen sichtlich unangenehm war und ihn um so mehr anstachelte.

Ohne zu Ende gegessen zu haben, zog sich das Ehepaar unter einem Vorwand zurück und kurz darauf sah Schmidt vom Fenster seines eigenen Zimmers aus, wie sie in ihrem Mercedes die Tiefgarage verließen.

„Die machen den Ausflug wohl ohne uns“, kommentierte er die Flucht der Benders.

„Kann ich gut verstehen“, grinste seine Frau. „Ich bin echt überrascht, wie viel die sich bieten lassen.“

„Welch gute Erziehung. Immer höflich bleiben und das Gesicht wahren.“

„Sollen wir das Ganze nicht beenden? Uns mit dem Geld zufriedengeben?“

„Beenden? Es fängt gerade erst an.“

„Ach, je“, mehr fiel Katja Plank nicht dazu ein. Sven machte sowieso, was er wollte.

19. Kapitel

Anfang Juni

Im Büro des Ersten Kriminalhauptkommissars hing der Geruch von Nikotin in der Luft. Vermutlich steckte er auch in Zimmermanns Kleidung, im Mobiliar und im Anstrich der Wände. Wenn Zimmermann irgendwann in Pension ging, dann müsste wohl das ganze Büro renoviert werden, vermutete Niklas.

Er setzte sich auf einen der Stühle vor Zimmermanns Schreibtisch, Jasmin nahm auf dem anderen Platz.

Zimmermann stemmte sich hoch, öffnete das Fenster und wandte sich dann seinen beiden Kollegen zu.

„Tut mir sehr leid, dass Sie nicht die Zeit haben, sich hier einzuarbeiten, Herr Steg. Die Ereignisse überschlagen sich ja förmlich."

Mit dem dicken Zeigefinger seiner rechten Hand tippte er auf die Akte auf seiner Schreibunterlage.

Niklas war keineswegs unglücklich darüber, dass er gezwungen wurde, sich in die Arbeit zu stürzen. Es lenkte ihn ab. Lenkte ihn ab vom Gesundheitszustand seiner Eltern, von der Trennung von Hanna und davon, dass seine Tochter nicht mit ihm sprechen wollte. Er hatte gesehen, dass sie bei Skype online war. Als er sie angeklickt hatte, wechselte das Symbol auf ‚abwesend'. Drei Mal war ihm das inzwischen passiert. Er würde heute Abend mit seiner Frau darüber sprechen müssen.

Jasmin hatte Zimmermann den Bericht erst vor zwanzig Minuten auf die Schreibunterlage gelegt, und wie es schien, hatte sich Zimmermann zügig auf den aktuellen Stand gebracht.

„Die Fakten kenne ich nun. Mich interessieren aber auch Ihre persönlichen Einschätzungen."

Niklas nickte.

„Als erstes der offensichtliche Tathergang: Nadine Bender wurde von ihrem Mann betrogen. Als sie es herausfand, hat sie ihn im Affekt mit einer Axt erschlagen. Ihre Fingerabdrücke finden sich auf der Tatwaffe. Anschließend versuchte sie, sich mit einem Sprung von einem Hausdach selbst das Leben zu nehmen."

„Ihr Abschiedsbrief unterstützt diese Theorie", ergänzte Jasmin. „Sie schreibt von den Seitensprüngen ihres Mannes und bekennt sich zu dem Mord. Und sie könne mit der Schuld nicht leben. Eine Schriftenanalyse hat eindeutig bestätigt, dass sie den Brief selbst geschrieben hat."

„Eine kleine, runde Geschichte", meinte Zimmermann. „Fall gelöst. Akte geschlossen. Ein Routinevorgang, oder?"

„Dass eine Frau einen körperlich deutlich überlegenen Mann mit einer Axt erschlägt, ist mehr als ungewöhnlich. Wäre der Hieb von hinten geführt worden, ja, das könnte ich mir gerade noch vorstellen. Aber so? Noch dazu meint Dr. Bostak, dass die Axt mit erheblicher Wucht einschlug."

„Aber in großer Wut entwickelt der Mensch ungeahnte Kräfte, Herr Steg", widersprach Zimmermann.

„Ja, theoretisch könnte es so passiert sein, aber es ist doch sehr unwahrscheinlich. Die Brutalität, mit der die Tat ausgeführt wurde, passt ebenso wenig zu einer Frau. Noch etwas: Während der Fuß laut Dr. Bostak unmittelbar vor oder nach dem Todeseintritt abgehackt wurde, wurde der Zeigefinger mindestens 48 Stunden vorher abgetrennt."

„Warum ist Bender danach nicht gleich zur Polizei gegangen?"

„Darüber können wir im Moment nur spekulieren. Genauso darüber, wo der Finger verblieben ist. Wir haben den Dackel röntgen lassen. In seinem Magen war er jedenfalls nicht."

„Dann haben wir diesen Mann, der sich zu Nadine Bender auf die Intensivstation geschlichen hat."

„Könnte schlicht und einfach ein Reporter sein“, argumentierte Zimmermann. Niklas war klar, dass Zimmermann ihn herausforderte und wissen wollte, welche Überlegungen sein neuer Mitarbeiter anstellte und welche Strategien er entwickelte.

„Ja, ‚könnte‘. Wir haben die Journalisten vor dem Klinikum befragt und den Flüchtigen beschrieben, aber niemand kannte ihn. Und sie meinten, die Branche sei nicht so groß, dass man sich nicht immer mal wieder über den Weg laufen würde. Also ebenfalls: möglich, aber eher unwahrscheinlich.“

„Auch die Fingerabdrücke geben uns Rätsel auf“, sagte Jasmin.

Niklas ergänzte: „Abgesehen von den Fingerabdrücken von Frau Bender konnten wir weitere an der Tatwaffe sicherstellen. Sie stimmen mit denen überein, die vor ein paar Tagen bei einem Mordfall in Hamburg sichergestellt wurden. Inzwischen haben wir zudem einen DNA-Abgleich: ebenfalls eine Übereinstimmung. Und die gleichen Fingerabdrücke und die gleiche DNA haben wir mehrfach im Haus der Benders in Zehlendorf gefunden.“

„Kommen wir also zu ‚zweitens‘“, nahm Zimmermann auf Niklas’ einleitende Worte Bezug.

Niklas fasste den alternativen Tathergang zusammen: „Ein uns noch unbekannter Mann tötet im Hamburger Stadtteil St. Pauli einen vorbestraften Kleinkriminellen. Die Motivlage ist noch völlig unklar, aber es klingt erstmal nach einem Mord im Milieu. Danach taucht der Unbekannte in Berlin auf. Hier begeht er, ebenfalls ohne erkennbares Motiv, einen weiteren Mord. Äußerst brutal, mit einer Axt. Ganz anders als die erste Tat, die vermutlich im Affekt erfolgte.“

„Aber wieso nimmt dann Frau Bender die Schuld auf sich?“

„Vielleicht hatte sie ihrerseits ein Verhältnis. Mit dem Täter. Und nun versucht sie, ihn zu schützen.“

„Was ist mit der Axt?“

„Die Frage stellten Frau Ibscher und ich uns auch schon. Mit der Axt wurde nachweislich Holz gehackt, aber die Benders haben in ihrer Villa in Zehlendorf Fußbodenheizung und keinen Kaminofen."

„Also hat der Täter sie mitgebracht?"

„Vermutlich."

„Ein weiterer Hinweis auf einen geplanten Mord und keine spontane Tat wie in Hamburg. Aber wo ist der Zusammenhang?"

Nachdenklich wanderte Niklas' Blick durchs Büro. Er verharrte bei Zimmermanns Plüschgorilla, oben auf dem Regal. Dieser schien aufmerksam dem Gespräch zu lauschen.

Da klingelte Zimmermanns Telefon; dieser meldete sich, bestätigte etwas und legte wieder auf.

„Vielleicht bekommen wir bald Licht ins Dunkel."

Niklas sah ihn fragend an.

„Das war der Stationsarzt aus dem Klinikum. Sie wollen Frau Bender zur weiteren Behandlung aus dem künstlichen Koma holen."

20. Kapitel

Ende Mai – Rügen

„Fahren Sie einfach in Richtung Strand weiter", sagte der Mann am Straßenrand zu Sabrina und wies mit dem Finger geradeaus. „Die Hanseresidenz ist ein großes, weißes Gebäude, direkt an der Promenade. Das können Sie nicht verfehlen."

Einen Moment lang dachte Sabrina daran, dass sie im vergangenen Urlaub in Rom eine geschlagene Stunde lang den Trevibrunnen gesucht hatte, obwohl sie in unmittelbarer Nähe in Seitenstraßen umhergeirrt war. Eine Anekdote, die sie potenziellen Mandanten besser nicht erzählen sollte.

Sie bedankte sich und fuhr weiter.

Zweifaches Glück: Direkt in Fahrtrichtung entdeckte sie das gesuchte Hotel und dazu, nur zwei Häuser weiter, einen Parkplatz.

Ihr Golf stöhnte bedenklich auf, als sie den Wagen in die Parklücke lenkte und den Zündschlüssel abzog. Wäre der Song von Rammstein nicht eine halbe Sekunde vorher zu Ende gegangen, hätte sie es vermutlich für einen Soundeffekt gehalten.

Ihr fiel ein, dass sie den Wartungstermin im März versäumt hatte und schrieb sich eine Notiz in ihr Smartphone.

In den Parkscheinautomaten steckte sie einen Euro.

Eine Stunde sollte reichen, dachte sie.

Mojito hatte ihr erst kürzlich versucht weiszumachen, dass sich das nicht rechne.

Die statistische Wahrscheinlichkeit, einen Strafzettel zu erhalten, sei relativ gering. Die Parkgebühren stünden dazu in keinem Verhältnis.

Doch als Sabrina in Laras und Mojitos Alter war, hatte sie die Entscheidung getroffen, zur Polizei zu gehen. Seither versuchte sie, alles korrekt zu erledigen und ein gutes Vorbild für andere zu sein.

Der Eintritt in die Polizeischule war ihr jedoch verwehrt geblieben. Die Mindestgröße für eine Laufbahn bei der Polizei betrug für Frauen 1,60 Meter, Sabrina fehlte dazu gerade mal ein Zentimeter. Ein Zentimeter, der ihren Traumberuf verhinderte. Ein Zentimeter, der ihr Leben in komplett andere Bahnen lenkte.

Mojitos Statistik zum Trotz sah sie am Ende der Straße eine Polizistin, die Knöllchen ausstellte.

Vielleicht hätte es für mich auch nur fürs Strafzettel-Aufschreiben gereicht, tröstete sie sich über die entgangene Berufschance, während sie den Zahlbeleg aufs Armaturenbrett legte.

Sie ging zum Hotel hinüber. Ohne zu zögern, trat sie ein und steuerte direkt die Rezeption an.

„Guten Tag", sagte sie zu dem Mann am Tresen. „Ich komme wegen des Ohrrings."

Der Hotelangestellte sah sie fragend an.

„Meine Freundin hat vorhin hier angerufen: Frau Bender."

Wie gut, dass sie sich einen Plan zurechtgelegt hatte. Bereits kurz hinter Berlin war ihr die Idee gekommen, wie sie vorgehen könnte.

Sie stoppte auf dem nächsten Parkplatz, recherchierte mit ihrem Smartphone die Telefonnummer der Hanseresidenz und zudem ein Hotel, das in der Nähe lag.

„Hotel Hanseresidenz, Sebastian Janke."

„Nadine Bender hier."

„Ah, guten Tag, Frau Bender."

„Ähm, ich war Pfingsten bei Ihnen. Können Sie sich an mich erinnern?"

„Aber selbstverständlich, Frau Bender."

Sabrina erschrak. Sie hoffte, der Hotelangestellte erinnerte sich nicht zu gut, zumindest was Nadine Benders Stimme betraf.

„Weswegen ich anrufe", das Gespräch nicht zu lange werden lassen, Sabrina. „Mir fehlt seit dem Aufenthalt bei Ihnen ein Ohrring. Möglicherweise ist er unters Bett gerutscht oder in irgendeine Ritze. Könnten Sie da mal nachsehen?"

„Natürlich."

Sabrina hörte, wie Herr Janke etwas in eine Tastatur tippte.

„Sollen wir Ihnen den Ohrring zuschicken, falls wir ihn finden?"

„Nein, nein, ich benötige ihn dringend. Wie es der Zufall so will, ist gerade eine gute Freundin von mir in Binz, sie wohnt im Dorint Strandhotel und würde später bei Ihnen vorbeikommen. Ginge das? Morgen reist sie nämlich zurück nach Berlin und könnte mir den Ohrring mitbringen."

„Ich muss natürlich mit den Gästen sprechen, die im Moment in dem Zimmer sind."

„Ja, klar."

„Ich werde sehen, was sich machen lässt, Frau Bender."

„Vielen Dank. Sie befreien mich aus einer großen Klemme."

„Aber sicher, Frau Bender, schönen Tag noch."

Und nun stand Sabrina an der Rezeption der Hanseresidenz und konnte sich auf ihre gute Freundin Nadine Bender berufen: So kam man ins Gespräch.

Das Einzige, was noch schiefgehen könnte, wäre, dass der Hotelangestellte ihre Stimme vom Telefonat wiedererkannte.

Da fiel Sabrinas Blick auf ein Namensschild an Tresen: ‚Für Sie heute an der Rezeption: Peter Lund.' Sie atmete auf.

„Ja, mein Kollege hat mir Bescheid gegeben, dass Sie kommen", sagte Herr Lund. Seine Fröhlichkeit wich. „Aber es tut mir sehr leid, wir konnten den Ohrring nicht finden. Das Ehepaar, das im Moment in dem Zimmer ist, war sehr freundlich. Sie haben sogar geholfen, nach dem Ohrring zu suchen."

Sie musste auf ‚niedergeschlagen' und ‚hilfebedürftig' machen, das funktionierte bei Männern immer, Beschützerinstinkte wecken.

„Ohje, die arme Frau Bender. Die Ohrringe waren ein Geschenk ihres Mannes. Zu ihrem Geburtstag."

Wenn man einmal gelogen hatte, dann wurden die weiteren Lügen einfacher. Und je mehr Details eine Geschichte erhielt, desto glaubwürdiger wurde sie.

Der Zweck heiligt die Mittel.

„Ist sie sich denn sicher, dass sie ihn bei uns verloren hat?"

„Ja, auf jeden Fall im Urlaub auf Rügen. Bei der Anreise trug sie beide noch, da kann sie sich genau erinnern."

Hoffentlich fragte sich Lund nicht, warum sie erst heute – mehrere Tage nach dem Hotelbesuch – nach dem Schmuckstück suchen ließ. Ehe er auf diese Idee kommen könnte, täuschte sie rasch einen Schwächeanfall vor.

Sie ging in die Knie, hielt sich am Tresen fest.

„Oh, setzen Sie sich doch. So schlimm wird das doch nicht sein, mit dem Ring."

„Nein, nein, das ist wegen meiner Diabetes. Ich bin etwas unterzuckert."

Was erzählst du da, Sabrina?

Lund war bereits bei ihr, stützte sie und führte sie hinüber zu einer Sitzgruppe.

„Soll ich Ihnen einen Kaffee bringen?"

Sie wollte schon bestätigen, da fiel ihr ein, dass der nicht half. Schließlich litt sie ja an Diabetes.

„Ein Orangensaft wäre gut."

„Kommt sofort."

Lund verschwand und kam nach etwa drei Minuten mit einem Glas Orangensaft zurück.

„Frisch gepresst", sagte er. „Nicht aus dem TetraPak."

Sabrina trank das halbe Glas leer.

Der Kaffee wäre mir jetzt lieber gewesen, dachte sie.

Aufs Thema zurückkommen, Sabrina.

„Nadine hat mir schon vorgeschwärmt, dass hier bei Ihnen alle so fürsorglich sind. Nächstes Jahr komme ich auch zu Ihnen."

„Danke, das freut mich sehr."

„Dieses Mal soll es ja ganz besonders gewesen sein", startete sie einen Versuchsballon.

„Wie meinen Sie das?"

„Es war anders als sonst", sie betonte es so, dass es weder eindeutig Frage noch Aussage war.

„Der Urlaub von Herrn und Frau Bender?"

„Ja."

„Meinen Sie wegen der Sache mit den Schmidts?"

Schmidts? Welche Schmidts?

„Ja, genau", antwortete sie.

„Dumme Geschichte."

„Das kann man wohl sagen", sie tat so, als wisse sie, wovon sie sprach.

„Aber, keine Sorge. Die kommen nicht wieder. Hausverbot. Sie können uns also getrost nächstes Jahr besuchen."

„Hausverbot? Ist denn noch mehr vorgefallen?"

„Na, das hat ja wohl genügt. Zuerst hat dieser Schmidt eine Kollegin belästigt. Sie arbeitet auch an der Rezeption. Langes, blondes Haar; sehr attraktiv." Lunds Augen glänzten, während er von ihr erzählte. „Schmidt habe ihr bereits beim Einchecken ständig auf die Brüste gestarrt. Am nächsten Morgen dann hat er sie angebaggert, sagt sie, und versucht, sie zu begrapschen."

„Und seine Frau? Sie sagte nichts dazu?"

„Keine Ahnung. War wahrscheinlich schon am Frühstücksbüffet."

„Und dann noch die Sache mit meinen Freunden, den Benders."

„Ja, wenn sich Gäste belästigt fühlen, wiegt das natürlich noch schwerer. Die Hanseresidenz hat einen vorzüglichen Ruf, wie Sie wissen. Da müssen wir natürlich reagieren."

„Und die Benders hatten guten Grund, sich zu beschweren."

„Das stand ganz außer Zweifel. Die Schmidts sind ihnen ja gar nicht mehr von der Pelle gerückt. Haben sie auf Schritt und Tritt verfolgt. Genau hier in der Lobby haben sie sie dann zur Rede gestellt. Herr Bender war sehr aufgebracht, so habe ich ihn noch nie erlebt; dieser Schmidt hat ihn als Reaktion darauf frech angegrinst. Die Benders sind dann unverzüglich abgereist, vorzeitig wohlgemerkt, keine zehn Minuten später auch die Schmidts. Unsere Geschäftsführerin höchstpersönlich hat ihnen mitgeteilt, dass sie in Zukunft hier unerwünscht seien. Schmidt hat ihr einige Unflätigkeiten an den Kopf geworfen, die ich nicht wiederholen möchte."

Hört sich nach Stalking an, dachte Sabrina, aber warum?

Lund überlegte.

„Vielleicht haben die den Ohrring gestohlen. Zuzutrauen wäre es ihnen."

„Was könnten sie denn mit dem Ohrring wollen?"

„Keine Ahnung. Was hatten sie davon, die Benders zu belästigen?"

Ja, was?

Wer waren diese Schmidts? Wo kamen sie her?

Ob Lund ihre Adressdaten herausrückte?

Lieber auf Nummer sicher gehen und die Informationen selbst beschaffen.

Wie lange hatte er gebraucht, um ihr etwas zu trinken zu bringen?

Könnte genügen, um einen Blick in die Datenbank zu werfen.

Sie leerte das Glas.

„Ach, ob ich noch einmal so einen Orangensaft bekommen könnte?"

„Aber selbstverständlich."

Kaum war er aus der Lobby verschwunden, eilte sie hinüber zum Tresen. Hoffentlich kamen nicht gerade in diesem Augenblick Gäste zur Tür herein.

Was sollte sie dann sagen?

Rezeptionistin spielen?

Oben rechts entdeckte sie ein Suchfeld auf dem Bildschirm.

Trial and error, mehr als Schiefgehen konnte es nicht.

Sie tippte ‚Schmidt' ein und sofort erschien eine lange Liste an Namen und Adressen.

‚Priorität', stand bei einem Scroll-Down-Menü. Sie klickte darauf und als Optionen erschienen ‚Namen', ‚Postleitzahl', ‚Datum des Aufenthalts'. Bingo, das reichte, weiter zu lesen brauchte sie nicht; sie aktivierte die Option.

Sofort gruppierten sich die Schmidts vor ihr um und zuoberst erschienen ‚Hannes und Beate Schmidt', daneben das Datum von Pfingsten, Adresse: Opernplatz 1 in Rostock.

Rasch zurück zur Sitzgruppe.

Und schon kehrte Lund mit einem neuen Glas Orangensaft zurück.

„Sie sind ja ganz außer Atem“, sagte er. „Vielleicht soll ich doch einen Arzt rufen?“

„Nein, nein, es geht schon.“

Gäste kamen durch die Eingangstür: Ein Ehepaar mit zwei Kindern im Vorschulalter. Sie checkten ein, beanspruchten Lunds Aufmerksamkeit und Sabrina nutzte die Chance, möglichst rasch und unauffällig von hier zu verschwinden.

„Gute Besserung“, rief Lund ihr freundlich hinterher, als sie sich über die Schultern des Ehepaars hinweg von ihm verabschiedete.

Mit dem Ergebnis ihres Besuchs war sie durchaus zufrieden, noch nicht einmal ihren Namen hatte sie preisgeben müssen.

Sie ging zwei Häuser weiter, um außer Sichtweite zu sein, und tippte ‚Opernplatz‘ und ‚Rostock‘ in ihr Smartphone.

Ihre Zufriedenheit wich der Enttäuschung: Es gab keinen Opernplatz in Rostock.

‚Monopoly‘, fiel ihr ein: ‚Rücke vor bis zum Opernplatz. Wenn du über Los kommst, ziehe DM 4.000 ein.‘.

Wie oft hatte sie das Spiel in ihrer Kindheit gespielt. Der Stalker wahrscheinlich auch.

Vermutlich war es der erste Straßennamen gewesen, der ihm in den Sinn gekommen war, und ‚Schmidt‘ der erste Nachname. ‚Rostock‘ dürfte also genauso wenig der Wahrheit entsprechen.

Mist. Eine erfolgreiche Aktion und doch hatte sie sie nur in eine Sackgasse geführt.

Sie mochte gar nicht daran denken, was die Schimmelpfeng dazu sagen würde. Hoffentlich erhielt sie zumindest das ‚Benzingeld‘.

Nein, Sabrina, du wirst dich nicht abspeisen lassen, du wirst ihr deinen ganz normalen Tagessatz berechnen!

Sabrina sah hinaus aufs Meer.

Die Sonne näherte sich dem Horizont und Sabrina beschloss, noch ein paar Schritte die Strandpromenade entlang zu gehen.

Auf einem Mauervorsprung saßen zwei Frauen, die sich innig küssten.

Sabrina fiel auf, dass sie die beiden anstarrte.

Warum musste sie gerade jetzt an diesen Alexandros denken?

Verdrängen, Sabrina, konzentrier dich auf diesen wunderschönen Tag!

Auch nicht mehr an die Schimmelpfeng denken, nicht an fructanes Essen, und nicht an deinen Ex.

Letzterer hatte zum Glück schon seit ein paar Wochen nichts mehr von sich hören lassen.

Herrlich, diese Seeluft!

Und die Möwen. Wie majestätisch sie über den Strand schwebten.

Wie wäre es, einfach weiterzugehen? Immer weiter, bis zum Kap Arkona.

Das wäre schön.

Sie ertappte sich dabei, dass sie ‚Ich war noch niemals in New York' vor sich hin summte. Doch, genauso wie Udo Jürgens im Lied, drehte sie nach ein paar Minuten um.

Schließlich wartete Lara zu Hause auf sie. Sie hatte ihr versprochen, baldmöglichst zurück zu sein.

Obwohl sie die Parkzeit überzogen hatte, steckte an ihrer Windschutzscheibe kein Strafzettel.

Dafür sprang ihr Wagen nicht mehr an. Mist!

Ein Taxifahrer gab ihr Starthilfe. „Sie müssen eine längere Strecke fahren, damit sich die Batterie wieder etwas aufladen kann", meinte er.

„Ich muss sowieso zurück nach Berlin", sagte sie.

„Das sollte ausreichen."

Sabrina nahm sich fest vor, in den nächsten Tagen die Werkstatt aufzusuchen.

Dann drehte sie den Lautstärkeregler bis zum Anschlag auf und fuhr los.

21. Kapitel

Pfingsten

„Boah, der ist ganz schön ausgerastet."

Sven Plank genoss seine tiefe Zufriedenheit.

„Ich dachte schon, der pfeffert dir gleich eine."

„Hätte er mal tun sollen. Wäre ihm schlecht bekommen. Aber der hat sich ja leider sowas von im Griff."

„Einmal haben ihm ganz deutlich die Finger gezuckt", erinnerte sich Katja, die neben ihm auf dem Beifahrersitz saß.

„Habe ich gesehen. Darauf war ich vorbereitet. Der hätte gestaunt, wie schnell er am Boden liegt."

In Gedanken ballte Sven die Faust und boxte Patrick mit voller Wucht in den Unterleib. Dann, wenn Patrick sich zusammengekrümmt und stöhnend zu seinen Füßen wälzte, trat er ihn, immer wieder.

„Vorfreude ist doch die schönste Freude", sagte er und startete den Wagen.

„Was meinst du?"

„Na, was denkst du wohl, wo wir jetzt hinfahren?"

„Zurück nach Berlin? Zu deren Haus?"

„Klar doch."

„Aber die haben doch einen Vorsprung – und das schnellere Auto."

„Müssen wir eben etwas Gas geben", meinte Sven und verließ mit quietschenden Reifen die Tiefgarage der Hanseresidenz.

Noch bevor sie am Ortsausgang von Binz ankamen, hatte er bereits einem Radfahrer die Vorfahrt genommen und einen Rentner an einem Fußgängerüberweg zur Umkehr gezwungen. Wütend drohte der ältere Herr im Rückspiegel mit seinem Gehstock.

Sven lachte.

Dann, mit überhöhter Geschwindigkeit, in Richtung Rügenbrücke.

Sven fuhr gerne schnell.

Schade, dass er nur diesen alten Punto hatte.

„Ich glaube sowieso nicht, dass die auf direktem Weg nach Hause sind“, sagte er, nachdem er noch einmal über den Streit in der Hotellobby nachgedacht hatte.

„Warum?“

„Du hast doch gesehen, wie der gezittert hat! Ich glaube nicht, dass er in der Lage war, ein Auto zu fahren.“

„Du hast recht.“

Klar hatte er recht. Und seiner Frau hatte er das Widersprechen schon lange abgewöhnt.

„Die sitzen jetzt sicher in einem Café und essen Schokotorte oder was anderes, was die Nerven beruhigt.“

Auf der Rügenbrücke herrschte zähfließender Verkehr. Dagegen konnte Sven später auf der Autobahn einfach den Fuß auf dem Gaspedal lassen.

Inzwischen lagen 50 Kilometer und eine halbe Schachtel Zigaretten hinter ihm.

Seine Frau hustete.

„Ich sag ja immer: Du rauchst zu viel, Katja“, meinte er und lachte laut über den eigenen Witz.

„Kannst ja dein Fenster einen Spalt öffnen“, sagte er dann und Katja kurbelte die Scheibe zwei Fingerbreit herunter.

Danach steckte sie sich selbst eine Zigarette an, ihre erste während der Fahrt, und pustete den Rauch ins Freie hinaus.

Anders als während der Anreise, sprach Katja diesmal von keiner Pause.

Sven überlegte kurz, ob er selbst eine vorschlagen sollte, entschied sich dann aber dagegen. Könnte ja sein, dass sich die Benders doch sofort auf den Heimweg gemacht hatten.

„Wäre schon besser, wenn wir vor ihnen ankommen", überlegte er laut.

„Wenn sie nicht gerade die Terrassentür öffnen, sollten sie eigentlich nichts merken."

„Ich weiß ja nicht, was du außer dem Fingerring noch hast mitgehen lassen."

Sie schwieg.

„Und? Hast du?"

„Nein."

„Lüg mich nicht an."

„Ich habe nur den Ring genommen."

Sven beließ es dabei.

Vorsichtig wies Katja ihn auf die zehn 200-Euro-Scheine hin, die er selbst hatte mitgehen lassen: „Das Bargeld im Schreibtisch werden sie ja wohl auch nicht als erstes nachzählen."

„Ne, bestimmt nicht. Und in Fotoalben guckt man auch nicht jeden Tag. Wie gesagt, der Knackpunkt könnte die Terrassentür sein."

Ja, das Loch, das sein Glasschneider verursacht hatte, war unübersehbar.

„Wir müssen einfach schneller fahren", sagte er, scherte ruckartig hinter einem Lastzug aus, drängte sich nach links und provozierte beim Fahrer auf der Überholspur erbostes Hupen und hektische Lichtsignale.

„Scheißlaster", fluchte er und blieb links, bis es dem Fahrer hinter ihm zu dumm wurde und er rechts an ihm vorbeizog. Währenddessen zeigte er Sven den Vogel. Sven streckte ihm als Antwort die Zunge heraus.

„Und Scheiß-BMW-Fahrer."

Er sah, dass seine Frau sich mit der freien Hand am Sitz festklammerte.

Unterwegs hielt er ein einziges Mal an, um an einer Autobahnraststätte neue Zigaretten zu kaufen. Seiner Frau erlaubte er einen Toilettengang.

Danach ging es zügig weiter. Von Norden her erreichten sie Berlin, die Autobahn wurde zur Stadtautobahn. An der Abfahrt Hüttenweg verließen sie diese.

Inzwischen dämmerte es.

Sven benötigte kein Navigationsgerät, um sich zurechtzufinden. Das Straßenbild hatte sich ihm bereits beim ersten Besuch ausreichend eingeprägt. Ohne auch nur einmal auf den Stadtplan zu blicken, fand er zurück zum Haus der Benders.

Als erstes fiel ihm der leere Carport auf: Welch ein Glück!

Seinen Punto parkte er lieber in einer Seitenstraße. Die Benders sollten ihn keinesfalls entdecken können, wenn sie von Rügen zurückkehrten.

„Sollen wir das Gepäck gleich mitnehmen?", fragte Katja und Sven bestätigte.

Sie luden Koffer und Reisetasche aus und trugen sie hinüber zum Haus.

Für einen Passanten müsste es so aussehen, als bekämen die Benders Besuch.

Obwohl Sven wusste, dass die Benders noch unterwegs waren, klingelte er an der Tür.

Als niemand öffnete, blickte er sich verstohlen um. Er entdeckte niemanden, der sie beobachtete. Also zückte er den Hausschlüssel, den er beim Einbruch mitgenommen hatte, und öffnete die Tür; hinter sich schloss er wieder ab.

„Nicht hier im Flur abstellen", herrschte er seine Frau an.

Katja trug die Reisetasche folgsam ins Wohnzimmer.

Die letzten Sonnenstrahlen drangen durch die Spalten zwischen den Lamellen der geschlossenen Jalousien und tauchten den Raum in schummriges Licht.

Mit einem Stoßseufzer ließ Sven sich in Patricks Fernsehsessel plumpsen.

Katja wollte das Deckenlicht anknipsen.

„Nein, lass es aus. Setz dich aufs Sofa. Ich bin neugierig auf ihre Gesichter, wenn sie es einschalten und uns hier sehen."

22. Kapitel

Anfang Juni

„Ich kann Ihnen nicht versprechen, dass Frau Bender Ihnen behilflich sein kann, Herr Steg. Ihr Erinnerungsvermögen ist nach wie vor sehr eingeschränkt. Es ist immer noch völlig unklar, ob es überhaupt wieder vollständig zurückkehrt."

Bereits zum zweiten Mal saß Niklas dem Stationsarzt Dr. Thomas Gutt an dessen Schreibtisch gegenüber. Der erste Besuch vor wenigen Tagen hatte in einer wilden und leider erfolglosen Verfolgungsjagd geendet. Der heutige verlief hoffentlich etwas ruhiger.

Dr. Gutt beugte sich nach vorn und schien etwas in einem Dokument zu lesen. Niklas schätzte Dr. Gutt auf maximal zwei oder drei Jahre älter als sich selbst ein, dennoch fehlten ihm bereits sämtliche Haare. Bei genauem Hinsehen konnte Niklas hellblonden Flaum wahrnehmen. Ein Problem des Älterwerdens, das Niklas zum Glück noch nicht mit dem Stationsarzt teilte. Abgesehen von leichten Geheimratsecken war sein Haar noch genauso voll wie vor zwanzig Jahren.

Dr. Gutt sah wieder hoch.

„Laut dem MRT-Ergebnis werden zumindest kleinere Schäden des Gehirns bleiben. Immerhin ist Frau Bender jetzt außer Lebensgefahr."

„Aber sie kann sprechen und ist vernehmungsfähig, ja?"

„Sie erinnert sich an ihren Namen und sie konnte bereits einfache Fragen beantworten. Sie wissen schon: ‚Wie viele Finger halte ich hoch?', ‚Wie heißt unsere Bundeskanzlerin?' und so weiter."

„Verstehe."

„Ich werde auf jeden Fall bei der Befragung dabei sein und werde einschreiten, wenn ich das Gefühl habe, Ihr Besuch könnte der Patientin schaden."

„Ich versichere Ihnen, es liegt in unserem eigenen Interesse, dass Frau Bender wieder gesund wird."

Niklas sah hinüber zu Jasmin, die neben ihm saß. Sie hatte ebenfalls keine weiteren Fragen an Dr. Gutt, also stand er auf, griff nach seiner Aktenmappe und folgte dem Arzt.

Den Weg zum Krankenzimmer auf der Intensivstation kannte er noch vom vorherigen Besuch. Im Unterschied zum letzten Mal saß nun ein Polizist vor der Tür. Niklas wollte ihm seinen Dienstausweis zeigen, doch der Polizist hatte bereits Blickkontakt mit Jasmin aufgenommen, sie erkannt und ihr zugenickt.

Es hatte bislang keinen weiteren Versuch des Unbekannten gegeben, zu Nadine Bender vorzudringen. Vielleicht war es tatsächlich nur ein Reporter gewesen, der sich im Zimmer versteckt hatte. Aber sicherheitshalber wurde Nadine nun bewacht. Schließlich stand sie außerdem unter Verdacht, ihren Mann getötet zu haben.

Dass ein Fluchtversuch Nadine Benders eher unwahrscheinlich schien, erkannte Niklas sofort, als er ins Zimmer trat.

Nadine wirkte unverändert: blass, eingefallen, Blutergüsse, Pflaster, Bandagen. Um sie herum Kabel und Schläuche, die sie mit Maschinen und Infusionsbeuteln verbanden, auf ihrem Mund eine Atemmaske. Es klickte, blinkte und leuchtete.

In der Villa der Benders in Zehlendorf hatte Niklas ein Hochzeitsfoto an sich genommen. Darauf wirkte Nadine glücklich, genauso wie ihr Ehemann; etwas Freches, Schelmisches blitzte zudem in ihren Augen auf; das im Sonnenlicht glänzende Haar brünett und halblang.

Vom Haar war nun nicht mehr viel übrig geblieben: Die Notoperation hatte erfordert, es abzurasieren. Eine frisch vernähte Wunde begann kurz oberhalb der rechten Augenbraue, ihr Ende war nicht mehr einzusehen.

Nadine schien die Besucher gehört zu haben, denn sie öffnete die Augenlider, langsam und schwerfällig; ihr Blick matt und leer.

Niklas hatte große Mühe, die Frau vor ihm als die Frau auf dem Foto wiederzuerkennen. Sie wirkte mindestens zwanzig Jahre älter und hätte ihre eigene Mutter sein können.

Dr. Gutt entfernte die Atemmaske.

„Frau Bender?“, fragte er.

Anders als Niklas, schien er eine Reaktion bemerkt zu haben, denn er sprach weiter: „Ich hatte Ihnen ja angekündigt, dass die Polizei ein paar Fragen hat.“

Nadines Pupillen bewegten sich, sie musterte Niklas und dann Jasmin.

Mit ruhiger Stimme stellte Niklas sich und seine Kollegin vor.

„Frau Bender“, sagte er dann. „Wir wissen um Ihren Zustand. Wir haben lediglich ein paar Fragen an Sie. Sie dürfen es jederzeit sagen, wenn es Sie belastet, ja?“

Nadine sah zu Dr. Gutt und dieser nickte ihr bestätigend zu; etwas Väterliches lag in seinem Blick.

„Können Sie sich an den Tag Ihres …“, Niklas zögerte ein wenig, „… Unfalls erinnern?“

Nur mit genauem Hinsehen konnte Niklas erkennen, dass die Patientin den Kopf hin und her bewegte: nein.

„Was ist das Letzte, das Ihnen einfällt?“

Ihre Augenbrauen zuckten, ihre Lider flackerten.

„Wir kommen ein andermal wieder, wenn es Sie zu sehr anstrengt, Frau Bender.“

Erneut schüttelte sie den Kopf.

Danach flüsterte sie etwas. Niklas näherte sich dem Krankenbett und beugte sich zu ihr.

„Wir haben gepackt.“

„Sie und Ihr Mann?“

„Ja.“

Mit dem Hochzeitsfoto versuchte Niklas, ihr auf die Sprünge zu helfen. Er holte es aus seiner Aktenmappe und zeigte es ihr.

„Erkennen Sie sich?“

„Ja.“

„Ist das Ihr Mann?“

„Ja.“

Niklas steckte das Foto wieder weg.

„Sie haben also für eine Reise gepackt?“

„Ja.“

„Sind Sie nur zu zweit verreist?“

Kopfschütteln. Sie überlegte.

„Mit den Goebels.“

„Wer sind die Goebels?“

„Nachbarn. Freunde.“

„Wohin sind Sie gereist?“

„Ich weiß es nicht. – Badesachen. Haben Badesachen eingepackt. Ans Meer.“

„Wann war das?“

„Pfingsten.“

Und jetzt fiel ihr auch das Ziel ein: „Ostsee. Fahren Pfingsten immer mit Goebels.“

Niklas wusste nicht, ob er sie richtig verstanden hatte: „Sie fahren immer zu Pfingsten mit den Goebels an die Ostsee?“

„Ja.“

„Können Sie sich an die Anreise erinnern? Oder an den Aufenthalt? Oder an die Rückkehr?“

An ihrer Mimik konnte man ablesen, dass sie sich konzentrierte.

„Es tut mir leid.“

Dann schweifte ihr Blick im Krankenzimmer hin und her. Sie schien etwas zu suchen.

„Princess?“

„Ich verstehe nicht“, meinte Niklas.

Dr. Gutt schaltete sich ein: „Machen Sie sich keine Sorgen, Frau Bender. Es ist völlig normal, dass Sie Gedächtnislücken haben. Sie werden feststellen, dass Ihnen in den nächsten Tagen immer mehr Dinge wieder einfallen werden.“

Für Niklas bedeutete die Art der Formulierung auch, dass es dem Arzt wohl sehr recht wäre, wenn die Polizei seiner Patientin noch etwas Ruhe gönnen würde.

„Eine Frage habe ich noch, Frau Bender.“

Aus seiner Aktenmappe holte er ein Phantombild.

Zum Glück hatte sich herausgestellt, dass die Krankenschwester der Notaufnahme ein hervorragendes Gedächtnis für Gesichter hatte. Aufgrund ihrer Aussage und der Beobachtungen von Niklas und Jasmin, denen der Mann auf seiner Flucht aus der abfahrenden Trambahn die Zunge herausgestreckt hatte, war ein sehr detailliertes Bild entstanden.

Niklas hielt es der Patientin nun vors Gesicht.

„Erkennen Sie diese Person?“

„Das ist mein Mann“, sagte Nadine, ohne zu zögern.

Niklas stutzte.

Erneut griff er sich das Hochzeitsfoto und präsentierte es der Patientin ebenfalls.

„Und wer ist das?“

„Das ist mein Mann“, wiederholte Nadine mit der gleichen Überzeugung.

Niklas fühlte sich an seine Mutter erinnert. Die Dialoge mit ihr verliefen zuweilen ähnlich wirr.

Jetzt hielt er selbst die Bilder nebeneinander, Jasmin blickte ihm über die Schulter.

„Mit gutem Willen“, meinte sie, „sind tatsächlich Ähnlichkeiten erkennbar.“

Nein, für Niklas nicht.

Vermutlich war es doch noch zu früh, um verwertbare Informationen von Nadine Bender zu bekommen.

„Vielen Dank, Frau Bender. Wir lassen Sie nun wieder in Ruhe. Ich wünsche Ihnen gute Besserung.“

Sichtlich zufrieden, dass die Polizei die Vernehmung beendete, stülpte Dr. Gutt wieder die Atemmaske über Nadines Mund und Nase. Nadine atmete ruhig und gleichmäßig ein und aus, dabei schloss sie die Augen.

Niklas packte Hochzeitsfoto und Phantombild wieder ein. Der nächste Besuch würde hoffentlich ergiebiger werden.

23. Kapitel

Ende Mai / Anfang Juni

Erst drei Tage nach ihrer Reise nach Rügen sollte Sabrina einen entscheidenden weiteren Hinweis erhalten.

Nachdem sie am Sonntag sehr spät in der Nacht zurückkehrte, beschloss sie, den Besuch bei ihrer Nachbarin bis zum nächsten Tag aufzuschieben.

So klingelte sie am Morgen auf ihrem Weg zur Arbeit im KaDeWe an Frau Schimmelpfengs Wohnungstür und berichtete ihr von der Reise. Überraschenderweise machte die Nachbarin ihr nicht die befürchteten Vorwürfe deswegen, dass sie die Identität des angeblich aus Rostock stammenden Ehepaars nicht hatte herausfinden können. Stattdessen wirkte sie in sich gekehrt und niedergeschlagen. Ihre Sorgen schienen sie zu quälen und sie waren – wie Sabrina inzwischen wusste – durchaus begründet.

Sabrina nahm sich vor, die Angelegenheit auf jeden Fall weiter zu verfolgen; sobald es ihre Zeit zuließ.

„Warten Sie, ich gebe Ihnen noch etwas“, sagte Angelika Schimmelpfeng, als Sabrina sich verabschieden wollte, und verschwand in der Düsternis ihrer Wohnung. Sabrina – in Erwartung einer ersten Entlohnung – fischte schon mal ihr Portemonnaie aus der Handtasche.

Bei ihrer Rückkehr hielt die Nachbarin die LECK-MICH!-Kaffeetasse in der Hand.

Sabrina nahm sie schweigend entgegen und blickte hinein: sauber; in der Spülmaschine würde sie dennoch landen; aus Sicherheitsgründen. Zusammen mit dem Portemonnaie packte sie die Kaffeetasse in die Handtasche.

„Ist noch ‚was?“

Vielleicht wäre es besser, an einem anderen Tag auf das Honorar zu sprechen zu kommen: Sabrina verneinte.

„Ihr Neffe. Wo könnten wir weiter ansetzen? Gab es in letzter Zeit weitere Auffälligkeiten? Wäre hilfreich, wenn Sie nochmal alles durchgehen. Jede Kleinigkeit könnte wichtig sein.“

Frau Schimmelpfeng runzelte die Stirn, dann schob sie gedankenversunken ihr Gebiss hin und her. Die Nachbarin hielt den Mund dabei geschlossen: welch ein Glück!

Statt eines Abschiedsworts nickte Frau Schimmelpfeng nur.

Zu Fuß ging Sabrina ins nahe gelegene KaDeWe.

In der Parfümerie-Abteilung erwischte sie schon bald eine junge Frau, wie sie gerade zwei Flakons Serious Alternate Morning von Elisabeth Arden in ihren Manteltaschen verschwinden ließ.

Der Geschäftsführer des Kaufhauses zeigte sich außerordentlich zufrieden mit Sabrina. Ihre Quote, Ladendiebe zu erwischen, lag weit über dem Durchschnitt. Sabrina wusste, dass sie allein schon wegen ihrer geringen Körpergröße unauffällig wirkte. Eine hervorragende Voraussetzung für ihren Beruf, allen Vorbehalten der Polizeischulen zum Trotz.

Dem Geschäftsführer des KaDeWes wäre es am liebsten gewesen, Sabrina würde jeden Tag kommen, mindestens acht Stunden am Tag. Doch Sabrina verstand die Tätigkeit als Kaufhausdetektivin lediglich als Brotjob, sie erledigte ihn notgedrungen und arbeitete nicht mehr als nötig.

Aus der gemeinsamen Ehe mit Carsten waren – abgesehen von Lara - nur Schulden hervorgegangen. Da Carsten schon lange keiner geregelten Tätigkeit mehr nachging, blieben auch diese an ihr hängen.

Irgendwann würde sie den großen, gutbezahlten Job an Land ziehen. Weitere kämen dann ganz automatisch.

Darauf wartete sie – und wartete nun bereits seit mehr als zehn Jahren.

Und seit mehr als zehn Jahren stand sie sich drei Mal die Woche im KaDeWe die Beine in den Bauch.

Nachmittags stand eine Observierung an. Sie beobachtete ein altes Industriegebäude in der Nähe des Westhafens und fotografierte aus dem Verborgenen, wer dort ein- und ausging. Als sie mit ihrem Wagen nach Hause aufbrechen wollte, widersetzte er sich erneut, wie gestern in Binz. Gurgelnde Geräusche, wenn sie den Zündschlüssel herumdrehte. Beim vierten Versuch klappte es endlich und sie atmete auf.

Abends briet sie sich und ihrer Tochter Gemüse.

Sabrina machte Lara keine weiteren Vorwürfe wegen ihres momentanen Essverhaltens, ihre Tochter schwieg ebenfalls zum Thema.

Für Mielke hatte sie Hackfleisch besorgt. Zufrieden registrierte Sabrina, dass Lara zum Futternapf hinüberlinste.

Am Dienstag dann verhinderte sie den Diebstahl einer Prada-Handtasche. Was das KaDeWe durch ihre Tätigkeit einsparte, lag weit über dem an sie ausbezahlten Honorar, stellte sie fest.

Vielleicht sollte sie demnächst mehr Geld verlangen …

Auf dem Nachhauseweg entdeckte sie Kurtuluş Kaymaz, ihren Stalker: Als sie aus dem Personaleingang in der Passauer Straße ins Freie trat, stand er – nur wenige Meter von ihr entfernt – an der Ampel, die über den Tauentzien führte.

Obwohl es heute durchgehend bewölkt geblieben war, trug er eine dunkle Sonnenbrille. Er schien zu glauben, sie würde ihn dann nicht erkennen.

Es wäre ein Leichtes für sie gewesen, ihn abzuschütteln. Doch er wusste sowieso, wo sie wohnte, also machte sie sich die Mühe erst gar nicht.

Zuhause angekommen, fischte sie aus ihrem Briefkasten einen weiteren Drohbrief mit aufgeklebten Buchstaben aus einer Tageszeitung:

LAMMPE = SCHLAMMPE.

Ich krige dich!

Kaymaz nervte sie nur. Angst verspürte sie keine.

Frau Schimmelpfengs Tür blieb genauso geschlossen wie gestern. Zwei Tage in Folge keine Nachbarin, die ihr beim Nachhausekommen neugierig den Kopf entgegenreckte. Wären nicht die lautstarken, schlechten Dialoge einer Pseudo-Gerichtsshow aus der Wohnung gedrungen, hätte sich Sabrina bereits Sorgen gemacht.

Kurz hielt sie an der Türklingel inne, doch sie beherrschte sich.

Auf jeden Fall würde sie nachher erneut versuchen, Nadine Bender ans Telefon zu bekommen. Danach konnte sie sich immer noch mit Frau Schimmelpfeng kurzschließen.

Später briet sie Frikadellen. Genug, damit sie auch für Lara reichen würden. Lara bestand zunächst darauf, das restliche Gemüse vom Vortag zu essen, doch schließlich schien ihr Appetit auf Fleisch so groß zu sein, dass sie schwach wurde und sich eine halbe Frikadelle erlaubte, die zweite Hälfte verfütterte sie an Mielke.

Sabrina ersparte sich einen Kommentar: Verbote nutzen in dem Alter nicht, Häme und Spott noch weniger.

Bei den Benders ging niemand ans Telefon und in Patricks Firma wusste man auch nichts Neues; offiziell galt er dort immer noch als krank.

Am Mittwoch fuhr sie auf dem Weg zu ihrem Arzttermin noch einmal in Zehlendorf bei den Benders vorbei. Niemand öffnete.

Ein kurzes Gespräch mit den Goebels ergab, dass diese sie seit Sabrinas Besuch weder gesehen noch gesprochen hatten, obwohl sie mehrfach versucht hatten, Kontakt aufzunehmen, sowohl persönlich als auch telefonisch.

Die Benders schienen definitiv aus Zehlendorf verschwunden zu sein. Wo mochten sie sich inzwischen aufhalten?

Sabrinas Bauchgefühl sagte ihr, dass die Zeit drängte.

Doch wo sollte sie ansetzen?

Im Autoradio hörte sie von einer männlichen Leiche, die ein Rentner am Ufer des Teltowkanals gefunden hatte. Zu den weiteren Details schwieg die Polizei.

Sie drehte Rammstein auf.

„Alle warten auf das Licht. Fürchtet euch. Fürchtet euch nicht."

Da ihr Golf heute tadellos lief, verschob sie den Besuch in der Werkstatt ein weiteres Mal.

Am Abend klingelte sie bei der ungeliebten Nachbarin, um ihr mitzuteilen, dass die Benders sich nicht mehr in der Villa aufhielten. Frau Schimmelpfeng war ungewohnt wortkarg, aus der Wohnung roch es nach angebranntem Fleisch.

„Wollen Sie mit mir nach oben kommen?"

Sabrina, hast du die Schimmelpfeng gerade eben tatsächlich zu dir nach Hause eingeladen?

„Ich nehme nur noch kurz die Pfanne vom Herd."

Nach wenigen Sekunden kehrte Angelika Schimmelpfeng wieder zurück und folgte Sabrina in ihre Wohnung.

„Ich bin nochmal vorbeigefahren und habe geklingelt", sagte sie, nachdem sie beide im Büro Platz genommen hatten.

„Ich rufe inzwischen in fast jeder Werbepause an. Die geht jetzt überhaupt nicht mehr ran, die Nadine. Und Handynummer habe ich keine. Die wollten mir ja keine geben."

„Der Carport war ebenfalls leer. Und die Goebels meinen, sie sind bereits seit Sonntag verschwunden."

„Ich verstehe das alles nicht."

Hatte Frau Schimmelpfeng etwa feuchte Augen?

Bis vor einer Woche noch hätte Sabrina vehement widersprochen, wenn jemand behauptet hätte, Angelika Schimmelpfeng besäße normale menschliche Regungen.

Dass Frau Schimmelpfeng von einem kleinen Planeten in der Nähe von Beteigeuze stammte, schien ihr wahrscheinlicher.

„Brät da jemand Zwiebeln?"

„Was?"

„Pscht", machte Frau Schimmelpfeng und nun hörte Sabrina das Geräusch ebenfalls.

Es kam aus der Küche.

Sabrina hatte vermutet, dass sie allein in der Wohnung seien und eilte dem Brutzel-Geräusch entgegen.

In der Küche stand Mojito, bekleidet mit ihrer Küchenschürze mit dem Maître-de-Cuisine-Aufdruck, und wendete Zwiebelstücke in einer Pfanne, neben ihm beobachtete Lara das Geschehen.

„Lara? Wieso bist du nicht beim Schwimmen?"

„Unsere Trainerin ist krank geworden."

„Und was macht ihr hier?"

„Wonach sieht es denn aus?", fragte Lara frech.

Mojito dagegen lächelte Sabrina offen und freundlich an.

„Kochen", sagte er, „ich hoffe, es ist in Ordnung, dass ich Ihre Schürze genommen habe, Frau Lampe?"

Sabrina dachte an die unzähligen Gelegenheiten, bei denen sie versucht hatte, ihre Tochter fürs Kochen zu begeistern

„Du hast dich doch noch nie für Kochen interessiert, Lara."

Auf dem Küchentisch entdeckte sie zwei bereits geöffnete Kartons. Sie nahm den einen zur Hand und las den Aufdruck: ‚Grünkerne, geschrotet'. Auf dem anderen stand ‚Haferflocken'.

„Frikadellen kann man auch vegetarisch zubereiten", kommentierte Mojito.

Lara hatte ihm also von ihrem ‚Rückfall' berichtet.

„‚Fructan' ist das aber nicht", war das einzige, was Sabrina einfiel.

„Mama!"

„Ist ja gut. Ihr werdet schon wissen, was ihr tut."

„Hauptsache, keine toten Tiere", meinte Mojito. „Soll ich Ihnen auch welche mitbraten, Frau Lampe?"

Sabrina bejahte, dann ging sie zurück zu Frau Schimmelpfeng. Diese saß immer noch in ihrem Stuhl. Weder hatte sie Sabrina in die Küche verfolgt, noch steckte sie ihre Nase in die Ordner oder die Papiere, die auf dem Schreibtisch herumlagen. Mit der stimmte wirklich etwas nicht!

„Die Kinder machen Grünkernbratlinge."

„Ich nehme keine, danke. Die Körner bleiben mir immer zwischen den Zähnen stecken."

Sabrina setzte sich schweigend wieder hin.

Ob sie ihr etwas zu trinken anbieten sollte?

„Ich hatte immer gehofft, dass er mehr nach seiner Mutter kommt", begann ihre Nachbarin völlig zusammenhanglos.

„Wer?"

„Patrick."

Okay, lass sie einfach reden, Sabrina.

„Natürlich hatte ich mich für Birgit gefreut, dass sie so viel Geld geheiratet hat."

Was war denn das für eine Formulierung?

Und wer ist Birgit?

„Birgit war meine Schwester,", sagte Frau Schimmelpfeng, als habe sie Sabrinas Gedanken gelesen.

„Hermann Bender schien eine gute Partie zu sein, zumindest was seine Bankkonten betraf. Er investierte damals schon in alles Mögliche: Aktien, Immobilien, Schiffe, Getreide, Gold, alles. Ich kenn' mich da ja nicht aus. Und Hermann Bender hatte ein glückliches Händchen – oder gute Kontakte. Er wurde mehrfach verklagt. Wegen Verdacht auf Inlinegeschäfte oder wie das heißt. Er hat alle Prozesse gewonnen."

Angelika Schimmelpfeng sah an Sabrina vorbei und schien sich im Bild an der Rückwand zu verlieren: ein Sonnenuntergang hinter Palmen.

„Sieht auch wie eines dieser Steuerparadiese aus", kommentierte sie das Foto von der kretischen Küste, das Sabrina im ersten und einzigen Urlaub mit Carsten geschossen hatte. Hochschwanger war sie damals gewesen, und Carsten jeden Abend an der Hotelbar.

„Jedenfalls hatte er schon Geld, als Birgit ihn kennenlernte und später wurde es immer mehr. Da beriet er dann andere: Unternehmer, Prominente, Politiker. Der Dings war auch dabei. Sie wissen schon, der vom Berliner Bankenskandal. Irgendwas hinten mit ‚owski'."

Sabrina hätte ihr gerne ein Glas Wasser geholt, doch wollte sie den Redefluss ihrer Nachbarin nicht unterbrechen. Wahrscheinlich war sie die Einzige, mit der Frau Schimmelpfeng überhaupt über private Angelegenheiten sprach.

„Leider ist Birgit vor Hermann Bender gestorben."

„Was meinen Sie?"

„Bei dem Unfall. Ich habe mir natürlich einen Anwalt genommen."

„Was ist da passiert?"

„Ein Geisterfahrer auf der Autobahn Richtung Frankfurt/Oder. Er knallte frontal in den BMW. Birgit starb direkt beim Aufprall, Hermann Bender vier Stunden später im Krankenhaus. Dann hat alles der Patrick geerbt."

Nun glaubte Sabrina zu verstehen.

„Ach so, wenn Ihr Schwager zuerst …"

„Genau", unterbrach Frau Schimmelpfeng. „Sie hatte doch ein Testament gemacht. Da hätte ich auch was gekriegt. Aber das nutzte ja nun nichts. Wegen dieser Gütertrennung. So ging alles an Patrick. Mein Anwalt hat versucht, zumindest einen Teil für mich abzubekommen."

„Und?"

„Patrick hat sich stur gestellt, aber die Nadine hat ihn schließlich überredet, mir zumindest eine kleine monatliche Rente zu bezahlen."

Endlich ergaben die Puzzlestücke für Sabrina ein Bild. Zumindest glaubte sie, die Zusammenhänge zu verstehen. Frau Schimmelpfengs Formulierungen machten ihr dies nicht gerade leicht.

„‚Besser als nichts', meinte mein Anwalt. Ich habe mich darauf eingelassen und bin danach auch wieder halbwegs gut mit dem Patrick ausgekommen. Gezahlt hat er immer pünktlich zum Monatsersten. Musste ihn nie erinnern."

Mojito erschien im Türrahmen, in der einen Hand einen Teller mit Grünkernbratlingen, in der anderen ein Vollkornbrötchen. Mit einem Blick gab sie ihm zu verstehen, dass jetzt nicht der geeignete Zeitpunkt sei. Er verstand und ließ die beiden Frauen wieder alleine.

„Dabei hätte mir viel mehr zugestanden. Nach all dem, was sein Vater meiner Schwester angetan hat."

„Was meinen Sie?"

„Betrogen hat er sie. Vom ersten Tag an. Ach, Männer. Sie kennen das ja auch, Frau Lampe. Männer sind Schweine."

Hörte sich gerade wie die Liedzeile von den Ärzten an, dachte Sabrina.

„Wir ähneln uns in so vielen Punkten, Frau Lampe. Ich habe nicht mehr meine eigenen Zähne und Sie sind kleinwüchsig. Sind wir deswegen weniger begehrenswert?"

Hatte die Schimmelpfeng eben ‚kleinwüchsig' gesagt?

Sabrina holte tief Luft, doch ihre Nachbarin reagierte schneller: „Hätte ich Sie damals schon gekannt, hätte ich Sie direkt auf Hermann Bender angesetzt und meiner Schwester die Augen geöffnet. Bei einer Scheidung hätte sie mehr bekommen als ein mickriges Urnengrab in Zehlendorf."

„Hatten Sie denn Beweise?"

„Die hatte meine Schwester irgendwann selbst. Bei ständig wechselnden Affären ist es nur eine Frage der Zeit, bis einem irgendwann ein Fehler passiert."

Frau Schimmelpfeng beugte sich nach vorn, Sabrina bewegte sich zurück.

„Birgit hat ihn auf frischer Tat ertappt. Mit einer Neunzehnjährigen. Im gemeinsamen Bett, im gemeinsamen Wochenendhäuschen. Birgit hatte Stiefmütterchen gekauft und wollte sie dort im Garten einpflanzen."

Bei ‚Wochenendhäuschen' schreckte Sabrina hoch.

„Davon haben Sie mir gar nichts gesagt."

„Von den Stiefmütterchen?"

Zuweilen könnte sie die Schimmelpfeng wirklich …

„Von dem Häuschen. Wo ist es? Hat das auch Patrick geerbt?"

„Natürlich. In Schmöckwitz."

„Vielleicht sind sie dort."

„Aber ja. Warum ist mir das nicht früher eingefallen?"

Vor Aufregung rutschte Frau Schimmelpfeng das Gebiss ein Stück aus dem Mund. Mit einer gekonnten Handbewegung schob sie es wieder an die korrekte Position.

„Das Haus hatte Hermann direkt nach der Wende günstig gekauft. War ihm aber schon bald zu weit vom Schuss. Dann sind sie nach Zehlendorf gezogen und nur noch an den Wochenenden hin."

„Ich sehe dort nach. Wie lautet die Adresse?"

Die frisch aufgekeimte Hoffnung zerstob: „Keine Ahnung. Ich wurde ja nie eingeladen."

„Mist. So klein ist Schmöckwitz auch wieder nicht."

„Soll ich Sie begleiten und wir suchen gemeinsam?"

Sabrina erschrak.

„Sie ruhen sich besser aus, Frau Schimmelpfeng. Verlassen Sie sich einfach auf mich."

Frank Hagenau fiel ihr ein, vom Grundbuchamt. Der war ihr seit dieser delikaten Angelegenheit im vergangenen Sommer noch einen Gefallen schuldig.

„Ach, ich habe ja auch noch meine Filets in der Pfanne."

Dass ihre Nachbarin das Wort mit einem stimmhaften ‚T' aussprach, registrierte Sabrina nur noch am Rande. Sie freute sich, dass Frau Schimmelpfeng aus eigenem Antrieb die Wohnung verließ.

Den gemütlichen Abend, fernsehend auf dem Sofa, bei einem Gläschen Rotwein, konnte sie vergessen. Stattdessen rief sie Frank Hagenau an und erwischte ihn gerade noch kurz vor Dienstschluss. Er tippte lediglich ‚Patrick Bender' in seine Tastatur und berichtete ihr sogleich von mehreren Treffern. Bei einer der Adressen handelte es sich der Postleitzahl nach um Schmöckwitz; Sabrina speicherte sie in ihrem Handy ab und machte sich sofort auf den Weg.

Ihre Tochter Lara bemerkte erst am nächsten Tag, dass Sabrina nicht aus Schmöckwitz zurückgekehrt war.

24. Kapitel

Pfingsten

Als erstes vernahm Sven Plank aufgeregtes Bellen. Der Hund hörte sich an, als ahnte er etwas. Hoch und unangenehm klang das Kläffen in Svens Ohren.

Dann klackte der Haustürschlüssel.

Sven nahm das Glas mit dem Old Pulteney zur Hand. Seine Frau hatte ihm aus der Minibar den am teuersten aussehenden Whisky ausgesucht, eingeschenkt und Eiswürfel dazugegeben. Der Name sagte ihm zwar nichts, aber der Whisky schmeckte ihm. Genüsslich nippte er daran. Das Glas behielt er anschließend in der Hand und schwenkte es sachte hin und her.

Rasches Trippeln.

Und schon schoss, im Halbdunkel gerade noch erkennbar, ein kleiner Schatten durch die Wohnzimmertür, kaum größer als eine Männerfaust.

Mit einem Sicherheitsabstand von 30 Zentimetern zu Svens Füßen blieb der Schatten stehen und zeterte, so gut er es vermochte.

Zunächst ging draußen im Flur das Licht an, wenige Sekunden später hier im Raum.

Nadine Bender stand im Türrahmen, den Mund weit geöffnet, ihr folgte Patrick mit dem gleichen entsetzten Gesichtsausdruck.

Die Benders sahen zu Sven, dann glitt ihr Blick hinüber zu Katja, die auf dem Sofa saß, und wieder zurück zu Sven.

Dazu schuf der Hund, jetzt als haarloser Chihuahua erkennbar, die passende Begleitmusik.

Patrick fand endlich seine Sprache wieder.

„Was …? Wieso …? Was machen Sie denn hier?“

In aller Seelenruhe trank Sven einen weiteren kleinen Schluck aus seinem Glas.

„Und wie kommen Sie dazu, meinen Whisky zu trinken?"

„Aber waren wir denn nicht beim ‚du', lieber Patrick?"

Er wartete auf eine Antwort, doch er erhielt keine.

„Wir wollten doch das Pfingstwochenende gemeinsam verbringen und einen kleinen Ausflug machen. Hattet ihr das schon vergessen? Ihr seid so plötzlich abgereist …"

„Ich habe jetzt wirklich die Schnauze voll von euren Frechheiten. Ich werde die Polizei rufen."

Sprach's und zog sein iPhone aus der Hosentasche.

„Das würde ich nicht machen, lieber Patrick. Was glaubst du, wie schnell ich eurem Hündchen den Hals herumgedreht habe?", Sven sprach ohne jegliche Bedrohung in der Stimme, so als unterhielte er sich über das Wetter.

„Princess! Hierher!", befahl Nadine, was lediglich dazu führte, dass Princess noch lauter kläffte.

Sven tat, als würde er nach ihr treten. Prompt zuckte Princess zusammen, bellte aber sogleich weiter.

„Hübsches rosa Halsband übrigens, das ihr eurer Töle da umgebunden habt. Sieht richtig schön albern aus."

„Ist das echt ein Hund?", meinte Katja. „Sieht mir eher wie eine Ratte aus."

„Du packst jetzt schön dein Handy wieder ein."

Patrick schien unschlüssig. Er steckte das iPhone nicht zurück, schaltete es aber auch nicht ein.

„Wo war der denn übers Wochenende?", wollte Katja wissen.

„Sie war bei ihrer Mutter, beim Züchter. Princess ist noch zu klein für eine Reise. Außerdem dürfen in die Hanseresidenz keine Hunde."

„Ihr seid mir ja schöne Rabeneltern", höhnte Sven. „Kaum fahrt ihr in Urlaub, wird die kleine Ratte abgeschoben."

„Wir müssen uns nicht vor euch rechtfertigen", schaltete sich Patrick wieder ein.

„Was du tun musst, ist, das Handy auf den Boden zu legen."

Sven wartete zwei Sekunden.

Als Patrick keine Anstalten machte, seiner Aufforderung Folge zu leisten, stellte er sein Glas ab und machte eine ruckartige Bewegung nach vorn: Schon hatte er das Halsband des Hundes gegriffen und zog diesen daran nach oben.

Princess zappelte und versuchte, nach seinem Unterarm zu schnappen. Doch ihre Reichweite war zu gering. Also bellte sie wieder, zuerst panischer werdend, dann drückte das Halsband ihr so sehr die Luft ab, dass sie verstummte. Ihre Gliedmaßen zuckten.

„Oh, mein Gott. Lass sie bitte runter!“, rief Nadine verzweifelt.

„Das Handy auf den Boden und hier rüberschieben.“

Jetzt tat Patrick, was von ihm verlangt wurde. Rasch legte er das iPhone ab und gab ihm mit der Schuhspitze einen leichten Tritt. Es glitt auf dem Parkett hinüber zu Sven, genau vor seine Füße.

Princess’ Bewegungen erschlafften.

„Was magst du lieber? Äpfel oder Hunde?“

„Wie? Ich verstehe nicht.“

Nadine schien besser zu begreifen, was Sven meinte: „Hunde.“

Mit seinem Absatz trat Sven auf das iPhone und drehte seinen Fuß ein paar Mal hin und her. Das iPhone knirschte, einige Kleinteile sprangen ab.

Dann setzte er den leblos wirkenden Hund wieder auf den Boden.

Als hätte man ihr neue Batterien eingesetzt, begann Princess sofort wieder zu kläffen.

„Jetzt dein Handy“, wandte sich Sven an Nadine.

Nadine reagierte deutlich schneller als gerade eben ihr Mann.

Sven zerstörte auch das zweite iPhone.

„Schade“, murmelte Katja leise.

„Princess, hierher.“

Doch der Hund hörte nicht.

Mit einer ruhigen Bewegung griff Sven in die Innentasche seiner Jacke. Er zückte die Pistole, die er Glisic in Hamburg abgenommen hatte, und entsicherte sie. Den Lauf richtete er genau auf Princess' Kopf.

„Bitte nicht", flehte Nadine. „Wir tun alles, was ihr wollt. Wollt ihr Geld? Bitte tut ihr nichts."

„Dein Betteln gefällt mir. Vielleicht kann sich der liebe Patrick dir anschließen? Ich glaube, dem liegt nicht so viel an der Ratte wie dir."

„Bitte lass den Hund in Ruhe."

„Das hört sich aber nicht so schön an wie bei deiner Frau."

„Bitte lass den Hund in Ruhe, bitte."

„Nochmal!"

„Bitte lass den Hund in Ruhe. Wir tun alles, was ihr wollt. Bitte."

„Geht doch", sagte Sven leise – plötzlich schrie er: „Dann sorgt gefälligst dafür, dass das Scheißvieh endlich die Schnauze hält."

Statt abzudrücken, gab er Princess einen kräftigen Tritt. Sie heulte auf, flog in hohem Bogen durchs Wohnzimmer, prallte geräuschvoll an eine Holzkommode und blieb reglos liegen.

Nadine schien die Waffe nun egal zu sein, denn sie eilte hinüber und nahm Princess auf den Arm. Princess jammerte leise, war also am Leben.

„Das nächste Mal geht es der Ratte so wie euren Handys."

„Was willst du von uns?", fragte Patrick.

„Paketklebeband", antwortete Sven mit ruhiger Stimme.

„Was?"

„Paketklebeband."

„Ich verstehe nicht."

„Sag mal, spreche ich vielleicht nicht deutlich genug?"

Patrick antwortete nicht, und wieder rastete Sven aus und brüllte: „Ich habe dich verdammt noch mal nach Paketklebeband gefragt."

„Im Büro", sagte Patrick schnell. „Im Büro ist welches, im Schreibtisch."

Ohne Patrick und Nadine aus den Augen zu lassen, wandte sich Sven an Katja: „Hol es!"

„Das Büro ist …", begann Nadine.

„Wir wissen, wo das Büro ist", unterbrach Sven. „Und stell dich wieder zu deinem Mann, damit ich euch besser im Auge behalten kann."

Während er auf die Rückkehr seiner Frau wartete, nahm er erneut einen Schluck Whisky.

Princess wurde wieder munterer. Zwar traute sie sich nicht mehr zu bellen, beobachtete das Geschehen aber aufmerksam.

„Streck deine Hände nach vorn", befahl Sven Patrick, als Katja bei den beiden im Türrahmen erschien.

Sven sah ihm an, dass er überlegte, wie er Katja eventuell überwältigen konnte, um sie als Schutzschild zu nehmen: „Und komm bloß nicht auf dumme Gedanken. Deine Frau ist schneller in den ewigen Jagdgründen, als du dir vorstellen kannst."

Glückshormone schossen durch Svens Körper. Er genoss die Situation. Er wünschte, sie würde niemals enden. Alles würde er tun, um sie möglichst lange hinauszuziehen. Hoffentlich spurte Patrick. Sonst müsste er die beiden jetzt schon töten. Das wäre großes Pech.

Langsam bewegte Patrick seine Hände in Richtung Katja, die Gelenke aneinandergelegt.

Katja wickelte das Paketklebeband darum.

Zufrieden atmete Sven auf. Er freute sich auf all das, was nun kommen würde.

„Setz den Hund auf den Boden", befahl er Nadine.

Zögerlich ließ Nadine Princess nach unten. Princess ging sofort wieder in Angriffshaltung, fletschte die Zähne und schlich erneut in Richtung Sven.

„Die Ratte ist ganz schön hartnäckig."

Mit einer ruckartigen Bewegung schleuderte Sven sein Whiskyglas auf den Hund und traf genau die Schnauze.

Das Glas zerbarst und Princess heulte auf. Jetzt schien sie endlich genug zu haben, denn sie galoppierte panisch aus dem Zimmer und verschwand irgendwo im Haus. Ihr Jammern wurde leiser und verstummte schließlich.

In vorauseilendem Gehorsam griff Katja bereits nach Nadines Händen und fesselte diese ebenfalls mit Klebeband zusammen.

Mit einem leisen Klicken ließ Sven die Sicherung der Pistole einrasten.

„So gefällt mir das schon besser. Setzt euch doch aufs Sofa. Wir haben einiges zu besprechen."

25. Kapitel

Anfang Juni

„Setzen Sie sich doch", sagte die Sekretärin. „Herr Frings wird gleich bei Ihnen sein. In der Kanne ist frischer Kaffee. Bedienen Sie sich bitte."

Niklas und Jasmin nahmen im Besprechungsraum Platz.

Zuerst schenkte Niklas Jasmin Kaffee ein, dann sich selbst. Die Wände zierten abstrakte Malereien, lediglich in Rot- und Schwarztönen gehalten. Sowohl Mobiliar als auch Geschirr wirkten teuer auf Niklas. Kein Vergleich zur Polizeikantine.

Durchs Fenster, das die ganze Breite des Zimmers ausfüllte, sah er die Laubkronen der Linden von Berlins bekannter Prachtpromenade.

In seiner Aktenmappe kramte Niklas nach seinem Notizblock. Dabei entdeckte er die Plastikbox seiner Mutter und konnte sich nicht erinnern, dass sie sie ihm gegeben hatte.

Vermutlich hatte sie sie heimlich hineingesteckt. Er brauchte sie nicht zu öffnen, um zu wissen, was sie enthielt. Wortlos überreichte er Jasmin die orangefarbene Box. Die Leberwurstbrot-Übergabe, wie er sie insgeheim nannte, hatte sich bereits innerhalb dieser kurzen Zeit zu einem festen Ritual zwischen ihm und seiner Kollegin entwickelt.

Die Tür ging auf, ein Mann, Mitte fünfzig, in feinem Nadelstreifenanzug trat ein.

Für einen Augenblick schien ihn das orangefarbene Etwas zwischen seinem teuren Porzellan zu irritieren, doch sogleich hatte er sich wieder gefangen.

Zielstrebig schritt er auf Jasmin zu und stellte sich vor.

Dann wandte er sich an Niklas, streckte auch ihm die Hand entgegen und drückte kraftvoll zu, als Niklas aufstand und seine eigene darbot.

„Dr. Adrian Frings", wiederholte er seinen Namen.

In einer fließenden Bewegung reichte er mit der anderen Hand Visitenkarten mit silberfarbenem Rand, eine an Jasmin, eine an Niklas.

Niklas benötigte ein paar Sekunden, bis er seine eigene herausgekramt hatte.

„Herr Steg. Was kann ich für Sie tun?"

„Es geht um Ihren Geschäftspartner, Herrn Bender."

„Oh, der ist leider nicht im Haus. Schon seit mehreren Tagen."

Doch sogleich schien er zu begreifen.

„Aber wieso Polizei? Ist etwas nicht in Ordnung mit ihm?"

Niklas suchte nach Worten, während sein Gegenüber bereits in seinem Gesicht zu lesen schien.

„Ist er tot?"

„Ja. Es tut mir Leid."

Nach einem kurzen Augenblick der Irritation wirkte Frings sofort wieder gefasst. Er schenkte sich nun ebenfalls Kaffee ein.

„Wieso hatten Sie bereits diese Vermutung, Herr Dr. Frings?"

„Bauchgefühl. Kombination. Déjà-vu. Ich weiß es nicht."

„Was meinen Sie mit ‚Kombination' und ‚Déjà-vu'?"

„Ich habe das in ähnlicher Form bereits einmal erlebt. Vor etwa acht Jahren. Mit Herrn Benders Vater. Zwei Tage lang tauchte er nicht im Büro auf. Dann erfuhr ich, dass er einen Autounfall hatte und kurze Zeit darauf verstorben war. Herr Bender junior war ebenso ehrgeizig und pflichtversessen wie sein Vater. Erstaunlich."

„Warum?"

„Naja, wenn man bedenkt, dass er gerade mal 20 war, als er in die Fußstapfen seines Vaters treten musste."

Niklas sah genau hin, ob die Augen von Frings feucht wurden, doch sein Gegenüber schien sich keine Blöße zu geben.

„Herr Bender junior war längere Zeit nicht im Büro?"

„Seit Pfingsten nicht mehr. Er wollte mit seiner Frau übers verlängerte Wochenende nach Rügen. Am Dienstag danach meldete sie ihn krank."

„Das ist jetzt mehr als eine Woche her."

„Ja, und es war das erste Mal, dass Herr Bender überhaupt krank wurde. Sein Vater hat all die Jahre nur einen einzigen Tag gefehlt. Das war, als er sich das Bein beim Reiten gebrochen hatte. Bereits am nächsten Tag kam er mit Gipsbein und Krücken schon wieder ins Büro."

„Und da haben Sie sich nicht darüber gewundert, dass Frau Bender ihren Mann entschuldigte?"

„Selbstverständlich. Aber erst einmal musste ich mich um all die Arbeit kümmern, die wegen ihm liegen blieb. Ich war vergangene Woche jeden Abend bis nach 22:00 Uhr im Büro. Was glauben Sie, was meine Frau dazu sagte? Zuerst musste ich mich um sie kümmern. Ich wollte heute Abend bei Herrn Bender vorbeifahren, sofern ich halbwegs zeitig mit der Arbeit fertig werde."

„Was machen Sie hier in Ihrem Unternehmen genau?“

„Wir entwickeln und vermarkten Anlageprodukte inklusive Steuersparmodellen. Wir haben befreundete Büros und Kanzleien in allen wichtigen Märkten rund um den Globus. Falls Sie oder Frau Ibscher einmal etwas anzulegen hätten und andere Wege als die klassischen gehen wollten, wären wir der richtige Partner für Sie.“

Das klang einstudiert. Sein Gesichtsausdruck verriet, dass Polizeibeamte nicht die Kernzielgruppe seiner Firma darstellten. Er sah auf seine Armbanduhr.

„Da kommt ja dann jede Menge Arbeit auf mich zu.“

Niklas verstand die Aufforderung und trank seinen Kaffee aus.

„Woran ist Herr Bender eigentlich gestorben?“

Nach Niklas’ Auffassung kam diese Frage reichlich spät.

„Er wurde ermordet“, antwortete Jasmin für ihn.

Erneut gab sich Frings nur eine Schrecksekunde lang eine Blöße, dann hatte er sich wieder im Griff.

„Waren vor Pfingsten ansonsten irgendwelche Auffälligkeiten? Oder auch danach?“

„Nein. Abgesehen von der Nachbarin.“

„Welche Nachbarin?“

„Eine Frau Goebel. Sie und ihr Mann sind wohl mit den Benders befreundet. Sie hat mehrfach angerufen und sich erkundigt, ob Herr Bender schon wieder im Büro ist. Frau Goebel hatte anscheinend Schwierigkeiten, die Benders privat zu erreichen.“

„Haben Sie ihre Rufnummer?“

„Die Telefonanlage hat sie sicher gespeichert. Meine Sekretärin wird sie Ihnen heraussuchen.“

Frings stand auf.

„Selbstverständlich stehe ich Ihnen jederzeit für weitere Fragen zur Verfügung. Sie müssten dann lediglich einen Termin mit meiner Sekretärin abstimmen.“

Niklas unterließ es, Frings darauf hinzuweisen, dass sich ‚jederzeit' mit dem zweiten Satz widersprach. Stattdessen verabschiedete er sich.

„Eine Bitte hätte ich noch, Herr Steg."

„Ja?"

„Bitte bleiben Sie so diskret wie möglich. Meine Firma hat einen sehr guten Ruf. Sie wissen, was schlechte Presse so alles anrichten kann."

Das war also sein größtes Problem, dachte Niklas. Und es überraschte ihn, wie rasch und locker ihm die Bezeichnung ‚meine Firma' von den Lippen kam.

Es dauerte keine zwei Minuten, bis die Sekretärin die Nummer von Frau Goebel gefunden hatte.

„Was für ein Unsympath", kommentierte Jasmin kurz darauf im Auto. „Scheint ihn nicht groß berührt zu haben, dass sein Geschäftspartner ermordet wurde. Die Firma gehört ihm wohl jetzt alleine."

„Ja, ein starkes Motiv. Er profitiert definitiv von Benders Tod. Aber ich glaube, er hätte sich strategischer verhalten, wenn er etwas mit dem Mord zu tun hätte."

„Er gehört meines Erachtens eher nicht zur wagemutigen Sorte."

„Ich glaube auch nicht, dass er einen Aufenthalt im Gefängnis riskieren würde."

„Verdächtig bleibt er trotzdem", murmelte Jasmin, während sie den Wagen startete und Niklas bereits die Rufnummer von Frau Goebel in sein Mobiltelefon tippte. Zum Glück befand sie sich zu Hause, und als sie hörte, dass es um Patrick Bender ging, hatte sie sofort Zeit für einen Besuch.

Im Gegensatz zu Dr. Frings wirkte Antje Goebel erschüttert, als Niklas ihr, kurze Zeit später in ihrem Wohnzimmer sitzend, so schonend wie möglich von Patrick Benders Tod berichtete.

Sie wurde kreidebleich, schloss die Augen und lehnte sich zurück.

An solchen Tagen hasste Niklas seinen Beruf.

Jasmin beugte sich nach vorn und griff nach Antje Goebels Hand.

„Wie ist es passiert?“, fragte Frau Goebel, als sie sich wieder gesammelt hatte.

„Die näheren Umstände wissen wir noch nicht. Seine Leiche wurde auf einem verlassenen Firmengelände am Teltowkanal gefunden.“

Inständig hoffte er, dass sie die Details noch nicht aus dem Rundfunk kannte. Aber sie tat ihm den Gefallen nicht: „Oh, mein Gott. Der Unbekannte, der mit einer Axt erschlagen wurde.“

Sie überlegte kurz, dann fragte sie: „Was ist mit Nadine? Wie geht es ihr?“

„Frau Bender befindet sich im Moment im Krankenhaus. Sie ist außer Lebensgefahr.“

„Aber warum? Wieso? Hat man versucht, sie ebenfalls zu töten? Ich verstehe das nicht. Hatten sie Feinde?“

„Das sind alles Fragen, zu denen wir ebenfalls Antworten suchen.“

„Kann ich sie besuchen?“

„Das sollte machbar sein, ja. Aber erwarten Sie nicht zu viel. Es kann sein, dass sie Sie beim ersten Besuch nicht erkennt.“

„Ist das auf Rügen passiert? Ach, wären wir nur mitgefahren.“

„Vermutlich ist es erst nach ihrer Rückkehr geschehen. Sie wollten die Benders begleiten?“

Antje Goebel berichtete von ihren alljährlichen Pfingstausflügen an die Ostsee, dass sie und ihr Mann dieses Jahr jedoch nach Dubai geflogen waren.

Und dann erzählte sie von der Frau, die sie und ihren Mann aufgesucht und sich so auffällig nach den Benders erkundigt hatte.

Jasmin notierte sogleich ihren Namen: Sabrina Lampe.

26. Kapitel

Anfang Juni

Jetzt war er endgültig tot.

Keinen Mucks gab er mehr von sich.

So sehr sich Sabrina auch abmühte, sie lockte nicht mehr das leiseste Geräusch aus ihrem Wagen.

Zündschlüssel drehen, Gas kommen lassen; immer wieder versuchte sie es.

Früher hatte dies doch auch immer geholfen. – Nun nicht mehr.

Verzweifelt drückte sie auf die Eject-Taste ihres CD-Players, aber ihre Rammstein-CD ließ sich nicht befreien.

Sie beugte sich nach vorn, um zu versuchen, ob sie sie mit den Fingern herausziehen konnte. Aber sie konnte sie durch den Schlitz noch nicht einmal sehen.

Verdammt. Verdammt. Verdammt.

Als sie wieder aufsah, erschrak sie. Sie sah genau in das Gesicht von Herman Munster. Der Bestattungsunternehmer. Vom Himmlischen Frieden, vor dem sie parkte. Schwarzer Anzug. Schwarze Krawatte. Trauriger Gesichtsausdruck.

„Kann ich Ihnen helfen? Soll ich Ihnen Starthilfe geben?"

Seltsam. Wenn er lächelte, sah er gar nicht mehr wie Herman Munster aus. Sabrina ertappte sich erneut dabei, dass sie ihn irgendwie attraktiv fand.

„Das wäre sehr freundlich."

„Ich hole nur schnell meinen Wagen."

Und schon war Herman im Innenhof des Altbaus verschwunden, in dem er sein Ladengeschäft hatte. Während Sabrina noch auf die Sargauswahl starrte, fuhr er bereits mit seinem langen Bestattungswagen, einem anthrazitfarbenen Daimler, durch die Ausfahrt. Er bog ab und stoppte, als sich beide Motorhauben nebeneinander befanden. Sabrina blickte genau auf einen edlen, reich verzierten Sarg aus dunklem Holz und wünschte sich sehr, dass im Moment niemand in seinem gepolsterten Inneren auf die letzte Reise wartete.

Während Sabrina den Hebel zog, der die Haube öffnete, hatte Herman bereits das Starthilfekabel an seine Batterie angeschlossen und hielt die Enden erwartungsvoll nach oben. Sabrina stieg aus. Seine Anzugjacke hatte Herman zwischenzeitlich ausgezogen; sein blütenweißes Oberhemd stand in starkem Kontrast zum öl- und schmutzverschmierten Motorraum von Sabrinas Golf.

„Passen Sie auf, dass Sie sich nicht dreckig machen."

„Keine Sorge", sagte Herman freundlich und klemmte fachmännisch das Starthilfekabel auch an die Golf-Batterie.

Dann stieg er wieder in seinen Wagen und Sabrina in ihren.

Er startete und gab Gas. Sabrina versuchte ihr Bestes, aber es rührte sich nichts.

Sie tauschten die Plätze. Auch dies blieb ohne Erfolg.

„Da müssen Sie sich wohl morgen früh in die Werkstatt abschleppen lassen."

Mit großer Sorgfalt rollte Herman sein Kabel wieder ordentlich auf und schloss die beiden Motorhauben.

Weder am Hemd noch an seinen Fingern konnte Sabrina auch nur den kleinsten Schmutzfleck entdecken. Sie sah sich ihre eigenen Hände an: schwarz, bis übers Handgelenk hinaus!

Wie hatte er das gemacht?

„Kann ich Sie irgendwohin fahren?"

„Nein."

Enttäuschung spiegelte sich auf seinem Gesicht wider.

„Ich habe Sie hier schon öfters einparken gesehen."

Smalltalk. Nein, bitte nicht. Jetzt muss ich mit den Öffentlichen fahren. Das wird sowieso alles schon sehr spät werden.

„Tut mir Leid. Ich muss los. Vielen Dank nochmal."

„Wir sehen uns ja bestimmt demnächst mal wieder.“

„Ja, bestimmt.“

„Spätestens morgen früh, wenn Ihr Wagen abgeschleppt wird. Ich bin da gewiss schon im Laden.“

Sabrina nickte.

Was sollte sie mit dieser Information anfangen?

Eine Einladung zum Frühstückskaffee in einem Bestattungsunternehmen?

Egal. Sie musste nach Schmöckwitz.

„Schönen Abend noch“, sagte sie freundlich und drehte sich um.

„Ihnen auch“, hörte sie Herman hinterherrufen.

Während sie in Richtung des U-Bahnhofs Nollendorfplatz ging, versuchte sie mit Erfrischungstüchern aus ihrer Handtasche den gröbsten Schmutz von ihren Fingern zu entfernen. Dann schaltete sie ihr Mobiltelefon ein, startete die BVG-App und überprüfte, wie sie am schnellsten an ihr Ziel käme. Mit der U4 bis zum Innsbrucker Platz, dann in die Ringbahn nach Grünau. Von dort aus meldete die App nur noch eine kurze Strecke mit der Trambahn.

Kaum dass sie am Innsbrucker Platz in die S-Bahn gestiegen war, klingelte ihr Handy. Sie ging ran und bereute sogleich, dass sie nicht clever genug gewesen war, Alexandros’ Handynummer abzuspeichern. So hätte sie vorher wissen können, wer sie sprechen wollte. Nun gab es kein Zurück mehr.

Er erzählte irgendetwas von ‚Sehnsucht‘ und ‚lange nichts voneinander gehört‘ und ‚demnächst mal bei ihm eine heiße Schokolade trinken‘. Zwei Stationen lang kam Sabrina kaum zu Wort.

Unbewusst starrte sie während Alexandros’ Wortschwall auf ein Werbeplakat, das auf den Rügen-Express der Deutschen Bahn hinwies. Die Bilder um die Lokomotive herum erzählten von herrlichem Sonnenschein und fröhlichem Strandtreiben an der Ostsee.

„Was meinst du?“, fragte Alexandros und Sabrina ertappte sich dabei, dass sie ihm überhaupt nicht mehr zugehört hatte.

„Ähm, ich weiß nicht so recht“, antwortete sie vorsichtshalber.

„Aber es ist hundertprozentig sicher. Und es wird bestimmt nicht wehtun. ‚Alexander‘ heißt auf deutsch ‚Beschützer‘.“

Wovon redete er?

„Du brauchst wirklich keine Angst zu haben.“

War das die Uferpromenade von Binz da vor ihr?

Sie erkannte im Hintergrund die Seebrücke.

Erinnerungsfetzen flackerten auf, an ihren kurzen Spaziergang am Ostseestrand.

„Nun sag doch schon, Sabrinchen, meine Herzallerliebste.“

Sabrinchen???

Nein. Das ging gar nicht!

Dann doch lieber Herman Munster!

„Ich muss dir was beichten, Alexandros.“

„Ach, das wird schon nicht so schlimm sein.“

Sie dachte an die beiden Frauen, die sich am Strand von Binz geküsst hatten.

„Ich habe mich in eine andere Frau verliebt.“

Das sollte sogar diesem Alexandros reichen.

„Wie? Was?“

„Ja, ich weiß auch nicht, wie das passieren konnte.“

Ein Mitfahrer, der ihr in der S-Bahn gegenübersaß, gaffte sie nun mit offenem Mund an. Sie blickte an ihm vorbei auf ein Industriegrundstück, das draußen vorüberflitzte.

„Es hat einfach gefunkt. Tut mir wirklich leid für dich, Alexandros. Aber so ist es nun mal.“

Hatte es ihm nun endlich die Sprache verschlagen?

Hatte er – hoffentlich – einfach aufgelegt?

Nein, jetzt räusperte er sich.

„Wie sieht die andere Frau denn aus?“, fragte er dann.

Das wurde Sabrina nun endgültig zu viel. Sie drückte das Gespräch weg. Zuhause würde sie Lara fragen, wie man eine Telefonnummer sperren konnte.

Leb wohl, Alexandros. Ich hatte es wirklich mit Freundlichkeit und Höflichkeit versucht.

Sie sah sich um.

Wo befand sie sich?

Ein blaues Haltestellen-Schild der BVG kam in ihr Sichtfeld: Baumschulenweg. Es war nicht mehr weit.

Der Mann auf der anderen Seite des Waggons schaute nun auffällig unauffällig, seine Wangen waren gerötet.

Egal.

Hatte sie sich vorhin am Handy mit Vor- und Zunamen gemeldet?

Schön unvorsichtig, Sabrina.

Beim nächsten Stopp stieg der Mitreisende aus.

Nur am anderen Ende des Waggons saß noch jemand, von ihr abgewandt; der befand sich sicherlich außer Hörweite.

Die BVG hatte die Anschlussmöglichkeiten gut getaktet, auf die Tram wartete Sabrina lediglich zwei Minuten. Zu der Adresse, die ihr Frank Hagenau vom Grundbuchamt genannt hatte, musste Sabrina dann noch ein Stück zu Fuß gehen. Sie fand ihr Ziel aber ohne Probleme.

Die Bezeichnung ‚Wochenendhäuschen' stellte eine klare Untertreibung dar: Es handelte sich um eine kleine Villa. Sie schien gut in Schuss zu sein, hatte jedoch sicherlich schon bessere Tage erlebt. Und diese besseren Tage waren Sabrinas Ansicht nach vor dem Krieg gewesen. Die beiden Villen links und rechts davon wirkten unbewohnt; Unkraut wucherte in den Gärten und zwischen den Pflastersteinen der Gehwege; Warnschilder wiesen darauf hin, dass Eltern für ihre Kinder hafteten, sollten diese auf die Idee kommen, die Gelände zu betreten.

Im Garten der Benders standen zwei haushohe Kastanienbäume, um sie herum eine Wiese, auf der Gänseblümchen und Löwenzahn blühten. Welch ein Unterschied zum Englischen Rasen und der Vielfalt der Blumen am Haus der Benders in Zehlendorf! Zumindest schien es, als mähte hier ab und zu jemand den Rasen – ansonsten sähe es hier schon längst so aus wie auf den Nachbargrundstücken.

Sabrina vernahm eine leise Melodie. Sie hörte sich elektronisch an, wie der Klingelton eines Handys. Da sie das Haus beobachtet hatte, dachte sie zunächst, die Melodie käme von dort. Aber dann meinte sie, dass sie ihren Ursprung irgendwo hinter ihr hätte.

Sabrina kannte die Tonfolge, aber ihr wollte der Titel nicht einfallen, irgendein Kinderlied.

Sie drehte sich um und gleichzeitig wurde es wieder still.

Niemand war auf der Straße zu sehen.

Ob die Melodie doch in der Villa erklungen war?

Vielleicht sogar der Klingelton von Nadine Benders Mobiltelefon?

Eine Gardine bewegte sich.

Mist.

Eigentlich hatte sie erst einmal unauffällig an der Villa vorbeilaufen wollen, um keinen Verdacht zu erregen. Die Melodie hatte sie abgelenkt.

Ob man sie entdeckt hatte?

Sie ging weiter; die Straße entlang, bis sie bereits nach der übernächsten Villa an einen kleinen Trampelpfad gelangte, der zur Rückseite der Häuserzeile und daran entlang führte. Auf der anderen Seite des Pfads undurchdringliches Buschwerk.

Hinter einem Schuppen auf dem Grundstück der Benders, an dessen Seite Brennholz aufgeschichtet war, kletterte sie über den Zaun.

Sie wollte sich anschleichen, durch die Fenster spähen, ob sie etwas Ungewöhnliches entdecken konnte. Doch als sie um die Ecke des kleinen Gebäudes sah, um die Lage zu erkunden, starrte sie geradewegs in den Lauf einer Pistole.

Ein Mann hielt die Waffe in der Hand, Sabrina kannte ihn nicht.

Aber er wirkte nicht so, als wäre er auf Spaß aus.

27. Kapitel

Pfingsten

Die Pistole benötigte Sven Plank nicht mehr. Er steckte sie wieder ein.

Patrick und Nadine Bender saßen brav vor ihm auf dem Sofa und fürchteten sich, Nadine zitterte sogar und wimmerte leise.

Bildete Sven sich das nur ein, oder roch er tatsächlich den Angstschweiß der beiden?

Genüsslich atmete er tief durch die Nase ein.

Patrick schien all seinen Mut zusammenzukratzen.

„Wir geben euch einfach Geld und wir vergessen das Ganze, ja?“, sagte er mit fester Stimme. „Wie viel wollt ihr? Zehntausend?“

Sven lachte auf.

„Zwanzigtausend? Dann müsste ich aber erst zur Bank.“

„Wollen wir?“, fragte Katja leise. – Svens Reaktion folgte harsch und prompt.

„Du hältst einfach deine Klappe!“, fuhr er seine Frau an. „Ich mache das!“

Sofort beruhigte er sich wieder und zündete sich eine Zigarette an.

„Da ist ein Tresor im Keller“, sagte er, nachdem er den ersten Zug genommen hatte.

„Woher weißt du das?", fragte Patrick.

„Ich dachte, es wäre klar, wer hier die Fragen stellt", meinte Sven und blies den Benders Rauch ins Gesicht.

„Sag ihm einfach die Kombination, Patrick, bitte."

„Siehst du, lieber Patrick, deine Frau ist schlauer als du."

„Den Teufel werde ich tun."

Und schon hatte Sven ihm mit der flachen Hand ins Gesicht geschlagen. Unfähig, mit den gefesselten Händen das Gleichgewicht zu halten, rutschte er nach rechts und glitt vom Sofa; mit dem rechten Ellenbogen krachte er auf den Wohnzimmertisch. Als er sich wieder aufsetzte, verblieb dort ein Blutfleck.

„Bitte lassen Sie uns in Ruhe. Wir geben Ihnen, was im Tresor ist, und dann lassen Sie uns in Ruhe, ja?"

„Mir gefällt dein Tonfall, Nadine. Genau so, wie ich es haben will", sagte Sven, lehnte sich wieder zurück und rauchte weiter. Die Asche stippte er einfach auf den Wohnzimmerteppich.

Nadine wandte sich an ihren Mann: „Gib ihm die Kombination. Das ist nur Schmuck."

Patricks Gesichtsausdruck wirkte so, als wollte er den letzten Satz kommentieren, doch er schluckte seinen Ärger hinunter.

„Nun?", fragte Sven.

Flüsternd gab Patrick die Kombination preis.

„Lauter!", befahl Sven. „So, dass meine Frau dich verstehen kann."

Katja notierte auf einem Zettel die Zahlenfolgen, die Patrick jetzt deutlich wiederholte.

Dann verschwand sie und kehrte zurück, als Sven sich die nächste Zigarette ansteckte.

In ihren Händen trug sie mehrere Schmuckschatullen.

Sie stellte sie vor den Augen der Benders auf den Wohnzimmertisch und machte eine nach der anderen auf: Fingerringe, Ohrringe, Halsschmuck, Broschen, Haarspangen. Auch ohne den Sachverstand eines Juweliers zu besitzen, erkannte Sven, dass er äußerst wertvolle Stücke vor sich hatte.

„Das reicht dicke für deine Schulden."

„Habe ich dir nicht gesagt, dass du die Klappe halten sollst?"

Katja murmelte irgend etwas Unverständliches.

„Das ist zum großen Teil Familienschmuck, der meiner Mutter gehörte", meinte Patrick.

„Um so besser", grinste Sven.

„Lassen Sie uns nun gehen?", fragte Nadine.

„Warum sollte ich?"

„Aber Sie haben es versprochen. Wenn wir die Kombination nennen."

„Nichts habe ich", herrschte Sven sie an. „Das ist nur ein Bruchteil von eurem Vermögen. Ich weiß über alles Bescheid. Ich will mehr!"

„Du verdammter Bastard!", platzte es aus Patrick heraus. „Ich schwöre dir, ich bringe dich um, wenn ich dich in die Finger kriege."

Diesmal schlug Sven mit der Faust zu, genau auf Patricks Unterkiefer. Es knackte; Patrick stürzte nach hinten und Nadine schrie auf. Sogleich ohrfeigte Sven sie, bis sie wieder still war. Aus Patricks Mund tropfte Blut. Er hustete, richtete sich dabei wieder auf.

„Zu dumm, dass die Finger gefesselt sind. Große Töne, die du da spuckst, lieber Patrick."

Patricks Augen funkelten Sven wütend an, doch er schwieg nun.

Svens Interesse wanderte zu einer Holzschatulle, die mit indischen Mustern verziert war; den Deckel zierte ein Relief des Taj Mahals. Sie gefiel ihm sehr und er spielte daran herum.

„Bitte", wandte sich Nadine leise und vorsichtig an Katja. „Bitte, Sie haben doch Einfluss auf ihn. Lassen Sie nicht zu, dass er so mit uns umgeht."

Sogleich zuckte Nadine zusammen, als Sven ruckartig aufsah und sich wieder vorbeugte. Doch statt sie erneut zu schlagen, lachte er ihr lediglich laut und verächtlich ins Gesicht.

„Die hat Einfluss auf mich? Der war gut.“

Katja stand nur da und beobachtete. Während Nadine flehentlich zu ihr hinübersah, bildeten sich Tränen in ihren Augen.

Sie schien zu begreifen, dass Katja weder helfen konnte noch helfen wollte.

Langsam drehte sie den Kopf zurück zu Sven und sah ihm direkt ins Gesicht.

„Was wollt ihr von uns?“, fragte sie.

„Eure Leben!“

Und Sven meinte es exakt so, wie er es sagte.

28. Kapitel

Anfang Juni

Nach ihrem Besuch bei Frau Goebel fuhren Niklas Steg und Jasmin Ibscher weiter zur nahe gelegenen Villa der Benders. Die Spurensicherung hatte sie inzwischen freigegeben und so konnten sich die beiden nun selbst noch einmal genauer dort umsehen.

Zuerst interessierten sie sich für das Büro. Während sich Jasmin die Kontoauszugsordner der Benders vornahm, setzte sich Niklas mit drei Aktenordnern an den Schreibtisch. Sie trugen die Rückenschilder ‚Finanzen aktuell‘, ‚Persönliche Dokumente‘ und ‚Gerichtsakten‘.

Wie nicht anders zu erwarten war, stellten Niklas und Jasmin rasch fest, dass die Benders überaus wohlhabend waren. Ihnen, zumeist Patrick allein, gehörten über ein Dutzend Immobilien in Berlin, Hamburg und Köln. Dazu gesellten sich

Aktiendepots und Devisenkonten bei nahezu allen deutschen Großbanken sowie Wertanlagen auf Offshore-Finanzplätzen wie Belize, Samoa und den Britischen Jungferninseln.

Aus den Unterlagen ließ sich rekonstruieren, dass Patrick Bender einen großen Teil seines Vermögens von seinem Vater geerbt hatte. Innerhalb der wenigen Jahre seit dem Tod Hermann Benders war es ihm gelungen, es um etwa 50 % zu vergrößern.

Der Ordner ‚Gerichtsakten' ließ darauf schließen, dass Patricks Geschäfte oftmals haarscharf an der Grenze zum Illegalen abgelaufen waren. Patricks Anwalt, gut mit ihm befreundet, wie die vertraulichen Anreden bewiesen, hatte ihn, bis auf wenige Ausnahmen, aus allen Verfahren herausgeboxt. Die wenigen verlorenen Prozesse hatten mit Geldstrafen geendet, die in keinem Verhältnis zu den erzielten Profiten standen.

Niklas unterdrückte den Reiz, Patrick Bender als unsympathisch einzustufen; Professionalität ging vor.

Obwohl die beiden Polizisten längst die vielen Fotos und Beschreibungen der Spurensicherung gesichtet hatten, machten sie sich anschließend selbst ein Bild der Räumlichkeiten.

„Interessanter als die Dinge, die da sind, sind die, die fehlen", meinte Jasmin.

Niklas nickte. Er hatte bereits darauf gewartet, ob seine Kollegin die selben Schlüsse zog wie er selbst.

„Kein Schmuck in der Schatulle im Schlafzimmer", fuhr sie fort. „Kein Bargeld im Schreibtisch oder anderswo, keine sonstigen Wertgegenstände im Haus. Nichts. Nirgends. Selbst der Tresor, den die Kollegen öffnen ließen, war leer."

„Die Vermutung, Frau Bender hätte ihren Mann getötet und dann versucht, sich selbst das Leben zu nehmen, können wir inzwischen wohl mit hoher Wahrscheinlichkeit ausschließen."

„Da hat jemand versucht, die Tat anders aussehen zu lassen."

„Und das hat er äußerst stümperhaft getan."

„Also kein Profi."
„Eher nicht."
„Nehmen wir die Ordner mit aufs Präsidium?"
„Die wichtigsten, ja."
Drei Mal liefen sie hinaus und hinein, um die Dokumente ins Auto zu tragen. Danach versiegelten sie das Haus und fuhren zurück ins LKA am Tempelhofer Damm.
Während Niklas noch einmal den Ordner ‚Gerichtsakten' aufschlug, um nach potenziellen Feinden von Patrick Bender zu suchen, setzte sich Jasmin an ihren PC.
„Diese Frau, von der Frau Goebel gesprochen hat", sagte sie nach kurzer Zeit. „Sabrina Lampe."
Niklas horchte auf.
„Ich habe ihren Namen gerade überprüft."
„Ja?"
„Ihr Ehemann und ihre Tochter haben sie vor zwei Tagen als vermisst gemeldet."

29. Kapitel

Anfang Juni

Im Rücken spürte Sabrina den Lauf der Pistole, im Nacken den brutalen Griff des Unbekannten. Er schob sie mitleidlos vor sich her durch den Garten, drückte ihren Kopf stetig nach vorn und nach unten. Dass sie zuweilen stolperte, schien ihn nicht zu bekümmern.
Sie ärgerte sich über sich selbst, über ihre Unvorsichtigkeit, über ihre Naivität.
Typischer Anfängerfehler: den Gegner unterschätzen.
Auf Hilfe aus den unbewohnten Nachbarhäusern konnte sie kaum hoffen. Auch auf dem Trampelpfad hatte sie niemanden

gesehen, der sie hätte schreien hören können. Aber vielleicht war doch jemand in der Nähe …

„Komm bloß nicht auf dumme Ideen“, sagte ihr Peiniger, als läse er ihre Gedanken. „Du glaubst gar nicht, wie schnell ich abgedrückt habe. Soll ich dir was sagen? Mir ist es ziemlich schnurz, ob du lebst oder tot bist.“

Sein Tonfall gab Sabrina keinen Grund, an seinen Worten zu zweifeln.

Und schon erreichten sie eine kurze Treppe, die zur Hintertür des Hauses führte, das Sabrina bereits von vorne besichtigt hatte.

Sie konnte die Person, die dort wartete, nur von der Hüfte abwärts erkennen, war sich aber sicher, dass es sich um eine Frau handelte.

Nadine?

„Mach hinter uns rasch die Tür zu.“

Der Mann steuerte Sabrina einen Flur entlang und dann durch eine Tür. Sabrina roch kalten Zigarettenrauch, als sie nach unten in einen Stuhl gedrückt wurde.

Der Griff löste sich, ihre Handtasche wurde ihr abgenommen und sogleich spürte sie den kalten Lauf der Waffe hinten an ihrem Hals.

„Hol das Paketklebeband“, hörte sie ihn befehlen.

Behalte einen klaren Kopf, Sabrina: Was sollte man bei einer Geiselnahme tun?

„Schön ruhig bleiben, Kleine.“

Die Frau erschien in ihrem Sichtbereich.

Auf jeden Fall die Gesichter einprägen, sobald du sie sehen kannst. Wird später wichtig, für die Phantombilder. Später. Hoffentlich gibt es ein Später.

„Streck die Arme nach hinten“, jetzt hatte die Frau gesprochen.

Sabrina befolgte die Anweisung und überlegte, ob sie eine der beiden Stimmen kannte.

Ihre Handgelenke wurden grob aneinandergepresst und mit dem Klebeband umwickelt.

„Au", schrie Sabrina auf. „Die brauchen Blut."

Der Mann lachte auf.

„Blut. Der war gut. Mal sehen, wie lange du noch ausreichend hast."

Dann löste sich der Druck in ihrem Nacken. Hände tasteten ihren Körper nach Waffen ab, an ihren Brüsten verharrten sie länger als nötig. Schließlich gingen Mann und Frau um sie herum und sie wagte es, ihren Kopf ein wenig anzuheben.

Sofort erkannte sie, dass sie an einem Esstisch in einer Küche saß. Rechts neben ihr eine Arbeitsplatte samt Spülbecken, daneben ein Kühlschrank. Vor ihr nahmen nun die beiden Unbekannten Platz.

Auf dem Küchentisch stand eine leere Bierdose, neben deren Öffnung zu erkennen war, dass dort Zigaretten ausgedrückt wurden; um die Dose herum Asche. Es schien egal zu sein, ob sie in der Dose oder daneben landete. Außerdem stand eine Holzschatulle dort, etwa zwanzig Zentimeter lang, fünf hoch und fünf breit. Den Verzierungen nach stammte sie aus Indien.

Es schien die beiden nicht zu kümmern, dass sie nun ihre Gesichter erkennen konnte.

Kein gutes Zeichen, Sabrina.

Allen Mut zusammennehmend, blickte sie auf.

Nein, sie kannte die zwei Personen nicht. Beide schienen um die Vierzig zu sein. Vermutlich waren sie ein paar Jahre jünger, denn den Gesichtern konnte man deutlich ansehen, dass sowohl der Mann als auch die Frau ein eher exzessives Leben geführt hatten. Alkohol, Nikotin, irgendwann im Leben hinterließen die Laster auf der Haut Spuren. Nicht mit 20, nicht mit 30, doch dann holten einen die Sünden ein.

Sabrina zählte eins und eins zusammen: höchstwahrscheinlich das Ehepaar, das angeblich aus Rostock stammte und in der Binzer Hanseresidenz auf die Benders getroffen war.

Merk dir die Einzelheiten, Sabrina. Beide brünett, er kurzes, sie langes Haar. Sie spitze Nase, relativ kleiner Mund, wirkte verkniffen. Er unrasiert, kleine Narbe auf der rechten Wange.

Außerdem trug er eine teuer aussehende Uhr, die überhaupt nicht zu seinem sonstigen, eher schlampigen Erscheinungsbild passte.

„Hast du uns jetzt lange genug angestarrt?"

Sabrina erschrak.

„Bist du eine Freundin von Patrick? Seine Geliebte? Habt ihr euch immer hier getroffen?"

Wie? Was? Hatte Patrick hier die Tradition seines Vaters fortgeführt?

War der Unbekannte vielleicht ein gehörnter Ehemann?

Die Frau leerte Sabrinas Handtasche auf dem Tisch aus. Das Mobiltelefon, Kosmetikartikel, eine Dose Pfefferspray, ein Portemonnaie, ein Notizbuch und jede Menge Zettel fielen auf die Tischplatte. Ein Lippenstift kullerte über die Kante, zwei der Zettel flatterten hinterher.

Der Mann griff nach dem Portemonnaie.

„Mal sehen. Ich krieg meine Antworten schon."

„Mein Name ist Sabrina Lampe."

Eine persönliche Beziehung schaffen, ja. Je mehr Details ein Entführer aus dem Privatleben seines Opfers kennt, desto schwieriger wird es für ihn, ihm Leid anzutun.

Sabrina wusste nicht warum, aber die Frau schien ihr zugänglicher.

Sie blickte ihr genau in die Augen, als sie weitersprach: „Ich habe eine Tochter. Sie heißt Lara und ist fünfzehn Jahre alt."

Keine Reaktion.

„Haben Sie auch Kinder?"

„Beachte sie einfach nicht, Katja“, meinte der Mann, während er Visitenkarten aus dem Portemonnaie fischte.

Okay, jetzt weiß ich ihren Namen. Gut oder schlecht?

„Sabrina Lampe, stimmt“, las der Mann laut vor. „Eine Schnüfflerin, soso.“

Er wandte sich wieder Sabrina zu: „Siehst mir gar nicht aus wie eine Privatdetektivin.“

Verhalten habe ich mich vorhin auch nicht wie eine, sonst wäre ich euch nicht geradewegs in die Falle gelaufen.

„Warum hast du vorne das Haus beobachtet und bist dann drum herum gelaufen, um hinten einzusteigen?“

Was jetzt? Pokern?

„Ich bin nicht eingestiegen. Ich bin im Auftrag der Eigentümer hier.“

„Eigentümer?“

„Herrn und Frau Bender.“

Wieder lachte er.

„Hättest besser Komikerin werden sollen als Schnüfflerin.“

Er machte eine kurze Pause, dann sagte er: „Wir sind Herr und Frau Bender.“

Sabrina reagierte, ohne nachzudenken.

„Nein, das sind Sie nicht. Ich habe Bilder gesehen.“

Sofort merkte sie, dass sie sich verplappert hatte.

„Du kennst sie also gar nicht persönlich. Wer hat dich hergeschickt?“

Seine Augen verengten sich.

Sie überlegte, einen Moment zu lange. Er zückte ein Messer.

„Eine Verwandte“, sagte sie rasch. „Herrn Benders Tante. Sie macht sich Sorgen.“

Nicht den Namen nennen, Sabrina, bring sie nicht mehr in Gefahr als nötig.

„Weiß sie, dass du hier bist?“

„Nein.“

Der Mann stand auf und kam auf sie zu.

„Ich warne dich. Wehe, du lügst. Ich werde dir einen deiner kleinen Lauscher abschneiden."

Und schon spürte sie die Klinge an ihrem linken Ohr.

„Ich frage dich noch einmal: Weiß irgend jemand, dass du hier bist?"

Sabrina kratzte all ihre Kraft zusammen.

„Nein", sagte sie selbstbewusst.

Der Mann schien ihr zu glauben und setzte sich wieder.

„Was machen wir nun mit ihr?", fragte Katja.

„Wir töten sie", sagte der Mann, als sei es die selbstverständlichste Sache der Welt. „Aber vielleicht schneide ich ihr vorher noch ein Ohr ab."

30. Kapitel

Pfingsten

Sven hielt das Ohr in seiner Hand, so, dass es weder Nadine noch Patrick sehen konnte. Die beiden lagen vor ihm auf dem Boden des Heizungskellers, Hand- und Fußgelenke mit Klebeband gefesselt, weitere Klebestreifen über den Mündern.

Mit großer Genugtuung registrierte Sven die Angst in ihren Augen. Nadine blickte hilfesuchend zu Katja, die neben ihm im Türrahmen stand. Doch Katja verhielt sich genau so, wie Sven es wünschte.

„Wir werden jetzt mit dem lieben Patrick zu eurem Häuschen nach Schmöckwitz fahren. Nadine bleibt hier."

Sven hatte aus den Unterlagen im Büro längst in Erfahrung gebracht, dass sich das Haus, an das er sich vage von früher erinnerte, immer noch im Familienbesitz befand.

Patrick versuchte, etwas zu sagen. Lediglich ein aufgebrachtes, unverständliches Brummeln war das Ergebnis.

Sven wandte sich an Nadine: „Wir werden den Heizungskeller von draußen abschließen. Die Luft hier drinnen sollte für ein paar Stunden reichen. Falls sich der liebe Patrick brav verhält, werden wir rechtzeitig zurück sein, um dich herauszulassen."

Katja beugte sich hinab und schnitt mit einer Schere die Bänder von Patricks Füßen. Danach half sie ihm auf.

„Und damit ihr seht, dass wir es ernst meinen."

Triumphierend präsentierte er Princess' Ohr und hielt es in die Höhe. Nadines Pupillen vergrößerten sich, während Patrick, den Katja inzwischen losgelassen hatte, um sein Gleichgewicht rang.

Sven schnupperte am Hundeohr und wickelte es dann sorgfältig in ein Stofftaschentuch. Anschließend zog er seine Pistole und befahl Patrick, den Raum zu verlassen.

Nadine weinte. Wie angedroht, schloss Sven sie ein und dirigierte sein Opfer die Treppen hoch und dann ins Freie.

Draußen herrschte Dunkelheit. Lediglich einige wenige Sterne sorgten für Restlicht.

Sven vergewisserte sich, dass auf den Bürgersteigen kein nächtlicher Passant unterwegs war. Die zwanzig Meter von der Haustür bis zum Carport hielt er die Waffe so, dass sein Oberkörper sie verbarg, sollte jemand zufällig vorübergehen.

Die Lichter von Patricks Mercedes blinkten.

„Mach den Kofferraum auf!", befahl Sven seiner Frau.

„Und du steig hinein", wandte er sich an Patrick.

Noch einmal blickte Patrick seinen Peiniger hasserfüllt an, schließlich ergab er sich seinem Schicksal. Für Sven sah es erbärmlich aus, wie Patrick mit auf den Rücken gefesselten Händen in den Kofferraum kletterte. Mit einem Schubs half er nach und Patrick krachte mit seinem Kopf voraus hinein.

Einem durchs Klebeband gedämpften Aufschrei folgte Stöhnen, dann bildete sich Blut auf dem Teppich des Kofferraums.

„Wird schon nicht so schlimm sein“, sagte Sven, „Aber was haben wir denn da?“

Er griff nach Patricks Handgelenk und löste dessen Armbanduhr.

„Die hat mir schon auf Rügen gefallen.“

Die Uhr landete in seiner Hosentasche, dann knallte er den Kofferraumdeckel zu.

Nach dem Einsteigen versuchte er, das Ziel in Schmöckwitz ins Navi einzugeben. Er scheiterte.

Als seine Frau einen Stadtplan im Handschuhfach entdeckte, prägte er sich die Wegstrecke grob ein und fuhr los. Zunächst ging es über die A100, danach nach Grünau.

Ab hier wurde es schwieriger. Zwei Mal fragte er seine Frau nach dem Weg, die erkennbar Mühe hatte, im Dunkeln die Straßenschilder zu identifizieren und mit dem Stadtplan abzugleichen.

Nachdem Sven ausgiebig geflucht und über die Unfähigkeit von Frauen, Karten zu lesen, gezetert hatte, fanden sie schließlich ihr Ziel.

„Sieht nicht mehr so gut aus wie früher“, meinte Sven, als er sich das verlassene Haus betrachtete.

„Aber bei Weitem nicht so baufällig wie die beiden daneben.“

„Ja, es sollte uns reichen.“

Auf dem Gehweg entdeckten sie niemanden. Alles war ruhig. Noch nicht einmal das Hintergrundrauschen des allgegenwärtigen Berliner Straßenverkehrs konnten sie vernehmen.

Sven öffnete den Kofferraum. Die Blutlache hatte sich nur unwesentlich vergrößert.

„Raus“, sagte er, leise, aber bestimmt.

Doch Patrick rührte sich nicht.

Entschlossen packte Sven ihn an den Armen und zerrte ihn hoch. Patrick jammerte.

Ohne weiter abzuwarten, zog Sven ihn über die Kante des Kofferraums. Hätte Katja Patrick nicht schnell abgestützt, wäre er auf das Kopfsteinpflaster gestürzt.

Sven zückte wieder seine Pistole.

„Und jetzt hinein mit dir."

Noch einmal blickte Patrick prüfend zu seinem Peiniger. Dann humpelte er los.

„Der Keller hat sich bewährt, oder?", fragte er, nachdem sie das Haus geöffnet und betreten hatten, und fand rasch die Treppe, die hinunter führte.

Patrick stolperte hinab.

Unten sah Sven hinter jede der Türen und entschied sich schließlich für einen Raum, der so gut wie leer war. Er enthielt lediglich vier alte Stühle, eine heruntergekommene, an eine Wand angelehnte Matratze und ein Dutzend gebrauchter Umzugskartons.

Seine Frau ließ er alles hinaustragen, während er weiterhin Patrick in Schach hielt. Lediglich die Matratze sollte Katja im Raum belassen. Nachdem das Zimmer ansonsten ausgeräumt war, legte Katja die Matratze flach auf den Boden.

„Willkommen in deinem neuen Zuhause", sagte Sven und stieß Patrick hinein.

Danach verschloss er die Tür und zog den Schlüssel ab.

31. Kapitel

Anfang Juni

Als Carsten Lampe die Wohnungstür öffnete, wehte Niklas Steg eine unverkennbare Mischung aus Reinigungsmittel und Raumspray entgegen.

Carsten Lampe war um einen ganzen Kopf kleiner als Niklas, also etwa so groß wie seine Kollegin Jasmin. Diese stand neben ihm, wollte eben ein zweites Mal klingeln und zog nun den Finger von der Türklingel zurück. Carsten trug ein frisch gebügeltes weißes Hemd zu einer Jeans, die schon bessere Tage erlebt hatte. Sein braunes Haar trug er zur Seite gescheitelt, an seinem frisch rasierten Kinn klebten zwei kleine Heftpflaster.

Von irgendwoher, aus einer anderen Etage, erklang plötzlich laute Rapmusik.

Niklas und Jasmin stellten sich vor.

„Wir hatten angerufen."

„Ja", bestätigte Carsten und die kurze Antwort genügte, um den übermäßigen Gebrauch von Mundwasser zu erkennen. Aus dem Hintergrund der Wohnung hörte Niklas zwei kurze, quietschende Geräusche, als ob sich jemand Gummihandschuhe auszog.

Gleich darauf erschien ein Mädchen im Teenageralter neben Carsten. Sie trug eine schwarze Jeans und ein dunkelblaues T-Shirt mit Tattoo-Mustern, die Haare zu einem Zopf geflochten, kein Schmuck.

„Sie müssen Lara sein", sagte Niklas.

„Sie dürfen ruhig noch ‚du' zu mir sagen. Ja, ‚Lara Lampe'. Klingt wie eine Comic-Figur. Meine Eltern müssen betrunken gewesen sein, als sie mir diesen Namen gegeben haben."

Bei ‚betrunken' zuckte Carsten kurz zusammen.

Niklas bemerkte, dass Lara versuchte, gefasst und cool zu wirken. Doch er sah bereits hinter ihre Fassade und entdeckte sofort, dass sie sich große Sorgen machte.

„Was ist mit Mama? Haben Sie sie schon gefunden?"

„Leider nicht. Wir wollten gerne mit Ihnen beiden noch einmal die Umstände ihres Verschwindens durchgehen. Vielleicht bekommen wir so weitere Hinweise."

„Ihre Kollegen vom Polizeiabschnitt wirkten nicht sehr interessiert."

„Wenn ein erwachsener Mensch verschwindet", meinte Jasmin, „und keine besonderen Umstände vorliegen, die auf ein Verbrechen hindeuten, geht man erstmal davon aus, dass die Person sich freiwillig zurückgezogen hat. Meist handelt es sich nur um eine kleine Auszeit und die Vermissten kehren nach wenigen Stunden oder Tagen von alleine wieder zurück. Sie können davon ausgehen, dass die Kollegen den Fall mit großer Sorgfalt behandelt haben."

„Kleine Auszeit? Fall? Es geht um meine Frau!"

Carstens Augen funkelten, Lara sah ihn argwöhnisch an.

Jasmin setzte zu einer weiteren Rechtfertigung an, doch Niklas ergriff ihren Unterarm und brachte sie damit zum Schweigen

„Jetzt sind wir ja hier, Herr Lampe", sagte er einfühlsam. „Wir werden alles tun, um Ihre Frau zu finden."

Carsten murmelte noch etwas wie „Zwei Tage lang hat sich überhaupt niemand darum gekümmert.", schien sich dann aber mit Niklas' Aussage zufriedenzugeben.

„Wir haben wirklich Angst um Mama."

„Können wir hereinkommen?", fragte Jasmin.

„Können wir auch ins ‚Bier' gehen?", entgegnete Carsten.

„Was meinen Sie?"

Lara sprang ihrem Vater zur Seite: „Das ‚Bier' ist ein … Restaurant unten an der Straße."

‚Restaurant' ist sehr geschmeichelt, dachte Niklas, als er an die Eckkneipe dachte, die sie vorhin passiert hatten.

„In Ordnung", meinte er, was Carsten sichtlich aufatmen ließ.

Während Lara sich an ihrem Vater vorbei nach draußen drückte, griff dieser nach seinem Schlüsselbund und zog die Tür hinter sich zu.

Irgendwo im Mietblock kläffte ein Rapper in schlechtem Deutsch etwas von einem Bullenstaat.

Bereits vorhin war Niklas der defekte Fahrstuhl aufgefallen. ‚KAPUTT' klebte auf einer A4-Seite quer über der Aufzugtür, das ‚KAPUT' handschriftlich in blauen Buchstaben, das hintere ‚T' hatte jemand in schwarz ergänzt. So benutzten sie die Treppe und betraten keine zwei Minuten später die Gaststätte mit dem wunderbar einfallsreichen Namen ‚Zum Bier'.

Lediglich zwei Gäste hielten sich darin auf: Die beiden Männer standen an der Bar und diskutierten lebhaft über Fußballergebnisse.

Ein rotnasiger, vollbärtiger Wirt begrüßte Carsten lautstark von der Theke aus mit Vornamen, die anderen, ihm unbekannten Gäste sah er skeptisch an.

Als sie sich setzten, kam er und fragte nach ihren Bestellungen.

Niklas und Jasmin entschieden sich für einen Kaffee, Lara fragte nach einer Getränkekarte. Da der Wirt dies mit einem Nicken quittierte, schien er tatsächlich so etwas Exotisches zu besitzen.

„Und du, Carsten, wie immer?"

„Ne. Keinen Schnaps. Hast du alkoholfreies Bier?"

„Alkoholfrei?"

Er musterte noch einmal genauer die Leute, mit denen sein Stammgast heute eingetroffen war.

„Aber sicher, Carsten."

„Erzählen Sie mir von Ihrer Frau, Herr Lampe."

„Naja, eigentlich ist sie gar nicht mehr meine Frau. Nur noch auf dem Papier."

Carstens Augen wurden feucht.

„Wir haben uns damals im Amtsgericht Tiergarten kennengelernt."

„Papa ist Gerichtsreporter, wissen Sie. Und Mama hatte damals einen Einbrecher auf frischer Tat ertappt und überwältigt. Sie war dann als Zeugin geladen."

Ihre Eltern hatten ihr sicherlich sehr oft und in aller Ausführlichkeit von ihrem Kennenlernen berichtet. Lara setzte an, um die Geschichte weiter zu erzählen, doch Carsten würgte ihren Redefluss ab: „Im Moment habe ich leider wenig zu tun. Freiberuflich zu arbeiten, macht nur Spaß, wenn man auch Aufträge hat. Bei meiner Frau sieht es ja glücklicherweise etwas besser aus."

„Als Berufsbezeichnung haben Sie ‚Privatdetektivin' angegeben."

„Genau. Ursprünglich wollte sie auch zur Polizei. Aber das ist eine andere Geschichte. Sie arbeitet …"

Er überlegte, Lara sprang ihm bei: „Sie arbeitet zum Beispiel als Kaufhausdetektivin, im Moment hauptsächlich fürs KaDeWe. Da hat sie auch diesen Kaymaz erwischt."

„Kaymaz?"

„Ach, das ist doch nur ein Spinner", wiegelte Carsten ab. „Ich kenne solche Typen."

„Wir hatten schon bei der Vermisstenmeldung darauf hinweisen sollen, Papa."

„Glaub mir, Lara, ich habe im Laufe der Zeit genügend solche Halbstarken kennengelernt. Große Klappe – nichts dahinter."

Der Wirt kehrte zurück, stellte vor Niklas und Jasmin jeweils eine Tasse Kaffee ab, vor Carsten eine leicht verstaubte Flasche alkoholfreies Bier, kein Glas dazu.

Carsten starrte sie missmutig an, er schien mit sich zu hadern.

„Papa!“, sagte Lara resolut und Carsten nippte schließlich daran, seine Hand zitterte leicht.

„Die Getränkekarte dauert noch einen Moment. Ich bin mir sehr sicher, dass wir irgendwo eine hatten.“

Beinahe zeitgleich tranken Niklas und Jasmin von ihrem Kaffee.

„Und? Schmeckt der?“, fragte Lara. Sie überlegte wohl, sich selbst einen zu bestellen, falls das mit der Getränkekarte nicht klappen sollte.

„Er ist heiß“, antwortete Jasmin und Niklas meinte auch, dass damit alles über den Kaffee gesagt sei.

„Zurück zu diesem Kaymaz“, sagte er und zückte sein Notizbuch.

Lara buchstabierte Vor- und Zunamen – inklusive des Häkchens unter dem ‚s‘ von Kurtuluş – und erzählte von den Drohbriefen.

„Ich habe auch seine Handynummer“, meinte sie abschließend.

„Wie bist du denn an die gekommen?“

„Die steht in Mamas Unterlagen.“

Anscheinend hatte sie keine Probleme damit, in den Akten ihrer Mutter zu stöbern.

„Aber der geht nicht ran. Drückt mich immer weg, wenn ich anrufe. Seine Adresse weiß ich nicht. Sonst wäre ich schon lang mit Papa vorbeigefahren.“

„Die Adresse bekommen wir raus. Können wir die Unterlagen einsehen?“

„Klar“, meinte Lara, aber Niklas sah fragend zu Carsten.

„Ich wohne doch gar nicht in der Wohnung.“

„Sie sind immer noch mit Frau Lampe verheiratet und sie selbst können wir im Moment ja schlecht fragen.“

„Ich wünschte, ich würde noch da wohnen“, sagte Carsten und wischte sich dabei sein linkes Auge trocken.

„Ach, Papa.“

Der Wirt kam zurück und reichte Lara eine fleckige Getränkekarte, die lediglich aus einer Vorder- und einer Rückseite bestand. Sofort wurde Lara fündig.

„Da steht etwas von Kakao. Ist der mit Biomilch?"

Der Wirt wusste es nicht, versprach aber, in der Küche nachzufragen.

„Ich wusste gar nicht, dass ihr eine Küche habt", meinte Carsten, was der Wirt mit Augenrollen quittierte. Dann verschwand er wieder.

Niklas kam zurück zum Thema: „Frau Lampe übernimmt sicher auch andere Fälle, außer Kaufhäuser zu überwachen?"

„Klar. Sie übernimmt fast alles. Meine Mutter ist sehr gut in ihrem Job."

„Sie wäre auch eine gute Polizistin geworden", murmelte Carsten.

„Gab es in letzter Zeit irgendwelche Auffälligkeiten? Etwas Ungewöhnliches?"

„Abgesehen von Kaymaz?"

„Ja."

Lara überlegte.

„Ich weiß ja kaum noch was von eurem Leben", meinte Carsten vorwurfsvoll.

„Unsere Nachbarin war bei uns oben."

„Was ist daran so besonders?", fragte Niklas.

„Etwa die Schimmelpfeng?"

„Ja, Papa."

„Besuchen Sie sie. Dann werden Sie sehen, was daran so besonders ist. Ich möchte sie noch nicht einmal in meiner Wohnung haben", Carsten schien über die Selbstkritik in seinen eigenen Worten zu erschrecken, er biss sich auf die Unterlippe.

„Also, die Milch kommt aus einem TetraPak", unterbrach sie der Wirt. „Da steht ‚Gut & Günstig' drauf."

Lara verzog das Gesicht: „Und das Kakaopulver? Wo kommt das her? Kontrollierter Anbau?“

„Moment, ich gucke mal auf die Packung.“

„Vielleicht solltest du doch lieber zu Mai Tai gehen“, meinte Carsten, während der Wirt sie wieder verließ.

„Er heißt ‚Mojito‘, Papa.“

„Ich verstehe nicht“, meinte Niklas.

„‚Mojito‘ ist der Spitzname von meinem Freund. Papa meinte, ich kann nicht alleine in der Wohnung bleiben, sonst käme vielleicht das Jugendamt. Deswegen habe ich die beiden letzten Nächte bei ihm geschlafen, also bei Papa, nicht bei Mojito.“

„Mai Tais Eltern sind Urologin und Gynäkologe oder andersrum. Sie haben ein großes Haus und sie mögen Lara.“

„Aber du bist doch mein Papa!“

Carsten sah an sich hinab: „Ich kann mir ja nicht einmal selbst ein Hemd bügeln.“

Dann wandte er sich an Niklas: „Das war nicht immer so, Herr Steg. Ich weiß auch nicht, was passiert ist. Früher war alles ganz anders.“

„Papa war wirklich sehr erfolgreich als Gerichtsreporter.“ Sie schien es eher ihrem Vater als den beiden Polizisten zu bekräftigen.

Erneut kam der Wirt zu ihrem Tisch: „Auf dem Karton mit dem Kakaopulver steht ebenfalls ‚Gut & Günstig‘.“

„Okay, dann nehme ich ein Wasser.“

„Soll ich erst nachsehen, wo es herkommt?“

„Nein, nein, da wird schon nichts schief gehen. Einfach ein kleines Wasser.“

Ihr schien etwas einzufallen: Sie blickte beschämt nach unten.

„Noch was?“, fragte Niklas.

„Ähm, ja.“

„Sprich schon. Wir brauchen alle Informationen, die wir bekommen können. Jeder Hinweis könnte wichtig sein.“

„Ich war wohl ein wenig leichtsinnig mit Mamas Daten."

„Was meinst du damit?"

Der Wirt brachte das Wasser. Mit kritischem Blick überprüfte Lara, ob Glas und Wasser sauber waren, dann nahm sie vorsichtig einen Schluck.

„Ich habe Mama bei einem Dating-Portal angemeldet und für sie gechattet. Dabei habe ich wohl dem einen oder anderen Mann zu viel erzählt."

„Du hast ihre Identität herausgegeben?"

„Nicht direkt. Aber wenn der Mann etwas pfiffig war, konnte er sie aufgrund der Dinge, die ich ihm erzählt habe, herausfinden. Es war eine Art Test. Ich meine, ob der Mann auch clever genug ist für Mama."

„War da irgendjemand dabei, der gefährlich wirkte?"

„Da waren jede Menge Spinner dabei, aber gefährlich? Glaube nicht …"

„Wir müssten auf jeden Fall auch hier Einblick nehmen. Je früher, desto besser. Können wir gleich rüber in die Wohnung?"

„Klar. Du kommst mit, Papa."

Niklas fiel auf, dass sie es nicht als Frage formuliert hatte.

Als die vier bezahlten und gemeinsam aus dem ‚Bier' aufbrachen, hinterließen sie auf dem Tisch eine Flasche, ein Glas und zwei Tassen, allesamt fast voll.

32. Kapitel

Kurz nach Pfingsten

Es sah erbärmlich aus, und es roch auch so.

Patrick lag gekrümmt auf der Matratze, den Hintern in Richtung der Tür gedreht, auf dem Stoff der Hose hatte sich ein dunkler Fleck gebildet.

Entweder er hatte nicht gehört, dass Sven die Tür geöffnet hatte, oder er stellte sich schlafend.

Sven ging auf ihn zu, Katja blieb hinter ihm im Türrahmen stehen.

An der Matratze verharrte Sven und genoss in aller Seelenruhe den Anblick seines Opfers.

Schließlich bückte er sich, packte Patrick an der Schulter und drehte ihn ruckartig herum.

Patrick schrie auf, sein Kopf kippte zur Seite und knallte auf die Matratze, jetzt schwieg er wieder.

„Na? Wie geht es unserem lieben Patrick? Fühlst du dich wohl hier?"

Er wartete. Als Patrick nicht antwortete, trat er ihm in den Bauch.

Patrick stöhnte und rang nach Atem, reflexartig krümmte er seinen Körper noch weiter, um die Angriffsfläche zu verringern, seine gefesselten Hände streckte er zum Schutz nach vorne.

Sogleich tat Sven so, als wolle er nun gegen Patricks Nase treten; doch unmittelbar davor stoppte er, hielt seinen Fuß schwebend in der Luft.

„Die passen mir ausgezeichnet", sagte er. „Erkennst du sie aus dieser Perspektive?"

Dann stopfte er seine Schuhspitze unter Patricks Wange und drehte dessen Gesicht leicht nach oben.

„Dein Anzug passt mir ebenfalls wie angegossen. Toll, oder?"

Er hob den Kopf leicht an, dann zog er den Fuß wieder zurück. Darauf vorbereitet, fiel Patricks Kopf diesmal sanfter auf die Matratze.

„Ein paar Stunden allein im Keller und man sieht sofort, was aus einem Anzugträger wird: ein Stück Scheiße."

Es wurde still. Bis auf Patricks Atem war nichts im Kellerraum zu hören.

„Das bist du doch, oder? Ein Stück Scheiße."

Mit den Fingern befühlte er den Stoff seines Nadelstreifenanzugs.

„Guck dich doch bloß mal an. Ach so. Geht ja nicht. Bist ja gefesselt."

Patrick schien all seinen Mut zusammen zu nehmen.

„Noch einmal", flüsterte er. „Was wollt ihr?"

„Wieso muss man immer etwas wollen? Der Weg ist das Ziel."

„Was meinst du damit?"

„Im Moment fühle ich mich sehr wohl. Warum sollte ich an der Situation etwas ändern wollen? Aber gute Ideen habe ich schon."

„Ja?"

„Im Nachbarraum ist eine Art Werkstatt eingerichtet. Etwas verwahrlost. Ist die noch von deinem Vater?"

„Ja. Warum?"

„Da gibt es tolle Werkzeuge. Da kann man nur auf gute Ideen kommen."

Jetzt schwieg Patrick.

„Jetzt kommst du wohl auch auf gute Ideen, ja? Sehr schön. Du solltest an Zangen und Hämmer denken, und an eine Schraubzwinge. Eine Bohrmaschine habe ich auch entdeckt. Mal sehen, ob die noch funktioniert. Vielleicht fallen dir aber auch noch andere Werkzeuge ein ..."

„Bitte. Ich habe euch doch nichts getan."

„Nichts getan?", Svens Stimme wurde bedrohlich leise. „Es hat alles seinen Sinn. Und jetzt lass ich dich erstmal wieder mit deinen Träumereien und Fantasien alleine. Katja wird dir noch etwas Wasser geben. Wir wollen ja nicht, dass der liebe Patrick zu früh schlappmacht."

33. Kapitel

Anfang Juni

‚P. B.'

Die großen, ungelenken Buchstaben an der rückwärtigen Wand fielen Sabrina als erstes auf, als sie den Kellerraum betrat. Blutrot. Sabrina benötigte wenig Fantasie, um zu wissen, wer sie hinterlassen und womit er sie geschrieben hatte.

Es roch nach Urin und Kot.

Auf dem Betonboden, inmitten roter und brauner Flecken, lag eine verschmutzte Matratze .

Hinter sich wusste Sabrina die beiden Unbekannten, in Gedanken nannte sie sie immer noch ‚die Schmidts'.

„Auf die Matratze!"

Das Paketklebeband hielt Sabrinas Handgelenke fest zusammen. Sie hatte keine Idee, wie sie sich im Moment zur Wehr setzen könnte. Vielleicht kam später eine bessere Gelegenheit. So lange musste sie tun, was ihr befohlen wurde.

„Hinsetzen!"

Dies stellte sich mit gefesselten Händen alles andere als einfach dar, doch schließlich gelang es ihr.

„Umdrehen und Beine ausstrecken!"

Katja kam bereits mit dem Klebeband auf sie zu. Sie schien zu wissen, was Schmidt von ihr wollte. Mit geübten Bewegungen wickelte sie das Klebeband um Sabrinas Fußgelenke.

„Das wär's erstmal", sagte Schmidt, steckte die Waffe weg und ging in Richtung der Treppe zum Erdgeschoss.

Katja folgte ihm.

Das konnte es doch nicht gewesen sein!

„Halt", rief Sabrina rasch, bevor auch Katja verschwand.

„Was ist denn?"

Sabrina suchte nach einem Thema, um erneut mit der Frau ins Gespräch zu kommen.

Vielleicht war sie zugänglicher, wenn der Mann nicht dabei war.

„Kann ich etwas zu trinken bekommen? Ich habe Durst."

Doch der Plan ging nicht auf.

„Man muss nicht immer trinken. Man hält auch einige Zeit ohne aus."

„Katja!", der Mann rief laut und herrisch.

„Ja, ich komm ja schon."

„Und sperr bloß die Tür ab."

Schon war Katja draußen und schloss die Tür. Sofort wurde es stockdunkel und Sabrina hörte, wie Katja den Schlüssel herumdrehte.

Alle warten auf das Licht. Fürchtet euch. Fürchtet euch nicht.

Die Liedzeile pflügte sich drängend durch ihre Überlegungen.

Musst du gerade jetzt an Rammstein denken, Sabrina?

Langsam gewöhnten sich Sabrinas Augen an die Dunkelheit. Restlicht drang durch die Spalten der Tür, die sich im Laufe der Zeit etwas verzogen zu haben schien.

Sie drehte ihren Kopf und starrte an die Wand. Jetzt glaubte sie, auch die Initialen wieder zu sehen.

Auf diese Art und Weise hätte sie nicht erfahren wollen, wo Patrick Bender sich die letzten Tage aufgehalten hatte. Die Blut- und Kotspuren im ganzen Raum verhießen nichts Gutes.

Schon jetzt begannen ihre Arme und Beine aufgrund der ungewohnten Haltung zu schmerzen. Sie versuchte, sich hinzulegen und ihren Körper so gut wie möglich zu entspannen. Von der einen unbequemen Stellung wechselte sie in kurzer Folge in die nächste.

Die Matratze unter ihr klebte. Beim Gedanken an die Ursache dafür würgte sie. Nur mit großer Anstrengung gelang ihr, ihren Mageninhalt dort zu belassen, wo er hingehörte.

Wie lange sollte sie das aushalten?

Zumindest hatten die beiden sie nicht sofort getötet.

Hatten sie noch etwas mit ihr vor?

Wenn ja, was?

34. Kapitel

Anfang Juni

Papiere jeglicher Form und Größe bildeten auf dem Schreibtisch einen ungeordneten Haufen, obenauf lag ein dicker, roter Kater. Die Neugierde siegte über die Faulheit: Er öffnete sein rechtes Auge um etwa zwei Millimeter, ansonsten verhielt er sich regungslos.

„Mielke", befahl Lara, „sofort da runter."

Das Auge schloss sich, dafür bewegte sich nun – kaum wahrnehmbar – sein rechtes Ohr.

Lara ging auf ihn zu.

„Mielke", rief sie erneut, aber dieser stellte sich tot.

Erst als sie mit den Händen nach ihm greifen wollte, schnellte er hoch, fauchte sie kurz an und hüpfte mit einem riesigen Satz, den Niklas ihm nicht zugetraut hatte, zu Boden. Natürlich nicht, ohne die Krallen auszufahren und beim Absprung jede Menge Papiere durch das Büro zu wirbeln.

Niklas' eigene Tochter hatte sich auch immer eine Katze gewünscht. In Momenten wie diesem wusste er wieder, warum er sich stets dagegen gewehrt hatte.

Und schon war Mielke aus dem Büro verschwunden, die letzten Blätter segelten – gleitend wie ihre herbstlichen Namensvettern – nach unten und landeten auf dem Teppich. Lara sammelte sie hastig ein und drapierte sie wieder genauso unordentlich, wie sie zuvor gelegen hatten.

„Wie gesagt, ich habe mir Mamas Akten schon mal durchgesehen. Ihre Kollegen wollten ja nicht tätig werden."

„Sag mal", meinte Niklas. „Sagt dir der Name ‚Patrick Bender' etwas?"

„Nö. Warum?"

„Könnte sein, dass er im Zusammenhang steht mit dem Verschwinden deiner Mutter."

„Vielleicht taucht er ja in einem der Schriftstücke auf. Aber Mama hat Kontakt mit so vielen Menschen; ständig wechselnde Klienten."

Sie wollte sich den Papieren widmen.

„Das machen wir", hielt Niklas sie davon ab. „Mir wäre lieber, du fasst schon mal die Kontakte von dem Dating-Portal zusammen. Am besten, du druckst sämtliche Chats aus, die du da geführt hast. Die wurden doch gespeichert, oder?"

„Glaube schon."

Von irgendwoher war ein vorwurfsvolles Raunzen zu hören, gleich danach ein klapperndes Geräusch.

„Mielke hat Hunger", kommentierte Carsten, er stand immer noch im Türrahmen des Büros.

„Komm, Papa, wir kümmern uns darum."

Niklas und Jasmin blieben allein zurück.

„Sollen wir die Sachen mitnehmen oder hier durchsehen?"

„Hier durchsehen", antwortete Niklas und nahm auf dem Bürostuhl Platz, während sich Jasmin auf den gegenüberliegenden Stuhl setzte.

Sie versuchten, etwas Ordnung in die Angelegenheiten der Privatdetektivin bringen. Niklas fragte sich, ob Sabrina Lampe selbst so chaotisch war oder ob die Unterlagen sortierter waren, bevor sich Lara ihrem Aktionismus hingegeben hatte. Die

Kollegen von der Spurensicherung würden die Hände über dem Kopf zusammenschlagen.

Bereits nach kurzer Zeit kehrte Mielke zurück. Als er feststellte, dass er sich nicht wieder auf den Schreibtisch legen konnte, sprang er auf den Fenstersims und beobachtete von dort aus aufmerksam das Geschehen. Zwischendurch leckte er sich Maul und Fell.

Carsten kam und fragte, ob sie Kaffee oder Wasser oder etwas anderes wollten.

Zeitgleich antworteten Niklas und Jasmin, dass sie lieber Wasser hätten.

Die Brühe im ‚Bier' hatte ihnen die Lust auf Kaffee vergällt.

Niklas war sich ziemlich sicher, dass Lara ihren Vater geschickt hatte.

Er und Jasmin sichteten ein Papier nach dem anderen und machten sich emsig Notizen.

„Viel zu viel", kommentierte Jasmin.

„Ja, man weiß überhaupt nicht, wo man anfangen soll."

„Es gibt einiges, dem wir nachgehen sollten."

„Massenweise betrogene Ehefrauen, ertappte Ehemänner."

„Auch andersherum. Mehr als genug."

„Überwachungen von Industrieanlagen."

„Hier hatte sie es mit Werksspionage zu tun."

„Aber abgesehen von Kaymaz keine weiteren Drohungen."

Inzwischen hatte Niklas über ein Dutzend von Kaymaz' zusammengestückelten Briefen gefunden.

Jasmins Handy klingelte.

„Okay", sagte sie. „Gib sie durch."

Dabei notierte sie etwas und legte wieder auf.

„Sie konnten Kaymaz' Adresse aufgrund der Handynummer ermitteln. Und …"

„Ja?"

„Dickes Vorstrafenregister. Ladendiebstähle, Raufereien, Sachbeschädigungen, Beleidigungen."

„Aber nichts Größeres?"

„Nein. Einmal war er für drei Tage in Untersuchungshaft. Ist ansonsten immer mit Bewährungsstrafen und Sozialdiensten davongekommen."

„Dass Frau Lampe gegen ihn aussagt, könnte also das Fass zum Überlaufen bringen."

„Ja. Wenn der Gerichtstermin nicht geplatzt wäre. Der wäre gestern gewesen, sagt der Kollege, aber Frau Lampe ist ja verschwunden."

„Voilà. Wir haben ein Motiv!"

„Ja, denke auch."

„Wir brechen gleich auf und machen nachher hier weiter."

„Wollen wir noch einmal bei der Nachbarin klingeln?"

Niklas bejahte. Bereits bei ihrer Ankunft hatten sie erfolglos versucht, mit Angelika Schimmelpfeng zu sprechen.

Sie baten Lara, Mielke aus dem Zimmer zu scheuchen und alles so zu belassen, wie es im Moment sei.

Ein Stockwerk tiefer, bei Frau Schimmelpfeng, öffnete noch immer niemand die Tür.

So fuhren sie los.

Dreißig Minuten später befanden sie sich in der Nähe des Schlesischen Tors. Der Altbau wirkte bereits von außen heruntergekommen und drinnen sah es nicht besser aus. Farbe blätterte von den Wänden, teilweise bröckelte der Putz. Die Treppenstufen, die zur zweiten Etage führten, wirkten ausgetreten.

Eine übergewichtige Türkin öffnete, als sie bei ‚Kaymaz' klingelten; sie hätte 40, aber auch 60 sein können.

Niklas zückte seinen Ausweis.

„Schon wieder? Was hat er denn diesmal angestellt?", fragte sie in akzentfreiem Deutsch. Gleich darauf brüllte sie lautstark

„Kurtuluş" nach hinten in die Wohnung und dazu irgendwelche türkischen, aggressiv klingenden Worte.

Niklas fiel auf, dass man das ‚ş' im Vornamen wie ein ‚sch' aussprach.

Hinter der fülligen Türkin erschien das Gesicht eines Jungen. Hätte Niklas nicht bereits gewusst, dass er vor einigen Tagen volljährig geworden war, hätte er ihn auf höchstens 15 geschätzt.

Der Junge erschrak und war schon wieder in der Wohnung verschwunden.

„Schnell", rief Jasmin und drängte sich bereits an Frau Kaymaz vorbei, Niklas hinterher.

Jasmin stolperte, Niklas stützte sie, beide rannten weiter, zwei Mal links abgebogen – und wieder standen sie im Treppenhaus.

Von unten hörten sie, wie jemand hinunterhetzte, aus dem Sichtfeld war er bereits verschwunden. Im Türrahmen gegenüber stand immer noch Frau Kaymaz.

„Sie haben zwei Wohnungen zusammengelegt", sagte sie und schien damit das fragende Gesicht Niklas' richtig gedeutet zu haben.

Jasmin war bereits einen halben Absatz unten, Niklas folgte ihr.

Als er die untere Haustür hörte, wusste er, dass sich der Abstand vergrößert hatte.

Unten auf der Straße war schon nichts mehr von Kurtuluş zu sehen.

Er hatte sie besiegt, der hagere, junge Mann, der wie ein Kind aussah.

Zwei Minuten später war Kurtuluş Kaymaz zur Fahndung ausgeschrieben.

35. Kapitel

Kurz nach Pfingsten

„Die Füße kannst du dir selbst befreien."

Sven schien sich seiner Sache sehr sicher zu sein. Ohne ein weiteres Wort drehte er sich um und verließ den Heizungskeller, Katja folgte ihm.

Allein zurückgeblieben, rieb Nadine sich die Handgelenke. Dann versuchte sie, ihre Fäuste zu ballen. Zunächst gelang es ihr nicht; wiederholt streckte und beugte sie ihre Finger. Endlich pulsierte ausreichend Blut in den Bahnen.

Sie setzte sich auf und suchte das Ende des Paketklebebands, das um ihre Knöchel geschlungen war. Mit spitzen Fingern löste sie das Band und wickelte es ab. Ihre Füße wirkten merkwürdig blass. Sie wackelte behutsam mit den Zehen.

Wo hatten sie Patrick hingebracht?

Als sie aufstehen wollte, wurde ihr schwindlig. Ihre Beine kribbelten. Rasch setzte sie sich wieder auf den Fußboden, wartete.

Zweiter Versuch: Sie griff nach einem Heizungsrohr und hielt sich daran fest.

Ein paar Sekunden stehen bleiben, ja, so sollte es gehen.

Um ihren Kreislauf weiter zu stabilisieren, atmete sie tief ein und aus.

Danach verließ sie vorsichtig den Kellerraum und blickte sich um. Hier unten war niemand zu sehen, von oben jedoch hörte sie Geschirrklappern.

Auf dem Weg ins Erdgeschoss hielt sie sich am Treppengeländer fest.

„Ich bin im Wohnzimmer", hörte sie Svens Stimme.

Sie folgte den Worten wie in Trance.

Die Beine auf den Wohnzimmertisch gelegt, saß er da, zurückgelehnt, eine von Patricks teuren Zigarren im Mund, den

Augenblick sichtlich genießend. Patrick hatte die Zigarren zu Weihnachten von einem Staatssekretär des Wirtschaftsministeriums erhalten. Weiterhin trug Sven einen von Patricks Anzügen sowie dessen teure Armbanduhr, die Nadine ihm zum Geburtstag geschenkt hatte.

„Guten Morgen“, flötete er. „Setz dich.“

Neben seinen Füßen befand sich ein Platzdeckchen, links und rechts davon ein weiteres, jeweils mit Teller, Tasse und Besteck versehen. Das Geschirr hatten die Benders von Patricks Eltern zur Hochzeit bekommen.

All die Präsente nun in diesem Kontext sehen zu müssen, fühlte sich in Nadines Herz wie Nadelstiche an.

Sven zeigte mit dem Zeigefinger auf den Sessel rechts von sich und Nadine nahm Platz.

Mit neugierigen Blicken musterte er sie, Nadine zitterte.

„Mann, siehst du scheiße aus.“

Ein Tablett in den Händen haltend, betrat Katja das Wohnzimmer, darauf eine Kaffeekanne, ein Milchkännchen, Butter, Käse, Wurst und Marmelade.

„Erinnert sie dich nicht an etwas?“, wandte sich Sven an seine Frau.

Katja stellte das Tablett ab und besah sich Nadine nun ebenfalls in aller Ruhe.

„Was meinst du?“

„Diese traurigen Clowns mit den kleinen Tränchen auf den Wangen. Genau so sieht sie aus mit dem verschmierten Make-Up und den verheulten Augen.“

Katja lachte.

Nadine wusste nicht, wie sie sich verhalten sollte. Am besten, sie schwieg.

„Schenk uns Kaffee ein“, meinte er zu ihr und setzte dabei ein freundliches Lächeln auf.

Es war, als hätte er in einer fremden Sprache gesprochen: Nadine verstand ihn nicht.

In einer ruckartigen Bewegung zog er die Beine zurück und setzte sich auf. Und sofort knallte seine Faust auf den Tisch. Das Geschirr klapperte, die Zigarre flog Nadine auf den Schoß. Panisch wischte sie sie hinunter.

„Ich habe gesagt, dass du einschenken sollst!"

Mit zitternden Händen griff sie nach der Kaffeekanne, die dabei beinahe umkippte, und führte sie zu Svens Tasse.

„Nicht ganz vollmachen, da muss noch Milch rein. Und wehe, du verschüttest etwas. Ist dir kalt, weil du so wackelst?"

Wieder lachte Katja.

„Ab sofort wirst du dich dann um unsere Verpflegung kümmern. Kannst dir ja schon mal überlegen, was du uns zum Mittagessen machst. Du kannst doch kochen, oder?"

„Ja, ich kann kochen", sagte Nadine leise und schenkte auch Katja ein.

„Fein", meinte Sven. „Ich dachte schon, ihr lasst die ganze Drecksarbeit von jemand anderem machen. Putzen und so. Ist ja ein großes Haus und sieht alles gut in Schuss aus."

Nadine überlegte: Oskar müsste morgen kommen.

„Woran denkst du?"

Er schien in ihrem Gesicht zu lesen.

„Habt ihr doch jemand, der euch hilft?"

„Ja, ein Putzmann, er kommt immer mittwochs."

„Tststs, ein ‚Putzmann'. Zu faul zum Putzen. Und dann auch noch einen Mann kommen lassen. Putzt der etwa nackt für dich? Reicht dir dein Patrick nicht aus? Dann könnte ich mich mal um dich kümmern."

Mit einem erwartungsvollen Blick sah er hinüber zu Katja, diesmal lachte sie nicht. Sie tat so, als hätte sie nichts gehört.

Vermutlich konnte Nadine froh sein, dass Katja Svens Aufdringlichkeit ignorierte. Ein Aufbegehren Katjas hätte wahrscheinlich weitere Unverschämtheiten provoziert. Und Nadine mochte sich nicht vorstellen, wo das enden könnte.

„Aber ‚putzen' würde ich nicht. Eher ein bisschen Unordnung schaffen."

Die Milch schenkte er sich selbst ein und nahm einen Schluck.

„Du wirst ihm nachher gleich absagen."

„Was?"

„Deinem Putzmann. Der braucht morgen nicht zu kommen. Und jetzt mach mir ein Marmeladebrot."

„Ich verstehe nicht."

„Sag mal, hast du was mit den Ohren? Du sollst mir ein Marmeladebrot machen. Die rote da, Erdbeer-Rhabarber, wenig Butter."

Sie ging davon aus, dass er wieder ausrastete, wenn sie sich weigerte, also nahm sie sich eine Scheibe Brot, legte sie auf ihren Teller und bestrich sie wie befohlen.

Er biss einmal hinein und wirkte zufrieden mit ihrer Arbeit.

Noch während er kaute, sagte er: „Und deine Geheimnummer brauchen wir auch noch."

Sie traute sich nicht nachzufragen.

„Deine Kreditkarte haben wir ja schon."

Er aß weiter an seinem Marmeladenbrot.

„Was ist? Worauf wartest du?", sagte er nach dem nächsten Bissen.

Sie zögerte.

Als wäre es das Selbstverständlichste der Welt, griff er nach seinem eigenen Messer und näherte sich damit ihrem Schoß.

„Du möchtest doch nicht, dass ich jetzt schon etwas Unordnung mache, oder?"

Bedrohlich näherte sich die Klinge dem Stoff ihres Kleides.

„Und der liebe Patrick möchte sicher auch, dass du mit uns zusammenarbeitest. Der hat sonst Angst, dass ihm etwas zustoßen könnte."

Sven presste das Messer gegen Nadines Schenkel. Eine schärfere Klinge hätte mit diesem Druck sicher bereits sowohl den Stoff durchtrennt als auch die obere Hautschicht. Sven würde dies über kurz oder lang auch mit diesem Messer gelingen, daran hatte Nadine keinen Zweifel.

„Ich kann dir nicht garantieren, dass ich danach noch Lust auf dich habe."

„Drei und drei Mal die fünf."

Sichtlich zufrieden zog Sven seine Hand zurück.

„Na, das war ja einfach. Wo ist der nächste Geldautomat?"

Nadine beschrieb den Weg, der Automat war keine zehn Minuten entfernt.

„Na, dann werden wir gleich nach dem Frühstück einen kleinen Ausflug zusammen machen. Und ich kann nur für dich hoffen, dass du die richtige Nummer genannt hast. Sonst …"

Svens Gesichtsausdruck wirkte so, als wünschte er sich, sie hätte ihn belogen.

36. Kapitel

Anfang Juni

Carsten Lampe war bereits aus der Wohnung seiner Frau verschwunden, als Niklas und Jasmin dorthin zurückkehrten.

Im Türrahmen stand Lara und blickte ihnen erwartungsvoll entgegen.

Niklas beantwortete die unausgesprochene Frage: „Er ist uns leider entwischt."

„Und Sie sind nicht unterwegs und suchen ihn?"

„Es sind mehrere Streifenwagen im Einsatz, die das Gebiet abfahren. Ich habe keinen Zweifel daran, dass wir ihn schon bald aufspüren werden. Wo sollte er auch hin?"

„In die Türkei?", meinte Lara und Niklas merkte sofort, dass er ihr nichts vormachen konnte. Cleveres Mädchen. „Vergangenes Jahr gab es doch diesen Fall am Alexanderplatz. Ein Deutschtürke hat einen anderen fast zu Tode geprügelt und ist dann in die Türkei abgehauen. Es dauerte Monate, bis ihn die Justiz wieder hier hatte."

Zwar kannte Niklas den Fall, jedoch kommentierte er ihn nicht.

„Wir müssten noch mal ins Arbeitszimmer deiner Mutter."

„Klar."

Die Bürotür war geschlossen, so, wie sie sie hinterlassen hatten. Von dem roten Kater war nichts zu sehen, weder drinnen noch draußen.

Erneut wollten die beiden Sabrinas Unterlagen durchsehen, um neue Hinweise zu finden.

„Da!", noch während des Hinsetzens hatte Jasmin innegehalten. Sie zeigte mit dem Finger auf die rechte Seite des Schreibtischs. Beim Vornüberbeugen entdeckte Niklas dort ein gelbes Post-It. Es hing quer; anscheinend handelte es sich also nicht um die ursprüngliche Stelle, an die der Haftzettel geklebt worden war. Eventuell hatte er sich durch den Absprung des Katers von seiner früheren Position gelöst und war hierher geflattert.

Jasmin griff danach und las ihn vor.

„Schimmelpfeng. P. B. wo? Hagenau?"

„Okay, P. B., Patrick Bender, die Nachbarin hat also doch mit dem Fall zu tun. Wir gehen hinunter und klingeln nochmal. Wenn sie immer noch nicht öffnet, klopfen wir an die Tür und zwar kräftig. Vielleicht schläft sie nur. Oder sie hat den Fernseher zu laut aufgedreht."

Als sie wieder das Treppenhaus betraten, hörten sie von unten stampfende Schritte, begleitet von schwerem Atmen und Stöhnen. Unwillkürlich musste Niklas an die Geräusche des T-Rex aus Jurassic Park denken, die schweres Unheil angekündigt hatten.

Und wie dem T-Rex ragten auch der Urheberin der Geräuschkulisse die Zähne aus dem Mund.

Frau Schimmelpfeng hatte nach den anstrengenden fünf Metern vom Hauseingang zur Wohnungstür dort verharrt, um vor dem Aufschließen eine Verschnaufpause einzulegen. Als sie Niklas und Jasmin die Treppe herunterkommen sah, schob sie die Zähne wieder in den Mund zurück.

Das konnte der T-Rex nicht.

„Guten Tag“, sagte Niklas und zückte seinen Dienstausweis. „Wir haben ein paar Fragen an Sie.“

„Ach, du meine Güte. Habe ich das Gas laufen lassen?“

„Was?“

„Ist etwas übergelaufen, weil die Polizei kommt?“

„Nein. Nein.“

Sie schien zu überlegen.

Dann begriff sie: „Es geht um Patrick?“

Niklas nickte.

„In welchem Verhältnis stehen Sie zu ihm?“

„Verhältnis? Nein, nein. Ach, so. Nein, er ist mein Neffe.“

„Wir haben leider keine guten Nachrichten für Sie. Dürfen wir reinkommen?“

37. Kapitel

Ende Mai

„Patrick? Kannst du mich hören? Das hallt so im Hintergrund. Ich weiß genau, dass diese neumodischen Telefone so eine Lauthörfunktion haben.“

„Nein, Tante Angelika, Patrick ist nicht im Zimmer.“

Gegenüber von Nadine stand Sven. Er legte beide Hände wie zum Gebet zusammen – hielt den Kopf schräg – und führte sie zu seiner Wange.

„Patrick schläft schon. Im Büro war es heute sehr anstrengend.“

„Er schläft schon? Um sieben Uhr?"

Sogleich massierte Sven sich die Schläfen.

„Er hatte Kopfschmerzen, starke Kopfschmerzen."

„Wieso ruft der mich denn nicht zurück?"

„Ich habe dir doch gesagt, dass er anruft, sobald er wieder etwas Luft hat."

„Luft? Was bedeutet das denn?"

Mit der Hand vollführte Sven eine Geste, als wolle er sich die Kehle durchschneiden, sein Gesicht zornig und ungeduldig.

„Ich muss jetzt Schluss machen, Tante Angelika", Nadine suchte nach einer Ausrede. „Ich habe noch einen Auflauf in der Röhre."

„Einen Auflauf. Isst du den denn alleine? Da stimmt doch ..."

Der Rest des Satzes war nicht mehr zu hören, denn Sven hatte an der Basisstation auf ‚Gesprächsende' gedrückt.

„Jetzt habe ich endgültig die Schnauze voll von diesen ewigen Anrufen und Haustürbesuchen."

Sven packte Telefon samt Kabel und riss daran. Es löste sich lediglich der Stecker aus der Buchse. Er fluchte. Mit seinem Fuß trat er solange auf die Telefondose, bis sie aus der Wand brach.

Danach setzte er sich aufs Sofa.

„Ist das nicht noch verdächtiger? Ich weiß nicht, ob das eine gute ..."

Mit einem strengen, unberechenbaren Blick brachte Sven seine Frau Katja, die das Telefonat ebenfalls mitverfolgt hatte, zum Schweigen.

Sven sah von Katja zu Nadine und wieder zurück und zwang damit beide, ihren Kopf zu senken.

Er schwieg für einen Moment, dann sprach er leise: „Wie oft soll ich denn noch sagen, dass ich mir von euch Weibern nicht hineinquatschen lasse?"

Ohne direkt aufzusehen, beobachtete Nadine aus den Augenwinkeln heraus ihren Peiniger.

Sven beugte sich vor und griff nach der Holzschatulle mit dem Relief des Taj Mahals, das vor ihm auf dem Wohnzimmertisch stand. Behutsam strich er über den Deckel und öffnete ihn. Zufrieden betrachtete er den Inhalt und roch daran.

Nadine konnte nicht sehen, was sich in der Schatulle befand, die noch bis vor wenigen Tagen ihre teuren Ohrringe aus Indien enthalten hatte, die ihr Patrick auf einer Geschäftsreise gekauft hatte.

Jetzt wirkte Sven deutlich entspannter.

Inzwischen wohnten die beiden vier Tage in Patricks und Nadines Haus. Nadine hatte keine Ahnung, wohin sie ihren Ehemann gebracht hatten, geschweige denn, wie es ihm ging.

Abends sperrten sie Nadine immer im Heizungsraum ein.

Zuweilen verließ Sven das Haus, aber Katja blieb stets zurück, um auf sie aufzupassen.

Sven hatte Katja verboten, mit Nadine zu reden, wenn er nicht dabei war. Und bislang waren alle Versuche Nadines, Katja in ein Gespräch zu verwickeln, an diesem Verbot gescheitert.

Die beiden ließen sie kochen und putzen. Sie demütigten sie dabei. Mit Worten und mit Taten.

Immer wieder kehrte Sven von seinen kurzen Ausflügen mit Bargeld zurück. Er sammelte es in einem von Patricks Reisekoffern.

Nadine hatte inzwischen alles unterschrieben, was Sven von ihr verlangt hatte. Bei den Vollmachten, bei denen die Unterschriften beider Ehepartner notwendig waren, hatte sich die von Patrick bereits auf den vorgelegten Dokumenten befunden. Einmal war ein blutiger Fingerabdruck neben Patricks Unterschrift gewesen. Sven hatte ihr befohlen, ihn mit Tipp-Ex zu überpinseln.

Ihre Fantasie ging mit ihr durch.

Auf welche Art und Weise mochte Sven Patrick unter Druck setzen?

Niemals würde Patrick dies alles freiwillig unterzeichnen!

Bekam er genug zu trinken und zu essen?

Die Sorge zehrte sie immer mehr auf.

So konnte es nicht weiter gehen.

Sie musste einen Ausweg finden.

Aber welchen?

„Vielleicht sollten wir uns langsam zufriedengeben."

Katja hatte gesprochen, leise, eingeschüchtert.

Hatte der Albtraum nun ein Ende?

Würden sie es bei der bisherigen Ausbeute belassen und das Weite suchen?

Nadines Hoffnung zerstob mit Svens lautem Auflachen.

„Wieso soll ich mich mit der Milch zufriedengeben, wenn ich die ganze Kuh haben kann?"

Nadine setzte sich im Schneidersitz auf den Boden.

„Was ist das jetzt? Zwergenaufstand?"

„Macht, was ihr wollt. Ich werde nicht mehr kooperieren."

„Hoho, große Töne."

Nadine schwieg, rührte sich nicht.

„Dein Mann hat auch so große Töne gespuckt. Er hat gesagt, ich würde schon sehen, was er mit mir macht, sobald er mich in die Finger kriegt."

Nun stand Sven auf, die offene Holzschatulle in der Hand, und näherte sich langsam Nadine.

„Du wirst weiterhin tun, was wir dir sagen, hörst du? Wir haben noch lange nicht genug. Meinst du etwa, ich hätte mir schon genug geholt, von dem, was mir zusteht? Da hast du dich getäuscht, Lady."

Er packte Nadine grob am Kinn und bog ihren Kopf so, dass sie geradewegs auf das Innere der Holzschatulle starrte.

„Ich frage mich, wie er mich in die Finger kriegen möchte."

In der Schatulle lag das Ohr von Princess – und daneben Patricks Zeigefinger.

Nadines Widerstand zersplitterte, wie eine Glasscheibe, in die ein Ziegelstein geworfen wurde.

38. Kapitel

Anfang Juni

Sabrinas Willen blieb ungebrochen.

Im Dämmerlicht ihres Gefängnisses versuchte sie, klar zu denken.

Sie hatte jegliches Zeitgefühl verloren, vermutete aber, dass sie sich bereits mindestens 48 Stunden hier befand.

Von Schmidt hatte sie seither nichts mehr gesehen. Die Frau, die er Katja genannt hatte, war zurück gekommen und hatte ihr eine 1 1/2-Liter-PET-Flasche mit Mineralwasser gebracht, in einem Plastikteller etwas Suppe und einen Plastiklöffel, einige Zeit später ein paar Scheiben Brot und zwei Würstchen, die sie in den Suppenteller gelegt hatte mit den Worten, Sabrina solle sie sich einteilen.

Weiterhin hatte Sabrina einen Eimer erhalten, den sie inzwischen in die weitmöglichst entfernte Zimmerecke verfrachtet hatte. Der Inhalt stank dennoch bis zu ihr herüber.

Inzwischen hatte sie längst alles aufgegessen und auch die Flasche leer getrunken.

Alles gar nicht so einfach, wenn die Hände mit Handschellen gefesselt sind. Da bereitete allein schon das Aufstehen Probleme. Sabrina wünschte sich, Katja hätte die Paketklebebänder nicht ersetzt, die hatten zumindest nicht so sehr in die Gelenke geschnitten. Wenigstens konnte sie ihre Beine wieder frei bewegen.

Geschlafen hatte sie kaum. Sie fühlte sich völlig übernächtigt. – Was das ‚klar denken' deutlich erschwerte.

Alle warten auf das Licht. Fürchtet euch. Fürchtet euch nicht.

Leicht geträllert, liebe Freunde von Rammstein.

Lara, was hast du in der Zwischenzeit getan?

Bist du zur Polizei gegangen?

Du bist doch ein cleveres Mädchen.

Vielleicht können Mojitos Eltern dir helfen.

Wenn die Polizei zu ihr nach Hause käme, würde sicherlich sofort Frau Schimmelpfeng ihren Kopf zur Türe herausstrecken.

Darauf war doch Verlass, oder?

Oder die Polizei würde in ihrem Büro fündig werden und auf den Auftrag der Nachbarin stoßen.

Ach, im Moment würde sie sich sogar über den Anblick von Frau Schimmelpfeng freuen und darüber, ihren Mundgeruch einzuatmen.

Die Melodie eines Kinderlieds drängte sich in ihre Gedanken, überlagerte endlich das Lied von Rammstein.

Was ist das für ein Kinderlied, Sabrina?

Wo hast du das gehört?

Sie dachte an die S-Bahn, mit der sie nach Schmöckwitz gefahren war, versuchte, die Erinnerung zu greifen.

Schmöckwitz, ja.

Die Schimmelpfeng würde der Polizei doch sicherlich von dem Haus hier erzählen, oder?

Ihr selbst war es ein Leichtes gewesen, den Standort herauszufinden. Also müsste es für die Polizei ebenfalls ein Klacks sein.

Da. Ein Geräusch.

Der Schlüssel drehte sich.

Plötzlich flutete Licht den Raum.

Sabrina musste die Augen schließen.

Das Letzte, das sie wahrnahm, war, dass zwei Leute im Türrahmen standen.

39. Kapitel

Anfang Juni

Es roch muffig.

Die einzelne, flackernde 25-Watt-Birne schaffte es nicht, die Umgebung zu erhellen.

Dunkle Holztäfelung; an den Wänden und auch an der Decke.

Erst als er daran vorbeiging, erkannte Niklas das offene Schuhregal neben sich, so finster war es. Gerochen hatte er es bereits zuvor.

„Wissen Sie eigentlich, was mittlerweile eine Taxifahrt kostet?"

Frau Schimmelpfeng schien weiter vorne mittlerweile um eine Ecke gebogen zu sein.

Der Stimme folgend, erreichte er die Küche. Trotz eines Fensters war diese nur unwesentlich heller: Man starrte geradewegs auf die rußverschmierte Feuerschutzwand des Nachbargebäudes.

Die Küche war mit dem gleichen Holz verkleidet wie der Flur, ringsherum, Niklas kam sich wie in einem Blockhaus vor.

Kirsche? Mahagoni? Walnuss?

Schwer zu sagen, inzwischen klebte wohl der Dunst von mehreren Jahrzehnten Kochen auf den Paneelen.

Und genau diesen Geruch hatte Niklas auch in der Nase.

Hinter ihm nieste Jasmin.

„Sie sind doch hoffentlich gesund.", meinte Frau Schimmelpfeng. „Ständig stecken mich irgendwelche Leute mit ihren Bassillen an. Deswegen fahre ich auch nicht mit dem Bus. Und weil die Busfahrer nicht fahren können. Ständig rumpelt es hin und her. Und unfreundlich sind sie auch."

„Gesundheit", sagte Niklas und Jasmin bedankte sich.

„Acht Euro Achtzig."

„Wie bitte?"

„Dabei bin ich nur zum Zahnarzt gefahren. War leider notwendig. Das müsste doch die Krankenkasse zahlen, oder?"

„Ich verstehe nicht."

„Ach so, Sie sind ja sicherlich irgendwie beim Staat versichert und kriegen sowieso alles bezahlt. Trinkgeld habe ich keines gegeben. Der konnte nicht mal deutsch, der Taxifahrer. Ich glaube, der kam aus Lampukistan oder so. Nehmen Sie doch Platz."

Die Stühle hatten Sitzauflagen aus Plastik. So etwas hatte Niklas noch nie gesehen.

„Ist praktisch beim Saubermachen", Frau Schimmelpfeng schien seinen Blick richtig gedeutet zu haben.

Jasmin blieb stehen.

Schließlich verstand Niklas: Frau Schimmelpfeng redete und redete und redete. – Dies verhinderte wohl, dass sie zuhören musste; dem zuhören musste, was Niklas ihr zu berichten hatte.

„Ich habe leider die traurige Pflicht, Ihnen mitteilen zu müssen …"

Frau Schimmelpfeng schürzte die Lippen und atmete aus. Ein schriller Ton entstand, wie der aus der Pfeife eines Kessels, in dem Wasser kochte.

Jetzt setzte auch sie sich.

Niklas starrte auf die Prilblumen, die Frau Schimmelpfeng auf die Holztäfelung oberhalb der Spüle geklebt hatte. Es irritierte ihn, dass sie kein Muster ergaben. Neben dem Spülbecken stand eine Kaffeetasse mit der Aufschrift LECK MICH.

„Auf der Sparkasse war ich auch noch", sagte sie.

Niklas kam zu dem Ergebnis, dass es besser wäre, sie einfach reden zu lassen.

„Er hat immer pünktlich gezahlt, diesmal auch. Das Geld ist da."

„Patrick hat Ihnen Geld bezahlt?"

„Ja. Wegen meiner Schwester."

„Was ist mit Ihrer Schwester?"

„Sie hatte doch einen Autounfall. Ist leider vor Hermann gestorben. Dann hat der Patrick alles geerbt."

Sicherlich würden er und Jasmin später Licht ins Wirrwarr von Frau Schimmelpfengs Erzählungen bringen können, dachte sich Niklas. Weitere Nachfragen erschienen ihm im Moment eher kontraproduktiv zu sein.

Angelika Schimmelpfeng schnappte nach Luft.

„Alles in Ordnung?"

„Geht schon wieder."

„Muss ich jetzt aus der Wohnung raus?"

„Wieso das denn?"

„Ich wohne doch schon seit vierzig Jahren hier."

Ob sie sie jemals renoviert hatte?

An der Wand entdeckte Niklas das Schwarzweiß-Foto eines Soldaten in Wehrmachtsuniform. Er trug ein Gewehr. Hinter ihm war ein Ortsschild mit kyrillischen Buchstaben zu sehen. Unter dem Soldaten stand eine Inschrift: Obergefreiter Ernst-Rüdiger Schimmelpfeng, Träger des Sonderabzeichens für das Niederkämpfen von Panzerkampfwagen durch Einzelkämpfer.

„Naja, wenn der Patrick mir nun nichts mehr zahlen kann?"

Niklas fragte sich, ob der Tod Patrick Benders überhaupt jemanden kümmerte. Frau Schimmelpfeng agierte genauso herzlos wie Benders Geschäftspartner Frings.

Jetzt entdeckte er eine Träne in ihrem Augenwinkel. Sofort fühlte sie sich ertappt und wischte sie weg.

Nein, sie war sichtlich empfindsamer als Frings. Sie litt. Sie wollte sich nur keine Blöße geben, das erkannte Niklas nun.

„Hatte er einen Autounfall?"

Niklas erzählte ihr die traurige Geschichte. Von den Details jedoch sah er ab. Er nannte weder die exakte Todesursache noch erwähnte er die Verstümmelungen. Und er war froh, dass Frau Schimmelpfeng nicht nachhakte.

Als er fertig wurde, begann Frau Schimmelpfeng von ihrer Schwester zu erzählen, dass sie als Kinder zusammen Gummitwist gespielt hatten, und ‚Himmel und Hölle'.

Niklas versuchte, auf Sabrina zu sprechen zu kommen, doch Frau Schimmelpfeng hörte überhaupt nicht mehr zu. Sie schien in ihrer eigenen Welt gefangen zu sein.

Nach der Rückkehr ins LKA würde er eine Polizeipsychologin kontaktieren und diese zu Frau Schimmelpfeng schicken; er hatte Mitleid mit beiden.

Vielleicht konnte die Kollegin noch etwas in Erfahrung bringen.

Niklas und Jasmin verließen Frau Schimmelpfeng, ohne etwas von Patrick Benders Haus in Schmöckwitz in Erfahrung gebracht zu haben.

Sabrina Lampes Hoffnung erfüllte sich nicht.

40. Kapitel

Anfang Juni

Nadine Bender versuchte, sich zu konzentrieren.

Der Wind pfiff ihr um die Ohren.

Was sollte sie hier oben?

Sie rieb sich die Handgelenke. Bis gerade eben hatte sie noch Handschellen getragen, die Arme auf den Rücken gefesselt. Darüber hatten die Planks ihr einen Umhang geworfen, damit niemand die Handschellen hätte entdecken können.

Die beiden hatten sie die Stufen eines Treppenhauses nach oben getrieben.

Ein Mädchen mit einem Skateboard unterm Arm war ihnen entgegengekommen, hatte immer zwei Stufen auf einmal genommen und die drei überhaupt nicht beachtet.

Nadines Blick schweifte zu der Straße unter ihr, hinab zu den kleinen Menschen und den kleinen Autos, die sich durch den dichten Verkehr drängten. Ihr schwindelte. Sie sah auf die andere Straßenseite, unverkennbar die weltbekannten Bauten im Zuckerbäckerstil. In einiger Entfernung sah sie den Sockel des ehemaligen Stalindenkmals.

Als sie durch die Tür an der Rückfront des Hauses gegangen waren, hatte sie nicht erkannt, wohin die Planks sie gebracht hatten.

Jetzt wusste sie, dass sie auf dem Dach eines Hauses der Karl-Marx-Allee stand.

Sie drehte sich wieder um.

Sven und Katja Plank sahen sie abwartend an.

„Buh!", rief Sven, riss die Arme in die Höhe und machte gleichzeitig einen energischen Schritt nach vorne.

Nadine erschrak, taumelte nach hinten. In ihrem Rücken spürte sie die Brüstung des Daches.

„Na, das hätte ja fast schon geklappt", meinte Sven und lachte.

„Es wird nicht wehtun", sagte Katja. „Sehr unwahrscheinlich, dass du bei einem Aufprall aus dieser Höhe sehr viel spüren wirst. Du solltest sofort tot sein."

„Schade eigentlich."

Nadine hatte große Mühe, all das zu begreifen, was die letzten Tage und Wochen passiert war. Das Böse war in ihr und Patricks wohlgeordnetes Leben eingedrungen. Die Planks hatten all das Glück zerstört, das sie mit Patrick geteilt hatte.

Nun war Patrick tot.

Keinen Augenblick hatte sie daran gezweifelt, als sich Sven mit der Tat gebrüstet hatte. In aller Ausführlichkeit hatte er ihr davon erzählt und ihr dabei die blutige Axt in die Hand gepresst.

Ihre Bluse roch noch immer nach ihrem Erbrochenen und selbst der scharfe Wind konnte den penetranten Gestank nicht davontragen.

Warum taten sie ihr all das an?

„Denk an die Fingerabdrücke. Glaub mir, das ist kein Spaß im Gefängnis. Ich weiß, wovon ich rede."

„Wieso hätte ich meinen Mann töten sollen?"

„Na, weil er dich betrogen hat. Du hast es doch selbst in deinem Abschiedsbrief so geschrieben."

„Ihr habt mich dazu gezwungen. Damit kommt ihr niemals durch."

Sven zuckte gleichgültig mit den Schultern.

„Wer weiß, vielleicht wolltest du deinen Mann auch aus dem Weg haben, weil du einen besseren Liebhaber gefunden hast", er machte eine ordinäre Hüftbewegung.

Katja sah sie und funkelte Nadine sofort böse an.

„Besser, du springst jetzt!"

Nadine verharrte, spürte den Wind auf Wangen und Stirn.

„Sollen wir dir nochmal beschreiben, wie dein Mann zuletzt ausgesehen hat? Wie er sich eingepisst und eingeschissen hat? Wie alles blutverschmiert war? Möchtest du noch ein letztes Mal seinen Zeigefinger sehen?"

Sven griff in die Innentasche der Jacke, die früher einmal Patrick gehört hatte.

Statt der erwarteten indischen Holzschatulle förderte er seine Pistole zutage.

„Ich kann dir auch erst ins Bein schießen. Dann weiß zwar die Polizei, dass du nicht allein hier oben warst – aber ich hätte deutlich mehr Spaß an der Sache."

So gut kannte Nadine Sven inzwischen, um zu wissen, dass er es ernst meinte.

Aber sie wollte nicht sterben.

Sie musste erzählen, was wirklich passiert war. Alle sollten es wissen.

Hinter den beiden erkannte sie die Tür, über die sie hierher aufs Dach gelangt waren.

Wenn sie …

„Vergiss es!“, meinte Sven. „Es gibt für dich nur noch einen Weg: nach unten.“

Um eine Flucht zu verhindern, kam er einen Schritt auf sie zu, Katja folgte seinem Beispiel.

Hätte Nadine den Arm ausgestreckt, hätte sie bereits die Pistole berühren können.

Doch ihre Arme kribbelten, viel zu lange waren sie in der unbequemen Position hinter ihrem Rücken gewesen, sie konnte kaum ihre Finger beugen und strecken, geschweige denn, nach einer Waffe greifen.

„Jeden Moment kann jemand kommen“, meinte Katja.

Sven kam näher, der Pistolenlauf drückte sich nun in Nadines Bauchnabel.

Katja drängte: „Wir müssen es zu Ende bringen.“

Svens schlechter Atem überlagerte den Gestank von Nadines Erbrochenem, als er sich zu ihr vorbeugte.

„Na, bekomme ich noch einen Abschiedskuss?“

Ob das die Chance war, ihn zu überwältigen und ihm die Waffe abzunehmen?

Zu spät.

„Lass meinen Mann in Ruhe“, Katja stieß Nadine über die Brüstung. „Du verdammte Schlampe.“

Nadine verstand nicht.

In ihrem Kopf dröhnte ein einziges Wort, eine Frage.

„Warum?“

41. Kapitel

Anfang Juni – Hamburg

Eine andere Stadt, eine andere Eckkneipe.

Dennoch erlebte Niklas beim Betreten ein Déjà-vu. Hatten sich am Tresen des ‚Biers' zwei Männer über Hertha und Eisern Union unterhalten, drehte sich die Debatte der beiden Angetrunkenen hier um den Hamburger Sport-Verein und um den FC St. Pauli.

In Gestik und Mimik glichen sie ihren Berliner Pendants, als hätten diese Gesprächsort und -thema einfach verlagert. Sie verstummten, als sie die neuen Gäste bemerkten.

Auch der Geruch war der gleiche. Verbrauchte Luft, abgestandenes Bier, kalter Rauch, Männerschweiß.

Jasmin hustete.

Hätte es sich nun auch noch um einen ähnlich aussehenden Wirt gehandelt, so hätte sich Niklas wohl eher in einem schlecht programmierten Computerrollenspiel vermutet als in der Realität.

Doch der Wirt war hager und glatt rasiert, über seine linke Wange zog sich der Länge nach eine längst verheilte Narbe, die aussah, als wäre ihm vor Jahren mit einer Messerklinge ein Andenken verpasst worden.

Für einen Moment stutzte er, als er die beiden Fremden auf sich zukommen sah.

„Oh, zwei Neue. Worum geht's denn heute?", sagte er jedoch schnell.

Solche Leute spürten, ob jemand bei der Polizei arbeitete. Niklas stellte sich und Jasmin dennoch ausführlich vor.

„Wow, jetzt schicken sie schon Beamte aus der Hauptstadt. Habt ihr das gehört?", wandte sich der Wirt an die zwei Männer am Tresen. Diese beobachteten das Gespräch inzwischen aufmerksam, einer davon mit weit geöffnetem Mund, aber sie antworteten nicht.

„Mit wem habe ich die Ehre?", fragte Niklas.

„Ach, ihr habt doch bestimmt gut recherchiert, wem das Vier-Jahreszeiten in Hamburg gehört, oder?"

„Herr Werner Behrendsen?"

„Na, also. Geht doch. Ich wusste doch, dass ihr mich nicht enttäuscht."

„Wir möchten gerne mit Ihrer Frau sprechen."

„Ich glaube nicht, dass Sie für ein Rendezvous zur Verfügung steht."

Ein Knall. Niklas zuckte zusammen.

Sein Blick und der der Anderen drehte sich zu Jasmin. Mit der flachen Hand hatte sie auf den Tresen geschlagen.

„Entwischt.", sagte sie.

Behrendsen sah sie fragend an.

„Eine Kakerlake", meinte Jasmin teilnahmslos. „Aber wo eine ist, sind bestimmt auch mehrere."

„Ach, jetzt kommt wieder die Gesundheitsamtsnummer, ja? Könnt ihr euch nicht mal was Originelleres einfallen lassen?"

Eine wohlbeleibte Frau mit üppigen Brüsten trat durch eine rückseitige Schwenktür in den hinteren Tresenbereich.

„Was ist denn los, Werner? Schon wieder Ärger? Um die Uhrzeit? Soll ich die Polizei rufen?"

„Schon da", sagte Niklas. „Sind Sie Frau Hilde Behrendsen?"

„Wer will das wissen?"

Noch einmal ratterte Niklas Namen, Dienstgrade und Dienststelle herunter. Danach bestätigte Hilde. Niklas schätzte sie auf das etwa vierfache Gewicht ihres Ehemannes.

„Es geht um den Mordfall Dinko Glisic."

„Schon wieder? Ich habe doch Ihren Hamburger Kollegen bereits alles gesagt."

Genau an diesem ‚alles gesagt' hatten die Kollegen in ihrem Protokoll jedoch deutliche Zweifel geäußert.

„Nicht den Namen des Täters."

„Ich weiß ihn nicht."

„Ich befürchte, Sie werden sich bald wünschen, Sie hätten nur mit dem Gesundheitsamt ein Problem", Jasmins Stimme klang süß und freundlich, doch der Unterton trieb Niklas eine Gänsehaut über den Rücken. Was trieb die Kollegin da?

Drohung mit dem Gesundheitsamt? Good cop – bad cop?

All die hinlänglich bekannten Praktiken?

Dann war seine Rolle jetzt wohl die des Guten, oder?

„Hören Sie, Frau Behrendsen, das ist alles nur zu Ihrem Besten.", warf er ein.

„Wie lange betreiben Sie denn schon dieses Etablissement?", fragte Jasmin.

Behrendsen guckte irritiert zwischen den beiden Beamten hin und her.

„Ich verstehe nicht", meinte Hilde.

„Waren Sie schon mal für einen längeren Zeitraum getrennt?", immer noch hörte sich Jasmin überaus höflich an. „Am sinnvollsten ist es, Sie sagen uns einfach, was wir wissen wollen, Frau Behrendsen, ja?"

Niklas ließ Jasmin ausreden, sie begann zu zitieren: „Paragraph 27, Strafgesetzbuch, ‚Beihilfe': Als Gehilfe wird bestraft, wer vorsätzlich einem anderen zu dessen vorsätzlich begangener rechtswidriger Tat Hilfe geleistet hat."

„Ich werde mich über Sie beschweren", mischte sich Behrendsen ein. „Verlassen Sie sofort mein Lokal."

Jasmin fuhr unbeirrt fort: „Die Strafe für den Gehilfen richtet sich nach der Strafdrohung für den Täter."

„Mord", sagte Niklas und Jasmin nickte.

„Für Mord ist eine lebenslange Freiheitsstrafe vorgesehen, für den Gehilfen eine Freiheitsstrafe nicht unter drei Jahren."

„Das war kein Mord!“, Hildes Stimme überschlug sich. „Das war bestenfalls Totschlag. Und es war Notwehr. Und es war im Affekt.“

„Wir kennen uns da aus“, stand Behrendsen seiner Frau bei.

„Das glaube ich wohl“, meinte Niklas. „Aber wir reden hier nicht von Dinko Glisic. Ihr ‚Bekannter‘ steht in Berlin unter Mordverdacht, in mindestens einem Fall.“

Das ging Jasmin zu langsam, sie herrschte die Behrendsens an: „Und wenn Sie, verdammt nochmal, nicht mithelfen und uns den Namen nennen, den wir hören wollen, könnten es durchaus noch weitere werden. Und glauben Sie mir, wir werden dafür sorgen, dass Sie dafür mitverantwortlich gemacht werden. Also?“

Und wieder landete ihre Hand mit lautem Krachen auf dem Tresen.

Und wieder zuckten alle im Schankraum zusammen.

„Sven Plank“, flüsterte Hilde.

„Die Adresse?“, fragte Niklas und Hilde nannte auch diese.

„Ich habe Angst vor ihm“, sagte sie dann und es klang auch so. „Er hat mir gedroht, mich umzubringen, falls ich ihn verpfeife.“

„Wir werden den Kollegen Bescheid geben, dass sie ein Auge auf die Kneipe hier werfen. Je früher wir diesen Plank bekommen, desto besser. Aber vermutlich wird er sowieso nicht hierher zurückkehren. Die Sorge kann ich Ihnen nehmen. Der hat ganz andere Probleme.“

Draußen vor der Tür sprach Niklas Jasmin seine Hochachtung aus.

Er hatte seine neue Kollegin unterschätzt.

„Mit Marten bin ich immer so vorgegangen. Sehr effizient.“

Als Niklas das Glitzern in Jasmins Augen sah, wünschte er sich, er hätte seinen Vorgänger kennengelernt.

„Never change a running system.“, meinte sie schulterzuckend.

42. Kapitel

Pfingsten

Katja richtete ihre Taschenlampe auf das Straßenschild.

„Hier sind wir richtig“, sagte sie.

„Mach sie wieder aus.“

Ohne zu zögern, folgte sie dem Befehl ihres Mannes.

„Hausnummer 2“, kommentierte sie beim Vorüberfahren. „Dann ist das unbeleuchtete die Nummer 4.“

In den wenigsten der Villen, an denen sie vorbei kamen, brannte Licht; schließlich zeigte die Uhr weit nach Mitternacht.

„In der 6 ist noch jemand wach. Durchs Fenster im ersten Stock sehe ich eine Frau im Nachthemd. Jetzt ist sie wieder verschwunden.“

Katja zählte weiter: „8, 10, 12, das hier muss die 14 sein.“

Gegen den wolkenlosen Nachthimmel zeichneten sich die Umrisse einer imposanten Villa ab.

„Nette Laube.“

„Passt zu Hermann Bender. Ich parke den Wagen lieber ein paar Meter entfernt. Ist unverdächtiger.“

Sven fuhr den Punto um die nächste Straßenecke und stellte ihn ab. Seine Frau und er stiegen aus. Aus dem Kofferraum nahm Sven eine Reisetasche. Als es klapperte, trug er sie vorsichtiger.

Verstohlen sahen sich die beiden um. Niemand schien um diese Uhrzeit unterwegs zu sein.

So langsam gewöhnten sich ihre Augen an das spärliche Licht. Die hüfthohe Gartentür stellte kein Hindernis dar. Sven bog vor dem Haus sogleich ab, um an die Rückfront der Villa zu gelangen, Katja folgte ihm.

An allen Fenstern geschlossene Jalousien, auch an der Terrassentür, die auf eine großzügig angelegte Veranda führte.

Neben der Veranda ein Rosenbeet. Sven roch es mehr, als er es sah.

„Ich musste schon während der ganzen Fahrt", flüsterte er und erleichterte sich über der Blütenpracht.

Es plätscherte leise.

Dann widmete er sich der Terrassentür. Zuerst vergewisserte er sich, dass keine Alarmanlage das Haus absicherte.

Wie unvorsichtig, dachte er, geradezu eine Einladung.

Auf der Höhe, auf der er den Knauf der Terrassentür vermutete, bog er behutsam die Lamellen der Jalousie auseinander.

Er deutete seiner Frau, ihn abzulösen und den Spalt geöffnet zu halten.

Seiner Reisetasche entnahm er einen Saugnapf und einen Glasschneider. Den Saugnapf setzte er auf die freigelegte Stelle und fräste – es summte kaum hörbar – mit dem Glasschneider ein faustgroßes Loch. Ohne jegliches weiteres Geräusch konnte er das Glas aus der Scheibe entfernen.

Mit der Hand griff er hindurch und drückte die Klinke.

Mist! Die Jalousie, außen am Rahmen angebracht, blockierte.

Mit einem Messer löste er die Befestigungsschnüre. Seine Frau versuchte, das Schlimmste zu verhindern, doch es ratterte leise, als die Lamellen zu Boden glitten.

Rasch versteckten sie sich hinter einer Hollywoodschaukel und warteten.

Doch sie hatten Glück. Kein Licht ging an. Niemand regte sich, weder hier noch in den Nachbarhäusern.

Schließlich wagten sie sich wieder auf die Veranda.

Sie schoben die Lamellen vorsichtig zur Seite und jetzt ließ sich auch die Tür öffnen.

Die beiden traten ein.

Als Katja die Taschenlampe anknipste, nahm Sven sie ihr sofort aus der Hand.

Mit der zu einem ‚C' geformten Hand versuchte er, ihren Strahl möglichst schmal zu halten und zu fokussieren.

Die Einrichtung wirkte teuer. Sogar Sven erkannte, dass die Möbel dieses überdimensionierten Wohnzimmers Designerstücke sein mussten. Abgesehen davon erschienen sie ihm viel zu modern und viel zu bunt für jemanden, der inzwischen die 60 weit überschritten hatte.

„Das Schlafzimmer ist sicher oben", Svens Stimme war kaum vernehmbar, doch Katja nickte.

Aus dem Zimmer hinaus und ins Treppenhaus, die Stufen hinauf, und dabei kein Geräusch verursachen.

Auf dem oberen Absatz gingen sechs Türen ab, Sven lauschte an allen und hörte – nichts.

Behutsam drückte er eine der Klinken und leuchtete vorsichtig in den Raum hinein: das Bad. Er schloss die Tür wieder und öffnete die nächste: das Büro.

Die dritte führte schließlich ins Schlafzimmer. Sven erkannte sofort, dass es leer war. Die Betten gemacht und frisch überzogen, denn es duftete nach Waschmittel.

Die Einrichtung glich in Stil und Exklusivität der des Wohnzimmers.

Nach und nach untersuchten sie die komplette Villa und stellten bald fest, dass niemand zu Hause war.

„Die Vögelchen sind ausgeflogen", sagte Sven nun in normaler Lautstärke.

„Vermutlich das lange Wochenende genutzt. Ist ja Pfingsten."

„Was du alles weißt. Ich sehe im Büro nach, ob ich da Bargeld finde. Das Licht lässt sich dimmen. Du nimmst die Taschenlampe und suchst im Schlafzimmer nach Schmuck. Aber vorsichtig sein. Den Tresor im Keller kriegen wir wohl mit unserem Werkzeug nicht auf."

Zunächst durchsuchte Sven die Schubladen der beiden Schreibtische. Höchst zufrieden entdeckte er dabei ein Bündel mit 200-Euro-Scheinen – er steckte sie ein – und weiterhin einige Briefe, die der Hauseigentümer in den letzten Tagen erhalten hatte. Der Adresskopf überraschte ihn sehr.

Auch ein Kuvert mit Fotos fand er. Er blätterte sie durch und nahm eines davon an sich.

Schließlich kehrte seine Frau zurück, in den Händen hielt sie einen Schmuckkoffer.

„Hier, da sind einige tolle Stücke drin. Sehen sehr wertvoll aus."

Sven ging nicht darauf ein: „Rate mal, wer in diesem Haus wohnt!"

„Na, Hermann Bender, deswegen sind wir doch hier!"

„Möp", Sven machte ein Geräusch, als ob jemand in einer Fernseh-Quiz-Show auf den Buzzer drückte. „Dem lieben Patrick gehört das alles hier. Er lebt hier mit seiner Frau."

„Patrick? Wie das?"

„Woher soll ich denn das wissen? Wahrscheinlich hat ihm der Alte das in den Rachen geschoben."

„Oder vererbt?"

„Kann mir kaum vorstellen, dass Hermann Bender bereits in den Ewigen Jagdgründen ist. So alt ist er ja noch nicht. Verdient hätte er es aber."

„Guck dir das mal an!"

Katja griff nach einem Bauplan, den Sven zusammen mit den Briefen zutage gefördert hatte.

„Wow. Ein Swimmingpool. Und wie groß der wird."

„Mann, was müssen die Schotter haben."

Sven fühlte Zorn in sich aufsteigen, er atmete tief durch.

„Wenn der Alte das alles tatsächlich dem lieben Patrick vermacht hat …"

Jetzt überlegte er.

„Ich habe einen Plan", sagte er dann. „Den Schmuckkoffer stellen wir zurück. Wir holen uns mehr als Ringe und Ketten."

„Was meinst du damit?"

„Wir holen uns ihre Leben. Wir werden sie auspressen wie die Zitronen. Danach zerhäckseln wir die vertrockneten Überreste und spülen sie im Klo hinunter."

„Da musst du dich aber noch gedulden."

Sven sah seine Frau fragend an.

„Hier, eine Reisebestätigung. Ausgestellt auf Patrick und Nadine Bender. Die beiden sind übers Wochenende in einem Hotel auf Rügen."

„Ich habe keine Lust zu warten."

„Was willst du tun? Dorthin fahren?"

„Warum eigentlich nicht? Wenn ich es mir recht überlege, verspricht das jede Menge Spaß."

Katjas Blick wirkte, als wolle sie widersprechen, doch ihr Mund blieb stumm. Besser so. Genutzt hätte es sowieso nicht.

Sie folgte ihrem Mann nach unten. Wie selbstverständlich nahm sich Sven vom Schlüsselbrett im Eingangsbereich mehrere Schlüssel, suchte sich den heraus, der zur Haustür passte, und steckte ihn ein. Dann gingen er und seine Frau nach draußen.

Die Lamellen der Jalousie an der Terrassentür drapierten sie so, dass man aus der Ferne nicht erkennen konnte, dass sie nur notdürftig von Knoten zusammengehalten wurden.

Mit Höchstgeschwindigkeit brauste Sven schon bald über die Autobahn.

Bei Morgengrauen überquerten sie die Rügenbrücke; anschließend weiter nach Binz: Sondierung der Lage.

43. Kapitel

Anfang Juni – Hamburg

„Aufmachen! Polizei!“

Beim zweiten Mal klopfte der breitschultrige Beamte energischer an der Wohnungstür.

Niklas und Jasmin hatten Verstärkung vom LKA Hamburg erhalten.

Drei der Kollegen standen nun vor ihnen im Treppenhaus, ein weiterer unten an der Haustür des Mietblocks, neben Niklas die Hausmeisterin.

Ob München, Berlin oder Hamburg: Niklas stellte fest, dass die verwahrlosten Mietskasernen in Problemvierteln einander glichen wie die sprichwörtlichen Eier, genauso wie die Eckkneipen.

Graffiti und Schmutz in den Fluren; undefinierbare, die Nase beleidigende Gerüche.

Der Beamte drehte sich zu Niklas: „Es nutzt nichts.“

„Wir gehen mit dem Generalschlüssel rein“, sagte Niklas zur Hausmeisterin.

Diese hielt den Schlüssel bereits in der Hand und wollte einen Schritt in Richtung der Wohnungstür machen. Jasmin griff nach ihrem Oberarm und hielt sie zurück.

„Sie nicht“, meinte sie zu ihr, schnappte sich den Schlüssel und reichte ihn weiter an den Hamburger Kollegen.

Fast so schwerfällig wie ein Astronaut bewegte er sich in seiner kugelsicheren Weste. Er klappte das Visier seines Helms herunter und nahm den Schlüssel an sich. Dann steckte er ihn ins Schlüsselloch und öffnete; von den beiden anderen Beamten hörte man Klickgeräusche: Sie machten ihre Pistolen schussbereit.

„Wir kommen jetzt rein. Verhalten Sie sich ruhig. Dann passiert Ihnen nichts.“

Niklas beobachtete vom Treppenhaus aus: Wie im Lehrbuch für Häuserkampf sicherten sich die drei wechselseitig mit vorgestreckten Waffen ab und eroberten so nach und nach die wenigen Zimmer der Wohnung.

Als sie bei der letzten Tür ankamen, steckte der erste seine Pistole ins Halfter, die anderen folgten seinem Beispiel.

„Hier ist niemand", hörte Niklas und trat ein.

Rasch verschaffte er sich einen Überblick. Im Schlafzimmer sah es nach einem äußerst überhasteten Aufbruch aus. Schubladen und Türen der Kleiderschränke standen weit geöffnet. Quer über dem Bett lagen Kleidungsstücke, als hätten die Planks alles draufgeworfen und dann ausgewählt, was sie mitnehmen wollten.

„Naja, war ja eigentlich zu erwarten, dass niemand zu Hause ist", sagte eine Frauenstimme neben Niklas.

„Wie bereits gesagt, ich musste mehrfach den Briefkasten leeren, da er übergequollen war", die Hausmeisterin zuckte mit den Schultern.

„Wieso haben Sie nichts unternommen?", wollte Jasmin wissen.

„Ach, wenn ich immer gleich die Hausverwaltung informieren würde, wenn hier etwas nicht in Ordnung ist, käme ich überhaupt nicht mehr zu meiner eigentlichen Arbeit. Ohne eine gesunde Portion Pragmatismus kommen Sie hier zu nichts, meine Liebe."

Niklas war irritiert. Hatte die Hausmeisterin gerade eben tatsächlich ‚meine Liebe' zu seiner Kollegin gesagt? Vermutlich hatte er sich verhört.

„Okay", sagte er. „Wir lassen alles so, wie es ist, und versiegeln die Wohnung."

Der Beamte, der vorhin die Tür geöffnet hatte, verstand: „Wir informieren die Spurensicherung."

Niklas nickte und sah zu Jasmin. Diese wiederum blickte auf ihre Armbanduhr.

„Wenn wir uns ranhalten, sind wir zurück in Berlin, ehe es dunkel wird."

„Ich glaube auch, dass wir hier im Moment nichts mehr tun können."

Niklas und Jasmin verabschiedeten sich von den Kollegen und der Hausmeisterin und bedankten sich.

Keine zehn Minuten später saßen sie in ihrem Dienstwagen, Jasmin hatte das Steuer übernommen.

Das Protokoll, dachte Niklas, das werde ich heute nicht mehr schreiben. Morgen ist auch noch ein Tag.

Die Trennung von seiner Frau, die Trennung von seiner Tochter. Die Krankheiten seiner Eltern. Der Wegzug von München. Die Heimkehr in sein Elternhaus. Der neue Arbeitsplatz. Die großen Fußstapfen seines getöteten Vorgängers. ‚Alarich': dieser brutale Mord.

All das lastete schwer auf ihm.

Ach ja, er musste dringend mit Hanna reden. Und herausfinden, warum seine Tochter nicht reagierte, wenn er sie bei Skype anklickte. Die Arme. Sie war viel zu jung, um das alles zu verstehen. Hoffentlich konnte er das jemals wieder gut machen.

Er schlief ein.

Und träumte von dieser unsäglichen Nachbarin der vermissten Privatdetektivin. Beide Namen wollten ihm partout nicht einfallen. Er vernahm die Nachbarin in deren Küche, im Hintergrund hingen Bilder von verschiedenen Exemplaren des Tyrannosaurus rex. ‚Meine Ahnengalerie', kommentierte die Nachbarin. Danach besah sie sich neugierig Niklas' Ringfinger und stellte zufrieden fest, dass kein Ehering ihn zierte.

Die Nachbarin schwoll an, sie wurde größer und größer.

Die Küche veränderte sich in eine Savannenlandschaft, die sich bis in weite Fernen erstreckte.

Nun verwandelte sich die Kleidung der Nachbarin in Schuppen und ihr Gebiss nahm jetzt mehr als die Hälfte ihres Kopfes ein, der bereits beinahe menschengross war. Mit einem einzigen Happs würde es ihr gelingen, Niklas zu verschlingen.

Doch Niklas wurde gerettet. Wie aus dem Nichts erschien dieser rote Kater, stellte sich quer, fauchte den T-Rex angriffslustig an und trieb ihn so vor sich her.

Schließlich zog der Saurier im wahrsten Sinne des Wortes den Schwanz ein und trampelte über den spärlichen Savannenbewuchs von dannen.

Der Kater drehte sich um und redete zu Niklas mit der Stimme des ehemaligen DDR-Ministers für Staatssicherheit: „Ich liebe. – Ich liebe doch alle – alle Menschen. – Na, ich liebe doch. – Ich setze mich doch dafür ein."

Ein Summen weckte Niklas.

Als er die Augen öffnete, musste er zunächst sondieren, wo er sich befand: Tempelhofer Damm. Sie waren bereits kurz vor dem Gebäude des LKAs. Er hatte tatsächlich die gesamte Fahrt verschlafen.

Erneut summte es. Er griff nach seinem Handy.

‚Vater – SMS.' stand im Display.

Lediglich aus einem Wort bestand die Nachricht, was für seinen Vater bereits einen enormen Kraftaufwand darstellte. Und dieser hätte die vier Buchstaben sicherlich nicht getippt, wenn er es nicht für wichtig erachtet hätte: KOMM.

44. Kapitel

Anfang Juni

„Meine Freunde glauben nicht an Gott, meine Freunde gehören aufs Schafott. Sie leugnen seine Existenz, sind totale Satan-Fans, einer spielt Drums, der andere Bass. In Nomine Satanas!"

Diesmal war es für Sabrina alles andere als entspannend, als ihr die Liedzeilen von den Ärzten und von Rammstein durch den Kopf gingen.

„Alle warten auf das Licht."

Schmidt knipste es an.

Sie öffnete langsam die Augen. Wie Schmidt so diabolisch grinsend auf sie zuschritt, hielt sie ihn tatsächlich für den Leibhaftigen.

Er quälte und er tötete. Und er hatte seinen Spaß daran.

Eigentlich war sie eine Gegnerin der Todesstrafe, aber ihre Überzeugung bröckelte, als sie zu ahnen begann, wozu dieser Mann fähig war.

Schräg hinter ihm ging des Teufels Assistentin: Katja.

„Na, wie gefällt es der kleinen Schnüfflerin hier?"

Stark sein, Sabrina.

„Mein Name ist Sabrina Lampe, ich bin 40 Jahre alt. Ich habe eine Tochter, sie heißt Lara, ist 15 Jahre alt und besucht das Gymnasium. Wir haben einen roten Kater namens Mielke."

Schmidt lachte sie aus.

„Und wen interessiert das? Morgen früh wird Sabrina Lampe Geschichte sein und ihre Tochter eine Halbwaise. Naja, zumindest hat sie dann ja noch die Katze. Hast du keinen Mann?"

„Ich bin geschieden. Mein Ex-Mann heißt …"

„Schnauze! Ich frag dich dann schon danach, wenn ich etwas über dich wissen will."

Sie schwieg.

„Das Wasser hat sie ausgetrunken. Du bringst ihr nachher eine neue Flasche", sagte er zu Katja.

Dann griff er nach Sabrinas Kinn und drehte ihren Kopf zu sich.

„Siehst ja noch ganz gut aus für zwei Tage Einzelhaft. Beinahe attraktiv würde ich sagen."

Mit der anderen Hand fasste er sich an die Hose und rieb daran.

Er würde doch nicht …

„Da ist beim Pinkeln etwas daneben gegangen", unterbrach Katja. „So ein Schwein. Ekelhaft."

Sie packte den Eimer und hielt ihn zwischen Schmidt und Sabrina. Und Sabrina war ihr dankbar dafür, denn Schmidt ließ sogleich von ihr ab.

„Und ich muss den Scheiß jetzt wieder ausleeren."

„Ich lasse dir noch etwas Vorfreude, Schnüfflerin. Morgen früh sind wir hier weg. Vorher bist du fällig. Vielleicht kannst du noch einen letzten Fick genießen, falls ich Lust auf dich habe. Später wirst du erstmal an andere Dinge denken. Und dir wünschen, dass der Tod etwas schneller käme."

Danach drehte er sich einfach um und ging.

Ehe sich Sabrina versah, schlug Katja bereits mit der flachen Hand in ihr Gesicht.

„Scheiß-Schlampe. Wieso kannst du meinen Mann nicht einfach in Ruhe lassen, hä?"

Wieder und wieder ohrfeigte sie Sabrina, von links nach rechts, von rechts nach links.

Schließlich kippte Sabrina nach hinten weg, sie schmeckte Blut.

„Werde schon dafür sorgen, dass du ihm nicht gefällst."

Katja trat Sabrina in den Bauch. Es knackte und Sabrina fühlte einen stechenden Schmerz.

Dann kippte Katja den Eimer über ihr aus.

In Nomine Satanas.

45. Kapitel

Anfang Juni

Während einige Kilometer entfernt Katja Plank auf Sabrina Lampe einprügelte, machte sich Niklas Steg nach der SMS seines Vaters große Sorgen.

Die beiden Pfleger der Diakonie besuchten Niklas' Eltern um zehn und um halb drei. Sie blieben jeweils anderthalb Stunden und kümmerten sich vorrangig um Niklas' Vater. Sie übten das Stehen, das Gehen und förderten mit umfangreichen krankengymnastischen Maßnahmen den Muskelaufbau des Patienten. Sie führten fort, was in der Reha begonnen worden war.

In der Mittagszeit wurde das Ehepaar via ‚Essen auf Rädern' versorgt.

Niklas' Eltern sollten also normalerweise maximal zwei Stunden am Stück auf sich allein gestellt sein.

Wegen Niklas' Dienstfahrt nach Hamburg war das Zeitfenster heute deutlich größer gewesen – und, wie es schien, groß genug, damit Unvorhergesehenes passieren konnte.

Jasmin hielt mit dem Wagen direkt vor dem Haus der Stegs in der Tempelhofer Fliegersiedlung. Die beiden stiegen aus. Bei der Haustür angekommen, erschrak Niklas: Sie war lediglich angelehnt.

Drinnen entdeckte er sofort seinen Vater. Karl Steg saß auf dem Absatz der Treppe, die ins Obergeschoss führte. Neben ihm auf dem Boden lag seine Gehhilfe, in der Hand hielt er immer noch sein Mobiltelefon. Mit großen Augen sah er Niklas an.

„Papa? Alles in Ordnung?", Niklas beugte sich hinab, half ihm auf und führte ihn langsam hinüber in die Küche.

„Wolltest du nach draußen?"

Karl schüttelte den Kopf.

„Hast du die Tür geöffnet?“

Während Niklas seinem Vater in den Stuhl half, hörte er ein Brummen und deutete es als ein ‚Nein‘.

„Mutter?“

„Ja.“

Niklas ging wieder in den Flur und rief nach seiner Mutter, einmal nach hinten ins Haus, ein weiteres Mal hinauf ins Obergeschoss.

Keine Antwort. Zurück in die Küche.

Karl rollte mit den Augen.

„Sie ist nach draußen?“

Karl nickte und Niklas deutete seinen Gesichtsausdruck so, dass er sie suchen solle.

Ohne weiter zu zögern, verließ er das Haus, Jasmin blieb sicherheitshalber bei seinem Vater. Auf der Straße blickte er sich um: Von seiner Mutter war weit und breit nichts zu sehen.

Wo sollte er anfangen?

Er klingelte bei der Nachbarin: Niemand öffnete.

Die Straße entlang. Das nächste Haus.

Diesmal hatte er Glück. Eine Jugendliche machte die Tür auf.

„Ja, ich habe Ihre Mutter gesehen.“, sagte sie. „Sie ist vor etwa einer halben Stunde hier an unserem Küchenfenster vorbeigegangen. Sie hatte einen Besen dabei. Dort entlang.“

Sie deutete nach links, wo eine Querstraße abging.

Niklas hastete weiter. Kaum um die Ecke gebogen, entdeckte er seine Mutter. Sie stand mitten auf dem Gehweg und fegte ihn von Blättern und Straßenstaub sauber.

„Mutter, was machst du denn da?“

„Ach, du bist schon zurück, Nicky. Das ist aber schön. Ich habe gar nicht auf die Uhr gesehen. Ich kehre nur noch schnell den Hof.“

„Aber das ist nicht unser Hof. Wir wohnen drei Häuser weiter.“

Elisabeth Steg ignorierte die Worte, schwang zwei weitere Male ihren Besen hin und her und beendete dann ihre Arbeit. Als sei nichts gewesen, folgte sie Niklas zurück ins Haus.

„Ich mache uns Abendbrot, ja?“, sagte sie, als sie dort ankamen.

In Karls Augen erkannte Niklas Erleichterung, als Elisabeth fröhlich und leise vor sich hinsummend Brot, Wurst und Käse auf einem Tablett zusammenstellte.

Niklas fragte Jasmin, ob sie zum Essen bleiben wolle, doch Jasmin lehnte ab.

„Wir sehen uns morgen früh im Büro“, verabschiedete er sich von seiner Kollegin. „Bitte fahren Sie auch nach Hause. Es war sehr anstrengend heute.“

Jasmin nickte, aber Niklas konnte nicht einschätzen, ob sie vielleicht nicht doch noch das Präsidium aufsuchen würde.

Später im Esszimmer erzählte Elisabeth vom Tag. Dass Niklas' Vater große Fortschritte mache. Dass die beiden Pfleger von der Diakonie überaus freundlich wären. Und dass es mittags Königsberger Klopse in Kapernsoße gegeben habe. Die seien nicht so gut gewesen wie ihre selbstgemachten, aber durchaus genießbar.

Elisabeth Steg wirkte wieder völlig klar.

Nach dem Essen setzte sich Niklas im Wohnzimmer aufs Sofa. Er klappte seinen Laptop auf und startete Skype.

Neben ihm, auf einem Sessel, sah sich sein Vater im Fernsehen die Nachrichten an.

Niklas hatte kein Glück: Seine Tochter war offline.

Nach der Wettervorhersage startete irgend so eine Schmonzette, sie schien in Cornwall zu spielen. Karl stöhnte leise auf und Niklas nahm dies als Signal, den Fernseher abzuschalten.

„Soll ich dir von meinem ersten Fall hier in Berlin erzählen?“

Karls Augen leuchteten auf.

Und so erzählte ihm Niklas von Sven Plank, von dem toten Patrick Bender und von der verschwundenen Privatdetektivin. Er ließ kein Detail aus, denn er merkte, dass es ihm selbst half, all dies noch einmal zusammenzufassen und Revue passieren zu lassen.

Karl Steg hörte aufmerksam zu.

Niklas wusste, dass sein Vater stolz auf ihn war. Vor seiner Pensionierung hatte er ebenfalls bei der Polizei gearbeitet, es war ihm jedoch lediglich eine Laufbahn im mittleren Dienst vergönnt gewesen. Von Anfang an hatte er seinen Sohn bei dessen Karriereplanung unterstützt.

Karl Steg lebte sichtlich auf, weil er an der Polizeiarbeit teilhaben durfte.

Niklas dagegen schmerzte das Herz.

Er wünschte sich, er hätte sich nicht zwischen seiner Tochter und seinen Eltern entscheiden müssen. Er musste mit ihr sprechen, ihr alles erklären. Sie war doch schon alt genug. Sie würde es verstehen.

Vielleicht musste er es doch über Hanna versuchen.

Sie würde sich doch nicht zwischen ihn und seine Tochter stellen, oder?

Seine Mutter war fertig in der Küche. Sie kam und brachte seinen Vater zu Bett.

In seinem eigenen Bett drehte sich Niklas später hin und her. Von einer Seite auf die andere.

Seine Gedanken wollten einfach nicht abschalten.

Er dachte an Sabrina Lampe. Ob sie noch lebte?

Und warum war dieser Plank ausgerechnet nach Berlin gekommen?

Wieso zu Patrick Bender?

Und warum hatte er ihn so grausam getötet?

46. Kapitel

Mitte Mai – Hamburg

Katja hörte, dass jemand die Wohnung aufschloss, und schon stand ihr Mann im Rahmen der Wohnzimmertür.

„Wir müssen weg hier!"

Sie verstand nicht. Völlig verstört sah sie ihn an.

Sie kannte ihn aufgebracht. In all den Jahren hatte es immer nur sehr kurze Phasen gegeben, in denen er ruhig und gelassen blieb.

Doch heute war es anders.

Er war nicht nur aufgebracht, er wirkte geradezu panisch. Angsterfüllt. Wie ein Reh, das von einem Rudel Wölfe umringt war.

„Beweg endlich deinen Arsch vom Sofa hoch!", befahl er. „Pack unsere Sachen!"

„Aber was ist denn los?"

„Frag nicht. Mach!"

Im Hintergrund quäkte eine Stimme, die das Programm von Sat.1 anpries.

„Was soll ich denn packen?"

Sicherheitshalber stand sie schon mal auf. Nur nicht Svens Zorn erregen.

„Alles. Wir kommen nicht mehr hierher zurück."

„Aber wohin gehen wir denn?"

„Das wirst du schon sehen."

Er wusste es selbst nicht, das wurde Katja sofort klar.

Und ihr war auch klar, dass sie besser tat, was er von ihr verlangte. Wenn sie etwas in ihrer Ehe gelernt hatte, dann das.

Im Schlafzimmer auf dem Kleiderschrank lagen Koffer und Reisetasche. Sie stellte einen Stuhl davor und holte sie herunter.

Sven steckte sich eine Zigarette an, wechselte von einem Fuß auf den anderen und beobachtete sie.

Es dauerte ihm viel zu lange.

Er riss Kommoden und Nachttischschränkchen auf, zerrte Schubladen aus ihren Verankerungen und verteilte dabei den Inhalt quer über den Raum.

„Die Polizei kann gleich hier sein."

Katja suchte an Kleidungsstücken zusammen, was sie für notwendig erachtete.

Sie traute sich nicht, eine Pause zu machen, um nachzuhaken: „Polizei? Was will die denn schon wieder?"

„Ich habe einen von Liebkinds Gorillas abgestochen."

„Du hast was?"

„Pack weiter, verdammt noch mal. Hilde wird mich bestimmt verpfeifen."

„Hilde? Verpfeifen? Wovon sprichst du?"

„Sie hat alles gesehen."

Sofort erkannte Katja, dass wenigstens sie einen halbwegs klaren Kopf behalten musste: „Wir brauchen unsere Pässe und andere Dokumente."

„Wozu?"

„Vielleicht müssen wir noch irgendwo über die Grenze. Ehe eine Fahndung ausgelöst wird. Fuhlsbüttel. Last-Minute-Flug. Irgendwohin."

„Hervorragende Idee!"

Sven verließ das Schlafzimmer.

Während Katja weiter packte, hörte sie, wie er durch die anderen Räume tobte.

Mit einem Mal wurde es still. Nur noch die Moderatorin eines Lifestyle-Magazins erzählte irgend etwas vom Britischen Königshaus, leise, weit entfernt.

Katja hatte ein seltsames Gefühl.

Hatte Sven die Dokumente genommen und sie verlassen?

Das würde er doch nicht tun. Er liebte sie doch, oder?

Sie ging ins Wohnzimmer.

Sven saß auf dem Sofa, vor sich auf dem Tisch ein Bündel mit Briefen, einen weiteren hielt er in der Hand und las darin.

Sofort wusste sie, um welche Briefe es sich handelte.

Sven hatte sie vor wenigen Wochen im spärlichen Nachlass seiner Mutter entdeckt. Warum er sie nicht gleich weggeworfen hatte, wusste sie nicht mehr.

„Sie hat damals versucht, alles zu klären, weißt du? Sie hat ihn angefleht, sie hat gebettelt."

Svens Erregung war bereits furchteinflößend. Doch die ruhige Stimme, mit der er nun plötzlich sprach, machte Katja noch mehr Angst.

„Sie hat früher immer geblockt, wenn ich nach ihm gefragt habe. Nicht mal den Nachnamen hat sie rausgerückt. Eigentlich wollte ich mit diesem Arschloch auch nichts mehr zu tun haben. Aber dort könnte ordentlich Kohle zu holen sein."

Obwohl sie wusste, was auf den Kuverts stand, ging sie auf Sven zu und blickte zu den Umschlägen.

„Wir fahren nicht nach Fuhlsbüttel," sagte er. „Ich habe einen anderen Plan."

Ein ganzer Stapel Briefe, sie waren allesamt ungeöffnet zu Svens Mutter zurückgekehrt: ‚Empfänger verweigert die Annahme' hatte die Post darauf gestempelt.

Der Empfänger lebte in Berlin und sein Name lautete ‚Hermann Bender'.

47. Kapitel

Anfang Juni

„Von mir aus können wir sie sofort töten.“

„Ich habe gesagt, wir warten bis morgen früh.“

Sven öffnete seine Holzschatulle, sah hinein und schnüffelte dann daran.

„Ich möchte auch noch ein Andenken von ihr haben.“

„Warum ist dir das so wichtig?“

„Ich bin dir keine Rechenschaft schuldig.“

Katja presste ihre Lippen aufeinander. Auf dem Sofa, direkt neben ihr, saß Sven, zappte jetzt durch die Sender und blieb bei einem Boxkampf hängen.

Ein großer Schluck aus ihrer Bierflasche verschaffte ihr neuen Mut.

„Dieses Flittchen!“, schimpfte sie.

Danach gelang es ihr, etwa fünf Minuten lang zu schweigen.

„Wann wollte der Typ nochmal kommen?“

„Gegen halb zehn.“

„Und dann fahren wir sofort los?“

„Ja. Sobald wir von ihm die Ausweise haben.“

„Welche Namen stehen denn da drin?“

Als Sven antwortete, drehte er noch nicht einmal den Kopf zu ihr, der Boxkampf schien interessanter zu sein: „Das weiß ich doch nicht. Vermutlich nichts Exotisches.“

„Hoffentlich keine ausländischen Namen. Das sind doch deutsche Pässe, oder?“

„Ja, verdammt noch mal. Das sind deutsche Pässe und es wird eine ordentliche Arbeit sein. Hat ja Geld genug gekostet. Und jetzt gib endlich Ruhe.“

Diesmal vergingen nur drei Minuten, ehe Katja sich wieder getraute, etwas zu fragen.

„Wo fliegen wir dann hin?"

„Das entscheiden wir morgen, wenn wir am Flughafen sind. Wir müssen sehen, in welchen Maschinen noch Plätze frei sind."

„Am liebsten irgendwohin, wo es warm ist. Und Meer. Das haben wir uns verdient."

„Wir fliegen dahin, wo es am sichersten ist."

„Und wo ist das?"

„Mann, gehst du mir auf die Nerven mit deiner ewigen Fragerei. Was weiß ich? Kuba vielleicht. Oder Brasilien."

„Brasilien wäre schön. Da ist doch immer dieser Karneval."

Sven schwieg.

„Und wenn wir sie doch gleich töten?"

„Wie oft denn noch: So lange sie lebt, haben wir eine Geisel. Außerdem gefällt mir, welche Scheiß-Angst sie hat. Ich gehe nachher nochmal runter. Wenn das Boxen vorbei ist. Der hat einen ganz schönen Wumms, der Russe. Guck mal, wie der Neger blutet."

„Hast du mit der Nutte gefickt?"

„Das geht dich gar nichts an."

Jetzt reichte es Katja. Eifersucht und Jähzorn übermannten sie. Mit voller Wucht schleuderte sie ihre Flasche gegen die Wand. Sie zersprang. Bier und Schaum verteilten sich großflächig und rannen an der Tapete entlang nach unten.

Sven erschrak, dann grinste er: „Mir gefällt es, wenn du wütend bist."

„Arschloch."

Zielstrebig rutschte er zu ihr hinüber. Sie versuchte, ihn abzuwehren, holte mit der Hand aus, um ihn zu ohrfeigen. Doch er fing ihre Hand mitten in der Bewegung ab.

„Na, da ist aber jemand widerspenstig."

„Lass mich in Ruhe."

„Nö."

„Lass mich los."

„Ja, zapple ruhig weiter."

Er schnappte sich ihren anderen Arm, dann führte er ihre beiden Handgelenke zusammen und hielt sie mit der Linken fest, die Rechte hatte er nun frei. Erst knallte er ihr eine. Sie schrie auf. Dann griff er nach ihrem Kinn, hielt es fest und drang mit seiner Zunge in sie ein.

Um den Reißverschluss seiner Hose zu öffnen, musste er sie wieder loslassen. Sofort drehte sie ihren Kopf weg.

„Und? Hast du?"

Jetzt knöpfte er auch ihre Hose auf.

„Was habe ich?"

„Mit ihr gefickt. Während ich beim Einkaufen war."

„Quatsch", sagte er und presste sich in sie hinein.

Sie stöhnte auf – und verstummte abrupt.

„Da ist jemand."

„Was?"

„Am Fenster."

Er löste sich von ihr und drehte sich um.

„Jetzt ist er weg."

„Wer war das?"

„Keine Ahnung."

Mit offener Hose humpelte er zum Fenster, sie hinterher.

„Da drüben. Bei dem Busch."

„Ja, ich sehe es."

„Sieht aus wie ein Kind! Es versucht, sich zu verstecken. Was macht es hier?"

Sven schloss rasch die Hose und rannte hinaus in den Garten.

„Das schnapp ich mir!"

48. Kapitel

Damals – Hamburg

Was war da los?

Sven musste sich erstmal konzentrieren.

Er hörte, dass seine Mama irgend etwas schrie, aber er konnte sie nicht verstehen.

Ach ja, er lag in seinem Bett.

Vom Flur her vernahm er ein rumpelndes Geräusch, so, als wäre jemand gegen den Schuhschrank getorkelt.

Manfred. Sein Stiefvater.

Sven hasste es, wenn er betrunken war. Und Manfred war ständig betrunken.

Der Lärm musste Sven geweckt haben. Er hatte keine Ahnung, wie spät es war. Prüfend sah er zum Fenster: Wenn morgens die Sonne aufging, dann schien ihr Licht an den Rändern des Vorhangs in sein Kinderzimmer. Nichts; im Moment schien es draußen also noch stockdunkel zu sein.

„Lass den Jungen in Ruhe!", der Lautstärke nach zu urteilen, stand seine Mama nun unmittelbar auf der anderen Seite der Tür.

„Du hast mir gar nichts zu sagen!", lallte Manfred.

Und nur eine Sekunde später krachte der Schuhschrank in sich zusammen, seine Mama schrie auf. Anscheinend war sie auf ihn draufgefallen.

Sven wollte ihr zu Hilfe eilen, doch seine Angst erwies sich als größer.

Er lag einfach nur da und starrte im Dunkeln zur Tür.

Das Klickgeräusch der Klinke, wenn man sie herunterdrückte: Er fürchtete sich so unendlich davor, er zitterte.

Klick.

Licht fiel ins Zimmer.

Im hellen Schein, der vom Flur her eindrang, stand Manfred und knipste die Deckenlampe an. Sven musste blinzeln.

Trotz des Schwankens näherte sich Manfred zielstrebig dem Bett.

Wo sollte Sven hin?

Er konnte lediglich nach hinten rutschen, zur Wand.

Das verschaffte ihm noch nicht einmal eine Sekunde.

Schon hatte Manfreds Pranke den Kragen seiner Schlafanzugjacke gepackt.

Und plötzlich hing Mama an Manfreds ausgestrecktem Arm. Manfred ließ Sven los und griff mit beiden Händen nach ihr. Er schüttelte sie, ohrfeigte sie und schubste sie dann gegen Svens Kinderschreibtisch. Sie stöhnte auf und fiel zu Boden.

Manfred kümmerte sich nicht darum.

Erneut packte er Sven am Kragen, zog ihn aus dem Bett.

Sven bemerkte, dass Manfred ein blaues Auge hatte. Er musste sich heute Abend geprügelt haben.

„Ja, guck es dir nur an. Wirst gleich selbst eins haben."

Sven wollte etwas sagen, aber brachte keinen Ton heraus.

Zwischen seinen Beinen fühlte es sich plötzlich feucht an.

„Was haben wir denn da? Hast du dir etwa in die Hose gepisst?"

Manfred ließ ihn los und Sven fiel zu Boden. Dann lachte Manfred laut auf, doch sofort änderte sich sein Verhalten wieder.

„Dir werd ich's zeigen. Zuerst kleine Mädchen verprügeln und sich dann in die Hose pissen. – Wo willst du denn hin?"

Auf allen Vieren versuchte Sven, aus dem Zimmer zu krabbeln.

„Siehst wie ein Hündchen aus, Kleiner."

Mit dem Fuß trat er auf Svens Rücken und presste den Jungen zu Boden.

„Ja, schmeck den Dreck, Kleiner. Da gehörst du hin. Wegen dir hat mir der Baumann ein Veilchen verpasst."

Sven rührte sich nicht. Vielleicht war es das Beste, sich einfach nur still zu verhalten.

„Hast du die kleine Baumann heute im Hof verprügelt?"

Blöde Jessica! Hatte ihn verpetzt!

„Macht sich über Schwächere her, der Hosenscheißer."

Dabei hatte er nur über ihre Schildkröte gelästert; dass eine Schildkröte kein richtiges Tier sei und nur etwas für Langweiler und eigentlich in eine Suppe gehörte. Dann hatte die Jessica ihm die Zunge herausgestreckt. Das konnte er sich doch nicht gefallen lassen! Also hatte er auf sie eingeschlagen. Ihre Nase hatte geblutet. Das war ihm doch egal.

Jetzt packte ihn Manfred an den Schultern und zog ihn nach oben.

„Bitte", hörte Sven seine Mama flüstern.

Sven sah sie zitternd vor dem Schreibtisch sitzen. Sie bewegte sich nicht, machte keine Anstalten mehr, dazwischen zu gehen.

Und Manfred hob ihn weiter an, immer weiter.

„Bitte."

Sven roch Schnaps und Zigaretten. Er hasste den Geruch. Er hasste alles an Manfred.

Seine Füße berührten nicht mehr den Boden. Er wollte zappeln, nach Manfred treten, doch seine Beine gehorchten ihm nicht.

Schockstarre!

Wie das Kaninchen, das er vergangene Woche im Wald in die Enge getrieben hatte, bevor er es getötet und gehäutet hatte.

„Muss ich dir schon wieder zeigen, wie es ist, wenn man sich an Kleineren vergeht?"

Manfred starrte ihn an.

Was sollte Sven tun?

Schweigen? Betteln? Beschimpfen?

Er war restlos überfordert.

„Und Mädchen sucht er sich raus! Kümmere dich lieber um Jungs. Und um Gleichaltrige."

In Manfreds Augen sah Sven, dass gleich etwas passieren würde.

Er hörte nur noch „Feige Sau!“, dann näherte sich Manfreds Kopf mit rasanter Geschwindigkeit. Manfreds Stirn prallte in Svens Gesicht und schon knirschte seine Nase.

Im nächsten Augenblick ließ ihn Manfred los und er fiel wie ein Sack zu Boden.

Manfred ging hinaus.

Der Schmerz in Svens Gesicht überlagerte alles. Er griff nach seiner Nase, es fühlte sich nass und klebrig an und seine Nase ließ sich hin und her bewegen. Es tat höllisch weh.

„Er meint es nicht so“, sagte seine Mutter leise.

Sven wollte weinen, doch es bildeten sich keine Tränen.

„Du musst schon versuchen, ihn etwas zu verstehen. Er will dir einfach nur ein guter Vater sein.“

Er hasste seine Mutter genauso wie seinen Stiefvater.

Und er hasste Jessica. Und ihre Schildkröte.

Das würden die beiden büßen.

49. Kapitel

Anfang Juni

Dieses Mal würde er nicht ohne Jugendarrest davonkommen. Der Pflichtverteidiger hatte ihm bereits nach dem letzten Prozess gesagt, er habe mehr Glück als Verstand, dass der Richter ein weiteres Mal ein Auge zugedrückt hatte.

Scheiß-Plasmafernseher!

Scheiß-Lampe-Schlampe!

Kurtuluş Kaymaz schielte um die Ecke: Da stieg sie gerade in ihren Wagen ein. Wenn sie jetzt davonfuhr, konnte er sie nicht verfolgen. Aber er musste etwas tun.

Ob sie sich von seinen Drohbriefen hatte beeindrucken lassen?

Er wusste es nicht.

Der Gerichtstermin war keine 48 Stunden mehr entfernt.

Er musste den Druck erhöhen.

Sicher war sicher.

Sie stieg wieder aus.

Was war nun los?

Ein seltsamer Typ kam aus dem Bestattungsinstitut und redete mit ihr. War der etwa scharf auf sie?

Am liebsten wäre Kurtuluş gewesen, er hätte die Schnüfflerin einfach in einem seiner Särge entsorgt. Stattdessen gab er ihr Starthilfe.

Vergeblich.

Sabrina Lampe zuckte die Schultern und ging, ließ Wagen und Bestattungsunternehmer einfach zurück.

Seine Chance nutzend folgte Kurtuluş ihr.

Am Nollendorfplatz gelang es ihm gerade noch, in den Wagen hinter dem ihren in die U4 zu springen, ehe die U-Bahn losfuhr. Sofort fiel ihm ein, dass er keinen Fahrschein hatte. Schon wieder. Nacheinander besah er sich ängstlich die anderen Fahrgäste. War ein Kontrolleur dabei? Wer verhielt sich besonders unauffällig? Der mit dem E-Book-Reader könnte einer sein. Oder der Punk mit dem Schäferhundmischling. Sehr gute Tarnung.

Doch im Moment machte niemand Anstalten, nach den Fahrkarten zu fragen. Nervös trat Kurtuluş von einem Fuß auf den anderen.

Durch die Scheibe zwischen den Waggons konnte er Sabrina beobachten. Würde sie direkt zu ihm blicken, würde sie ihn sicherlich ebenfalls entdecken. Dann blieb Kurtuluş nur, rasch zur Seite zu sehen.

Viktoria-Luise-Platz. Kurtuluş besah sich genau, wer einstieg. Wer verhielt sich auffällig unauffällig? Wer konnte von der BVG beauftragt sein?

Die Lampe-Schlampe dabei nicht aus den Augen verlieren.

Bayerischer Platz: gleiches Spiel. Am Rathaus Schöneberg wieder.

Am Innsbrucker Platz stieg sie endlich aus. Kurtuluş atmete auf. Aber nur für einen Augenblick. Dann entdeckte er, dass Sabrina die Rolltreppe zur S-Bahn hochfuhr.

Jetzt noch ein Ticket kaufen?

Nein, das wollte er nicht, dann hätte er sich während der Fahrt in der U4 doch umsonst gefürchtet.

Außerdem hatte er ohnehin kein Geld dabei. Und wenn, dann hätte er es sowieso für wichtigere Dinge als für Tickets gebraucht.

Als Sabrina in die Ringbahn einstieg, trat er zwei Schiebetüren weiter ebenfalls ein. Nur, um erschreckt festzustellen, dass er sich im selben Waggon befand wie die Lampe. Sabrina stand am anderen Ende und nur eine weitere Person saß zwischen ihnen. Rasch setzte er sich hinter eine Trennwand und wandte den Kopf ab.

Ein Handy klingelte.

Kurtuluş traute sich, kurz aufzusehen. Lampe-Schlampe telefonierte. Sie fixierte dabei ein Werbeplakat und schien sich sehr zu konzentrieren. Das sollte seine Chance erhöhen, von ihr unentdeckt zu bleiben.

Ob der Mann da vorne ein Kontrolleur war?

Nein.

Er schien Sabrina zuzuhören, denn er starrte sie nun mit offenem Mund an.

Zu gerne hätte Kurtuluş gewusst, worüber sie redete.

Das Telefonat erstreckte sich über mehrere Stationen. Bei keiner stieg jemand ein. Zwei Euro sechzig gespart, dachte Kurtuluş.

Draußen entzifferte er das Wort ‚Grünau' auf dem blauen Schild der S-Bahn. Noch nie im Leben gehört!

Sabrina stieg aus, Kurtuluş folgte.

In die Trambahn. Gab es dort auch Kontrollen?

Sicherheitshalber hielt er die Augen offen.

Doch schon bald verließ Sabrina die Trambahn wieder, Kurtuluş hinterher.

Scheinbar ziellos schlenderte sie an ungepflegten Häusern entlang.

Was wollte sie hier?

Vor einem blieb sie stehen und beobachtete.

Jetzt war sie allein. Niemand schien in der Nähe zu sein.

Er könnte sie überwältigen. Einfach von hinten anschleichen und ihr eine Heidenangst einjagen. Ja, so würde er vorgehen.

Da erklang sein Lieblingslied. Er brauchte einige Sekunden, um zu realisieren, dass es sich um sein Handy handelte, das klingelte.

Er sah aufs Display: Dilek.

Bereits über ein Dutzend Mal hatte er ihr auf die Mailbox gesprochen. Endlich rief sie zurück.

Für den Augenblick war Sabrina Lampe vergessen.

Doch Dileks Anruf wurde zur Enttäuschung.

Kurtuluş hatte erwartet, dass sie sich endlich zu einem Date bereit erklärte, stattdessen sagte sie ihm nun, dass er sie in Ruhe lassen solle – und wenn er noch einmal bei ihr anrufen würde, würde er Bekanntschaft mit Dileks großem Bruder machen. Der habe den schwarzen Gürtel in Karate. Was die Farbe des Gürtels bedeutete, wusste Kurtuluş nicht, was ‚großer Bruder' und ‚Karate' bedeutete, jedoch schon.

Er kapitulierte und versprach ihr – mit Tränen in den Augen – sie nie wieder anzusprechen.

Als er sich die Augen wieder trockengewischt hatte, war Sabrina Lampe verschwunden. Keine Spur mehr von ihr. Mehrfach lief er auf der Straße auf und ab, sah in Gärten und Seitenstraßen. Ohne Erfolg.

Irgendwann trat er schließlich frustriert den Heimweg an.

Wieder ohne Ticket. Sein Herz schlug jedes Mal schneller, wenn verdächtige Typen in den Waggon einstiegen. Doch das Glück blieb ihm hold.

Und es hielt sogar weitere zwei Tage an: Zum Gerichtstermin erschien er mit weißem Hemd und sauberer Hose, beides hatte er sich von einem Cousin geliehen, und sein Anwalt lobte ihn dafür. Der Richter dagegen funkelte ihn böse an, er kannte ihn bereits aus früheren Verhandlungen. Die Wut des Richters verlagerte sich aber bereits nach wenigen Minuten hin zur Hauptbelastungszeugin. Sie war einfach nicht erschienen, hatte den Termin verpasst. Ohne ihre Aussage konnte er die Verhandlung nicht führen. Er vertagte.

Kurtuluş atmete auf.

Fast einen Tag lang fühlte er sich – trotz der schmerzhaften Gedanken an Dilek – wie im Rausch. Geschenkte Zeit. Er hatte schon befürchtet, sie führten ihn direkt nach dem Gerichtstermin ab, stattdessen sah er sich nun DVDs an, in seinem Zimmer, auf einem leider viel zu kleinen Fernseher.

Später klingelte dann doch noch die Polizei an der Wohnungstür.

Keine Ahnung, bei welcher Sache sie ihm diesmal auf die Schliche gekommen waren.

Sicherheitshalber einfach erstmal abhauen.

Schon praktisch, wenn es zwei Ausgänge aus einer Wohnung gibt.

Und schnell war er auch, wenn es erforderlich war. Vermutlich wäre er auch schneller als Dileks Bruder, der Karate-Heini; die beiden Polizisten hängte er allemal ab.

Er flüchtete in den nahe gelegenen Görlitzer Park.

Sein Telefon klingelte.

Dilek?

Hatte sie es sich anders überlegt?

Nein, auf dem Display stand ‚Mama'.

Auf türkisch fragte sie ihn, ob er etwas mit dem Verschwinden einer gewissen Sabrina Lampe zu tun hätte. Die Polizei hätte Fragen gestellt.

Kurtuluş schwor es seiner Mutter bei seiner Mutter, doch er merkte, dass sie ihm nicht glaubte.

Mehrere Stunden verbrachte er im Park. Er wusste nicht, wohin.

Ins Gefängnis wollte er auf gar keinen Fall.

Sein Kumpel Sözer hatte vergangenes Jahr vier Wochen in der Jugendstrafanstalt Plötzensee eingesessen. Kurtuluş hatte sich darüber lustig gemacht und ihm gesagt, er solle sich beim Duschen keinesfalls nach der Seife bücken.

Nun hatte Kurtuluş Angst vor dem Gefängnis, vor allem vor dem Duschen.

Vielleicht sollte er nochmal in dieses Grünau fahren. Da war Lampe-Schlampe doch zuletzt gewesen.

Ja, das würde er tun.

Und er fand sogar das Haus wieder, das Sabrina so neugierig beobachtet hatte.

Hinter dem Fenster sah er jemanden. Er kletterte über den Gartenzaun und schlich sich heran.

Geil.

Da vögelte gerade einer eine Frau.

Kurtuluş griff sich in den Schritt.

Lag da die Lampe Schlampe auf ihrem Rücken und machte die Beine breit?

Handelte es sich hier um ihr geheimes Liebesnest?

Da sah die Frau auf – und ihm geradewegs in die Augen.

Nein, das war eine Unbekannte.

Er erschrak und ließ los.

Dann verkrümelte er sich hinter einen Busch.

Vorsichtig beugte er sich nach vorn und sah zum Fenster.

Wieder blickte er jemandem in die Augen.

Doch diesmal war es der Mann – und dessen Augen machten Kurtuluş große Angst, mehr Angst als alle nackten Männer in der Dusche der Jugendstrafanstalt Plötzensee zusammen.

50. Kapitel

Damals – Hamburg

„Wieso bringst du diese Person mit hierher?"

Die Erwachsenen stritten sich – schon wieder.

Sie schienen sich gar nicht mehr die Mühe zu machen, leiser zu sprechen.

„Sie hat einen Namen: Sie heißt Birgit."

Vermutlich meinten sie, dass er tief und fest schlafen würde, doch Sven war wach. Barfuß, nur mit seinem Schlumpfpyjama bekleidet, tippelte er zur Tür und spähte durch das Schlüsselloch.

„Mir doch egal. Sie hat hier nichts zu suchen."

Alle drei standen sie im Flur: Mama, Papa und Papas Freundin; vom Baby war nichts zu sehen.

„Willst du uns etwa hinauswerfen? Wenn sie geht, gehe ich ebenfalls – und du wirst mich nie wiedersehen."

„Du lässt dich ja ohnehin nur noch blicken, um den Kleinen abzuholen."

„Falls du es noch nicht gemerkt hast: Ich wohne seit über einem Jahr nicht mehr hier in Hamburg, sondern in Berlin."

„Ja, und du hast dort die erstbeste Chance genutzt, um eine andere zu schwängern. Habe ich dir etwa nicht ausgereicht?"

Sven wunderte sich, dass Mama nicht weinte. Sie blieb überraschend gefasst.

„Immer die selbe Leier. Du hast es immer noch nicht begriffen, oder? Es war lediglich ein Ausrutscher, Elke, ich habe dich noch nie geliebt. Ich habe dir das bereits vor langer Zeit gesagt.

Ganz schön viel Stress für das eine Mal, das wir miteinander Spaß hatten."

Mama kniff die Augen zusammen und fixierte ihre Rivalin: „Hast du deswegen diese Schlampe mitgebracht? Damit du ihr vor mir deine Liebe gestehen kannst?"

Während sich Birgit beherrschte und weiter schwieg, lief Papa rot an.

„Wenn du sie noch einmal ‚Schlampe' nennst: Ich weiß nicht, ob ich mich dann noch zurückhalten kann."

Mama ging auf Papa zu, berührte ihn am Arm.

„Ach, Hermann, es war doch so schön damals, mit uns beiden. Weißt du noch, als wir zusammen im Tierpark Hagenbeck waren?"

Doch Papa entzog sich ihr.

„Das ist vorbei, Elke, Geschichte."

„Aber warum?"

Jetzt mischte sich Birgit doch ein, mit ruhiger Stimme: „Du musst es ihr sagen, Schatz."

„Was sagen?", fragte Mama.

„Wir möchten den Kontakt abbrechen."

„Was?"

„Wir möchten auch nicht mehr, dass uns Sven in Schmöckwitz besucht. Wir erleben gerade, dass das uns allen nicht gut tut."

Sven dachte an den schönen Garten von dem Haus, das der Papa erst gekauft hatte. Er spielte doch dort so gerne, wenn er bei Papa in Berlin war. Seine Augen wurden feucht. Er verstand nicht.

„Was hat denn Sven damit zu tun? Er ist dein Sohn."

Mehr zu Papa als zu Mama gewandt, sagte Birgit: „Er hat noch einen anderen Sohn."

Den mochte Sven nicht. Seit er auf der Welt war, stand er im Mittelpunkt. Papa kümmerte sich nur noch um ihn.

„Und?", fragte Mama.

„Er weint immer, wenn Sven in der Nähe ist. Sven hat keinen guten Einfluss auf den lieben Patrick."

„Du spinnst doch! Ist das auch deine Meinung, Hermann?"

Zuerst zögerte Papa.

„Er weint", machte Mama Birgit mit verstellter Stimme nach. „Von wegen. Das ist doch nur vorgeschoben." Sie wandte sich direkt an Birgit: „Du hasst Sven. Weil er dich an mich erinnert. Weil du mich hasst. Und du wiegelst deinen Sohn auf."

„Das ist doch lächerlich, Elke. Patrick liegt noch in den Windeln."

„Komm!", sagte Birgit bestimmt. „Das ist unter unserem Niveau. Dass du dich auf so etwas eingelassen hast."

Jetzt bekam auch Mama einen hochroten Kopf: „Du hältst dich wohl für etwas Besseres. Schau dich doch mal an."

Dann wandte sie sich an Papa: „Noch einmal, ist das auch deine Meinung, dass Sven keinen guten Einfluss auf ihr Balg hat?"

Den Begriff kannte Sven nicht, doch anhand Birgits wütendem Blick konnte er sich ausmalen, was er bedeutete. Papa wollte zunächst etwas entgegen, doch dann nickte er lediglich. In Sven brach eine Welt zusammen. Er hasste ihn dafür.

„Meine Geschäfte in Berlin laufen sehr gut an, das weißt du. Ich verdiene gut."

„Was möchtest du mir damit sagen?"

Birgit ging einen Schritt zurück, Richtung Wohnungstür, sie verließ Svens Sichtbereich.

„Ich werde dir auch weiterhin Geld für Sven schicken."

„Geld! Ist das das einzige für dich, das zählt? Für die da vermutlich auch. Ich verzichte auf deine Almosen. Verschwindet! Raus hier!"

Jetzt näherte sich Mama Papa bedrohlich; der wich zurück und auch ihn konnte Sven nun nicht mehr sehen.

„Und Sven ist sowieso nicht dein Sohn."

„Du weißt ja gar nicht, was du sagst, Elke."

„Wundern würde es mich nicht, wenn er nicht von dir wäre“, hörte Sven Birgit sprechen.

Und schon griff seine Mama nach dem erstbesten Gegenstand, den sie greifen konnte – ein Schlüsselbund, der an der Garderobe lag – und warf ihn in Richtung der Wohnungstür.

Niemand schrie auf, die Zielpersonen schienen ausgewichen zu sein.

Danach hörte Sven, wie sich die Tür öffnete und gleich darauf wieder ins Schloss fiel.

Mama brach vor der Garderobe zusammen.

Jetzt wagte sich Sven aus dem Zimmer. Er wollte sie trösten.

Sie sah ihn, setzte sich auf und die beiden fielen sich in die Arme.

Stumm und eng umschlungen verharrten sie.

Eine Frage quälte Sven so sehr, dass er das Schweigen durchbrach.

„Ist er wirklich nicht mein Papa?“

Mama sah ihm in die Augen.

„Natürlich ist er dein Papa.“

Entschlossen sprach sie weiter: „Aber wir brauchen ihn nicht. Wir werden ganz bestimmt einen anderen, viel tolleren Papa für dich finden. Das verspreche ich dir. Der wird dich lieben, so wie ich dich liebe.“

Sven glaubte seiner Mutter.

„Das ist nur wegen dieser Schlampe – und wegen diesem blöden Balg.“

Seit diesem Tag hasste Sven seinen kleinen Halbbruder, den ‚lieben‘ Patrick.

51. Kapitel

Ende Mai

„Hätte dir nicht ohnehin die Hälfte des Vermögens von deinem Vater gehört?“, fragte Katja. „Scheint er ja gut verheimlicht zu haben, dass er noch einen Sohn hatte.“

Sie stand hinter Svens Rücken im Türrahmen des Kellerraums.

„Hätte. Hätte. Arschbulette. Hätte ich es einklagen sollen, nachdem ich Glisic abgestochen hatte? Nein, ich bekomme das Geld auch so.“

Sven nahm wahr, dass seine Frau den Kellerraum verließ – in Vorahnung dessen, was nun geschehen würde.

Patrick Bender starrte ihn einfach nur an.

Er weinte nicht mehr. Er flehte nicht mehr. Er bettelte nicht mehr.

Er kniete nackt vor seinem Peiniger und starrte ihn einfach nur an.

Nun wusste er die wahren Hintergründe, wusste, warum Sven gerade ihn ausgewählt hatte.

Einen Unterschlupf zu finden oder an Geld für seine Flucht zu kommen, war nur ein untergeordnetes Motiv gewesen. Dafür hätte er jede x-beliebige Villa in Berlin oder bereits in Hamburg ausrauben können.

Patrick hatte verarbeitet, alle einzelnen Fakten an die korrekten Stellen sortiert.

Jetzt klemmten all die Puzzlestücke an den für sie bestimmten Plätzen und ließen sich nicht mehr lösen. Mit dem entstandenen Gesamtbild schien er sichtlich überfordert zu sein.

Dagegen wusste Sven nicht, was ihm lieber gewesen wäre.

Ein Patrick Bender, der sich für all das Vergangene entschuldigt?

Ein Patrick Bender, der sich für nichts verantwortlich fühlt und versucht, sich herauszureden?

Ein Patrick Bender, der vor ihm zu Boden sackt und um Gnade fleht?

Sven hatte alles erzählt und fühlte sich leer.

Der armselige Kerl vor ihm vermutlich ebenfalls.

Blutig, verletzt, verstümmelt, gebrochen.

Wunden überall. Auf dem nackten Oberkörper, im Gesicht, an sämtlichen Gliedmaßen. Brandwunden von Zigaretten. Schnittwunden von diversen Messern. Das linke Ohr fast vollständig abgefackelt.

In seiner Rechten hielt Sven eine Axt. Er hatte sie draußen im Schuppen gefunden. Mit den Fingern spielte er am Griff.

Patrick hörte nicht auf, ihn emotionslos anzustarren.

Wieso weinte er nicht? So wie früher, als er ein Baby und Sven in seiner Nähe war.

Dass sich Patrick an nichts erinnern konnte, verminderte Svens Genugtuung.

Auch seine Linke griff nun nach dem Stiel. Dann hob er die Axt über den Kopf.

Bei Patrick keine Regung.

Ohne ihr weiteren Schwung zu geben, ließ Sven die Axt einfach auf Patricks Schädel fallen. Die scharfe Klinge drang ein und spaltete mit einem hässlichen Knacken Patricks Schädeldecke.

Patricks Augen entfernten sich voneinander, veränderten ihren Ausdruck aber nicht.

Patrick selbst blieb stumm.

Für vier, fünf Sekunden hielt Sven die Axt weiter am Stiel.

Dann ließ er los.

Patrick trotzte ihm immer noch. Die Axt im gespaltenem Schädel, kniete er einfach weiter vor ihm.

Das konnte sich Sven nicht bieten lassen!

Er zog die Axt mit beiden Händen heraus und trieb sie mit voller Wucht und einem inbrünstigen Aufschrei noch einmal hinein.

Wieder löste er seine Hände.

Diesmal hatte er Erfolg: Patrick kippte nach hinten auf die Matratze, die Axt fest im Kopf verankert.

Er blickte weiter stur geradeaus und als Sven sich vorbeugte, glaubte er, Patrick würde ihn selbst jetzt noch weiter anstarren.

Sven verspürte ein schales Gefühl.

Warum hatte der Kerl nicht geschrien?

Der wollte ihn um seinen Triumph bringen!

Verdammt!

Sein Verstand schaltete sich ab.

Wieder griff er nach der Axt. Im Blutrausch trennte er Patrick mit einem einzigen Schlag einen Fuß ab.

Und wäre seine Frau nicht zurückgekommen und hätte laut aufgeschrien und ihn damit in die Realität zurückgeholt, dann hätte er ihn in viele kleine Stücke zerhackt.

52. Kapitel

Anfang Juni

Der Junge – unverkennbar türkischer Abstammung – trat in die Küche, die Hände hoch erhoben. Hinter ihm kam Sven, die Pistole in der Hand, auf den Rücken des Jungen zielend.

Auf den ersten Blick schien der Unbekannte noch ein Kind zu sein, dann entdeckte Katja Bartflaum auf der Oberlippe, die Persiflage eines Schnäuzers, und ihr wurde rasch klar, dass der Junge vermutlich älter war, als er aussah.

Inzwischen kannte sie das Spiel: Sie griff nach dem Klebeband.

„Setz dich dort auf den Stuhl“, befahl Sven.

„Hey, was wollt ihr von mir? Ich bin nur zufällig vorbeigekommen und habe durch das Fenster geguckt.“

Sven wurde lauter: „Ich hab dir gesagt, du sollst dich hinsetzen!“

Schließlich nahm Kurtuluş Platz.

„Wer bist du?“

„Sag ich nicht!“

Sven verpasste ihm eine schallende Ohrfeige. Kurtuluş nahm seine Hände herab und rieb sich mit der Linken die Wange.

„Spinnst du? Das hat wehgetan.“

„Ich habe dich gefragt, wer du bist.“

Nach einem weiteren kurzen Zögern antwortete er: „Mustafa Kemal Atatürk.“

„Atatürk, ja? So siehst du auch aus, Kleiner.“

„Kommt mir irgendwie bekannt vor, der Name“, meinte Katja.

„Die heißen doch alle irgendwas mit ‚Mustafa‘ und ‚Türk‘.“

Katja war sich nicht sicher: Hatte der Junge gerade eben etwa kurz gegrinst?

„Macht euch mal locker. Tut mir leid, dass ich euch beim Ficken zugeguckt habe.“

Und schon schlug Sven wieder zu.

„Da steckt doch mehr dahinter. Was macht so ein Kanake wie du hier draußen in Schmöckwitz? Du lebst hier doch bestimmt nicht.“

„Meine Verlobte wohnt hier, zwei Straßen weiter.“

Sven lachte auf. Er schien sich zu amüsieren.

„Verlobte? Du hast eine Verlobte?“

„Ja. Sie ist Model. Und sie war schon im Fernsehen. Bei Heidi Klump.“

Sven kriegte sich nicht mehr ein: „Bei Heidi Klump?“

„Ja, genau. Sie wäre auch fast weiter gekommen. Aber ich bin froh, dass sie ausgeschieden ist. Die Weiber drehen nur durch, wenn sie zu viel Erfolg haben.“

Katja war überrascht, welche Chuzpe der Junge besaß. Er sprach mit einer unglaublichen Selbstsicherheit. Glaubte er etwa selbst, was er da zusammenfantasierte?

„Wie heißt sie denn, deine Verlobte?“, fragte Sven nun, die Situation sichtlich genießend.

„„Kirsten“‘, sagte Kurtuluş sofort, dann leuchteten seine Augen auf und er berichtigte sich: „Nein, ‚Dilek‘.“

„Du weißt ja nicht mal, wie deine Verlobte heißt.“

„Doch, doch, ‚Dilek‘.“

„Hört sich an wie so ‚n Scheiß aus der Dönerbude.“

Beherzt stand Kurtuluş auf: „Wage es nicht, meine Verlobte zu beleidigen!“

Katja wunderte sich, dass er gar keine Angst vor Sven hatte. Die sollte er nämlich besser haben. Stattdessen widersprach er und log, ohne mit der Wimper zu zucken. Wenn sie daran dachte, welches Häufchen Elend Patrick zum Ende hin gewesen war …

„Du setzt dich schön wieder hin, Kanake.“

Mit Blick auf Svens Pistole schien Kurtuluş nun doch zu begreifen, dass er wohl besser gehorchte.

„Soll ich ihm die Hände fesseln?“, fragte Katja und Sven nickte.

Kurtuluş’ Blick wanderte zum Küchenfenster und er machte eine auffällige Augenbewegung. Es schien so, als wollte er jemandem raten, das Weite zu suchen.

Sven und Katja fielen prompt darauf herein und für einen Moment waren sie abgelenkt.

Mit einer raschen Bewegung packte Kurtuluş die Tischplatte, hob den kompletten Tisch an und kippte ihn in Svens Richtung.

Doch die Überraschung dauerte nicht lange genug an: Ein lauter Knall, Sven hatte den Abzug gedrückt. Der Tisch hatte Svens Arm getroffen, die Schussrichtung abgelenkt und zudem die Pistole aus Svens Hand gerissen. In hohem Bogen flog sie durch die Küche.

Seitlich am Oberkörper verfärbte sich Kurtuluş’ T-Shirt rot. Er schrie auf. Trotz des Treffers rannte er aus dem Raum.

„Verdammt“, fluchte Sven. „Wer weiß, wer das gehört hat. Wir müssen weg hier. Aber den greif ich mir vorher.“

Und schon hetzte er dem Flüchtigen hinterher.

Katja richtete den Tisch wieder auf.

„Wir müssen weg hier", hatte ihr Mann gesagt.

Sie setzte sich auf den Stuhl und überlegte. Ihr Blick fiel dabei auf die Pistole: Sie lag direkt vor dem Kühlschrank.

Sven hatte seine Rache bekommen. Er hatte Patrick endlich getötet. Diese Nadine waren sie auch erfolgreich losgeworden. Um den Jungen kümmerte sich Sven nun. Blieb nur noch diese Schnüfflerin im Keller.

Katja kam zu dem Ergebnis, dass sie auch ihren Beitrag leisten musste.

Als Svens Ehefrau konnte sie ihn nicht alles alleine machen lassen. Sie musste ihn unterstützen. Wenn sie ihm die Arbeit abnahm, dann würde er sie sicherlich noch mehr lieben.

Und gleichzeitig wäre eine potenzielle Nebenbuhlerin ausgeschaltet.

Sie ging zur Pistole und nahm sie an sich.

Mit der Waffe voraus ging sie hinab in den Keller.

„Wir müssen weg hier."

Katja würde dafür sorgen, dass sie schnell aufbrechen konnten, sobald Sven zurück war.

53. Kapitel

Anfang Juni

Endlich fand Niklas Schlaf. Doch bereits kurze Zeit später schreckte er hoch: Schüsse.

Sofort war er Herr seiner Sinne und ihm wurde klar, dass es sich nicht um wirkliche Schüsse handelte. Jetzt erklang einpeitschende Musik. Sie stammte aus dem Wohnzimmer. Trotz geschlossener Tür konnte er sie deutlich vernehmen.

Er stand auf und ging in Richtung des Lärms.

Karl Steg saß im Fernsehsessel, neben sich seine Gehhilfe.

Seine Augen waren auf den Fernseher gerichtet. Dort rollten in ruckligen Schwarz-Weiß-Bildern Panzer der Wehrmacht durch ein zerbombtes Dorf. ‚ZDF History' prangte rechts oben am Bildschirm.

Niklas nahm seinem Vater die Fernbedienung aus der Hand und schaltete den Ton leiser. Dann nahm er auf dem Sofa Platz.

„Ist besser", sagte er. „Sonst wacht Mutter noch auf."

Karl nickte leicht.

„Kannst du auch nicht schlafen?"

Durchs Bild hetzten russische Partisanen, die – lediglich mit Gewehren bewaffnet – versuchten, gegen die übermächtigen Panzer zu kämpfen. Sie fielen, einer nach dem anderen.

Für einen Augenblick musste Niklas an den Obergefreiten Ernst-Rüdiger Schimmelpfeng denken, nur dass der auf der anderen Seite gegen Panzer gekämpft hatte.

„Bin mir nicht sicher, ob das die richtigen Bilder sind, um zur Ruhe zu kommen."

„Um."

„Soll ich umschalten?"

Sein Vater quälte sich ein „Ja." heraus.

Niklas zappte. Ein Marktschreier auf einem Shopping-Kanal, weiter, irgend etwas mit Raumschiffen, eine Politdiskussion, jemand machte Tai-Chi. Das ließ Niklas laufen.

Die Bilder von gerade eben beschäftigten ihn weiter: „So viele Tote damals."

Zeit seines Lebens hatte sich sein Vater für alles interessiert, das mit dem Dritten Reich zu tun hatte, insbesondere mit der damaligen Rolle der Polizei. In den Achtzigern hatte er sogar bei einem Buch über die Aufarbeitung mitgewirkt, das das Innenministerium initiiert hatte.

„Wir wundern uns, wenn jemand verschwindet", er dachte an Sabrina Lampe. „Was ist passiert? Wie verkraften es die Angehörigen? Wir forschen nach. Versuchen aufzuklären und die Schuldigen zu finden und zu bestrafen."

Karl Steg hob einen Daumen nach oben.

„Ja, heute ist es nur ein einzelner Mensch, der verschwunden ist."

Minutenlang starrten die beiden auf den Bildschirm, ohne ein Wort zu wechseln. Der Chinese, der dort die Übungen vormachte, beherrschte seine Kunst in höchster Präzision, sehr ästhetisch anzusehen, und beruhigend.

Dabei ließ Niklas schließlich noch einmal den Fall und den heutigen Tag Revue passieren. Sein Vater hörte aufmerksam zu. Niklas sah ihm an, dass es ihn quälte, nicht mit seinem Sohn darüber diskutieren und ihm mit Rat und Tat zur Seite stehen zu können.

Auch wenn Karl Steg nie wieder der Alte sein würde, die Ärzte sagten, sein Zustand könnte sich durchaus noch einmal deutlich verbessern. Darauf hoffte Niklas.

Es klingelte und Vater und Sohn zuckten gleichzeitig zusammen: Niklas' Handy. Er ging ran.

„Steg."

„Steiner, Notrufzentrale."

„Ja?"

„Sie haben eine Fahndung ausgeschrieben."

Hatten Sie Sven Plank ausfindig gemacht?

„Nach einem gewissen Kurtuluş Kaymaz."

Plank wäre ihm lieber gewesen, er lehnte sich wieder zurück.

„Er hat eben hier angerufen."

Jetzt wurde er doch neugierig.

„Kaymaz hat sich gestellt?"

„Nein. Er sagte, wir sollen Ihnen ausrichten, dass er weiß, wo sich Sabrina Lampe befindet. Und dass er dringend Unterstützung benötigt."

Niklas sprang vom Sofa hoch.

„Wo?“

Steiner gab ihm eine Adresse durch.

„Es sind auch schon mehrere Einsatzwagen dorthin unterwegs. Und einer ist gleich bei Ihnen, um Sie abzuholen.“

Ein letzter Blick zu seinem Vater, ehe Niklas aufbrach: Karl Steg hielt beide Daumen gedrückt.

54. Kapitel

Anfang Juni

Seit über drei Jahren war Kurtuluş bei keinem Zahnarzt mehr gewesen. Er fürchtete sich davor, hatte große Angst vor Schmerzen.

Nun tat seine linke Körperseite höllisch weh.

Er rannte dennoch – so schnell er nur konnte.

Auf der Vortreppe zum Hauseingang nahm er drei Stufen auf einmal. Er rang um sein Gleichgewicht. Beinahe hätte er es verloren und wäre hinunter gefallen.

Hinter sich hörte er seinen Verfolger.

Seine Gedanken überschlugen sich.

Mist! Er musste über die Wiese rennen. Man könnte ihn sehen, trotz des schlechten Lichts. Wenn der Kerl die Waffe hätte, könnte er ihm einfach in den Rücken schießen. Weitere Schmerzen.

Nein, der war sofort losgerannt. Der hatte sich sicherlich nicht vorher nach der Waffe gebückt. Oder doch?

Bloß nicht wieder stolpern. Verdammte Dunkelheit.

Hier, hinter das Gebüsch. Und ruhig verhalten.

Kurtuluş lauschte. Er hörte nichts.

Ob ihn sein Verfolger noch gesehen hatte, als er sich geduckt hatte?

War es dafür überhaupt hell genug?

Er versuchte, zwischen den Blättern hindurchzulinsen.

Da drüben stand er; Kurtuluş konnte lediglich seine Umrisse sehen. Er drehte sich einmal um sich selbst, sah in alle Richtungen.

Dann entdeckte er das Gebüsch.

Kurtuluş erkannte, dass es keine gute Idee gewesen war, sich hier zu verstecken, denn es schien das gleiche Gebüsch zu sein, hinter dem er auch vorhin gesessen hatte.

Wie dumm von ihm.

Der Typ kam genau auf ihn zu.

Was tun?

Kurtuluş hatte eine Scheiß-Angst.

Wegrennen?

Er checkte die Lage. Wegrennen ging nicht: hinter ihm der Gartenzaun.

Nur noch wenige Meter zwischen ihm und seinem Verfolger.

Hatte der andere ihn schon entdeckt?

Er ballte seine Fäuste.

„Na, wo isser denn, unser kleiner Atatürk?"

Der wollte ihn nervös machen. – Und es gelang ihm.

Kurtuluş spürte, wie seine Beine zitterten.

Einfach mit der Faust draufschlagen. Das hast du doch schon so oft im Fernsehen gesehen.

Sein Verfolger stand nun genau vor dem Gebüsch.

Jetzt schob er mit seinen Händen das Blattwerk zur Seite.

Für einen Moment sahen sich die beiden direkt in die Augen.

Der Typ grinste ihn einfach an. Er schien sich an Kurtuluş' Angst zu weiden.

Kurtuluş zitterte jetzt am ganzen Körper.

Sein Gegenüber machte laut „BUH!".

Kurtuluş erschrak fürchterlich. Das war zuviel für ihn! Allen Mut zusammennehmend wuchs er über sich hinaus und schlug dem Typen direkt mit der Faust ins Gesicht. Der Ausdruck darin verwandelte sich von Überheblichkeit und Siegessicherheit in Erstaunen und Unglauben.

Und nochmal, mit der anderen Faust.

Und wieder mit der ersten, und ein weiteres Mal.

Der Typ sackte tatsächlich zusammen und blieb bewegungslos am Boden liegen.

Kurtuluş konnte selbst nicht glauben, was eben passiert war, dann wurde er stolz auf sich.

Doch sein Triumph währte nur kurz, denn die Verletzung an seiner Körperseite meldete sich schmerzhaft zurück. Der Kampf schien die Wunde vergrößert zu haben: Sein Blutverlust weitete sich aus. Das Leben rann aus ihm heraus. Schnell presste er wieder die Hand darauf.

Ihm wurde schwindlig.

Was, wenn er die Besinnung verlieren würde?

Niemand wusste, dass er hier draußen war.

Nicht einmal seine Mutter.

Und wenn der Typ da auf dem Boden wieder zu Sinnen kam?

Er zückte sein Handy und rief die Polizei an: Notruf, 110.

In knappen, wirren Worten schilderte er die Situation.

Inzwischen war er davon überzeugt, dass Sabrina Lampe ebenfalls in die Hände dieser Leute gefallen war. Warum auch immer. Egal.

Aber sie war noch da drin.

Allein mit dieser Frau. Und dort war auch die Pistole.

Nur wenn er sie selbst in die Finger bekommen würde, könnte er solange ausharren, bis endlich die Polizei auf der Bildfläche erschien.

Und falls der Kerl vorher aufwachen sollte, war es ebenfalls sinnvoll, ihn in Schach halten zu können.

Also zurück ins Haus. Schnell.

Doch in der Küche lag die Pistole nicht mehr.

Von der Fremden ebenfalls keine Spur.

Stimmen. Von Frauen.

Wo kamen die her?

Hier, vom Kellerabgang.

Er wollte hinabeilen, doch plötzlich trat ihm sein Verfolger wieder in den Weg.

Das Gesicht über und über voller Blut. Und er sah sehr, sehr böse aus.

Er schnappte sich Kurtuluş. Endlich.

55. Kapitel

Anfang Juni

Dass sie erbärmlich stank, konnte Sabrina inzwischen erfolgreich ignorieren.

Sie hielt ihr Ohr an die Tür gepresst.

Wenn sie sich stark konzentrierte, konnte sie Stimmen hören. Es waren drei verschiedene. Die dritte, die neue, kam ihr bekannt vor, aber sie wusste nicht, woher. Was die Personen besprachen, konnte sie nicht verstehen, aber der Tonfall hörte sich nicht gerade freundlich an.

Hoffnung keimte in ihr auf.

Es rumpelte und gleichzeitig fiel ein Schuss. Sabrina erschrak.

Danach Getrampel, das leiser wurde. Mindestens zwei Personen verließen das Haus. Jetzt hörte sie die dritte, wie sie sich ihrem Gefängnis näherte.

Ob sie eine einzelne Person überwältigen könnte?

Trotz der Handschellen?

Falls es Katja wäre, würde es ihr vielleicht gelingen.

Sie trat hinter die Tür, die in Richtung des Raums aufging. Schon klickte es im Schlüsselloch.

Schlagartig wurde es hell. Sabrina blinzelte.

Beherzt hechtete sie um die Tür herum, – doch sie sprang ins Leere. Gleichzeitig schoss ein stechender Schmerz in ihren rechten Knöchel.

Niemand war eingetreten.

Katja stand draußen im Kellerflur und hielt die Pistole in der Hand.

„Netter Versuch", sagte sie mit ernster Miene. „Und jetzt zurück mit dir. Auf die Matratze."

Vermutlich hatte sie sich den Fuß verknackst. Nichts Schlimmes. Aber ungeeignet für plötzliche Bewegungen. Also gehorchte sie und humpelte zu der Schlafstätte zurück.

„Hinsetzen."

Katja wartete, bis Sabrina Platz genommen hatte.

„Es gibt da leider eine kleine Planänderung. Wir können nicht bis morgen warten."

Sabrinas Herz verkrampfte sich. Sie ahnte, was das bedeutete.

„Ich bin sehr froh, dass ich es erledigen kann."

Überraschenderweise merkte Sabrina ihr keinerlei Genugtuung an.

„Ein Zeichen für meine Liebe. Und eine Nebenbuhlerin weniger. Ich habe genau gesehen, wie du Sven angesehen hast."

Was nun?

Widersprechen?

Würde sie vermutlich nur noch wütender machen.

An den Mutterinstinkt appellieren?

„Hast du eigentlich Kinder, Katja? Ich habe eine Tochter, sie geht aufs Gymnasium und steckt gerade mitten in der Pubertät. Sie heißt …"

Katja unterbrach sie rüde.

„Halt die Klappe. Ich will das nicht hören. Und ich habe keine Kinder. Sven möchte auch keine."

Zumindest wusste Sabrina jetzt den Vornamen des Mannes.

Nur nützen sollte es ihr nichts mehr …

Laute Geräusche von der Kellertreppe her, als käme eine Kuh herabgetrampelt.

Sven, das Gesicht blutig, erschien neben Katja in der Tür. Im Schwitzkasten hielt er – Sabrina traute ihren Augen kaum – Kurtuluş Kaymaz.

Wie kam denn der hierher?

Jetzt verstand Sabrina überhaupt nichts mehr.

Kurtuluş zappelte.

„Halt still.", befahl Sven und schlug ihm nun seinerseits mit der Faust ins Gesicht. Kurtuluş schrie auf.

„Eine erste kleine Revanche, Kanake."

Dann schleuderte er Kurtuluş in den Raum hinein. Vor Sabrina kam er zum Liegen.

Sie konnte gar nicht anders, als sich ihm sofort zuzuwenden und sich anzusehen, wie es ihm ging. Die blutende Wunde seitlich an seinem Körper gefiel ihr gar nicht.

Sie drückte ihre Hand darauf, doch das Blut sickerte ihr zwischen den Fingern hindurch.

Ängstlich sah sie ihn an. Er wirkte blass, aus seiner Nase rann ebenfalls Blut.

„Das wird schon wieder, Frau Lampe", flüsterte er. „Ich rette Sie."

Dann schloss er die Augen und sackte in sich zusammen.

„Wie rührselig", ätzte Sven. „Was für ein schönes Paar. Die Schnüfflerin und der Kanake. Hört sich wie eine neue Vorabendserie an."

„Wir brauchen dringend einen Arzt", sagte Sabrina und blickte auf.

Inzwischen hielt Sven die Pistole in der Hand und zielte genau auf ihre Stirn.

„Ich glaube, das wird nicht mehr nötig sein", meinte er. „Zeit zu …"

Mitten im Satz hielt er inne.

Drei Sekunden lang blieb er regungslos stehen. Auch Katja starrte ihn überrascht an. Dann knickten ihm die Knie ein und er sackte in sich zusammen. Sein Oberkörper kippte nach vorn, und auf dem Rücken, auf Höhe des Herzens, sah Sabrina ein Einschussloch.

Die Pistole ließ er beim Fallen los, sie schlitterte über den Fußboden, doch kein Schuss löste sich.

Sabrina begriff nicht, während Katja schneller eins und eins zusammen gezählt hatte.

Denn ein Polizist erschien nun hinter ihr und sie warf sich auf ihn und schlug mit trommelnden Fäusten auf ihn ein. Sie trat mit den Füßen, zeterte und versuchte zu kratzen und zu beißen.

Was sie schrie, konnte Sabrina nicht verstehen, lediglich Wortfetzen drangen zu ihr: „Mörder. Bullenschweine. Unmenschen."

Ein zweiter Polizist war sogleich zur Stelle. Er hatte Mühe, Katja von seinem Kollegen fortzuziehen. Nur mit großer Kraftanstrengung gelang es den beiden schließlich, die Furie zu überwältigen, sie zu Boden zu ringen, auf den Bauch zu legen und ihre Hände zu fixieren.

Dann kam der eine auf sie zu. Sabrina erkannte, dass es sich um eine Frau handelte, die Sven erschossen hatte.

„Frau Lampe?", fragte die Polizistin.

Sabrina nickte.

Erst jetzt fiel ihr auf, dass sie längst auch ihre zweite Hand auf Kurtuluş' Wunde presste.

„Wir brauchen dringend einen Arzt", wiederholte sie wie in Trance.

Sie hoffte sehr, dass es noch nicht zu spät war.

„Ein Krankenwagen ist schon unterwegs."

Wie zur Bestätigung hörte Sabrina von draußen ein Martinshorn. Wenige Minuten später drängten sich zwei Sanitäter in den Raum und leisteten Soforthilfe.

Einer der beiden Sanitäter nickte Sabrina aufmunternd zu. Sie verstand: Die Sanitäter waren rechtzeitig eingetroffen, keine Lebensgefahr.

Eine Sorge weniger.

Ihre eigene Situation wurde ihr bewusst.

Sie war übernächtigt, sie hatte Hunger, sie hatte Durst.

Ihr Körper tat ihr weh.

Vor ihrem geistigen Auge sah sie Patrick Bender vor sich, wie er hier auf der Matratze gesessen hatte. Wie er all das ertragen musste, was auch ihr widerfahren war, und noch viel mehr.

Sie spürte ihre Sinne schwinden.

Nein, du wirst jetzt nicht ohnmächtig, Sabrina.

Stark sein.

Fürchtet euch. Fürchtet euch nicht.

Hier kommt die Sonne.

„Kalimera", hörte sie eine Stimme sagen.

Oder bildete sie sich das nur ein?

Sie blickte zur Tür. Der Mann aus dem Supermarkt stand dort, der, den sie vor ein paar Tagen so sehr in Verlegenheit gebracht hatte, als sie versehentlich die Kräuterlikörfläschchen aus dem Regal gerissen hatte.

Jetzt kam er auf sie zu.

Wieder trug er einen TetraPak Milch in der Hand.

Nein, Sabrina, konzentrier dich.

Es war eine Packung Taschentücher, bereits geöffnet.

Sabrina fischte sich eines heraus und bedankte sich.

„Niklas Steg.", stellte er sich vor. „Wie geht es Ihnen, Frau Lampe?"

Dann schwanden ihr doch die Sinne.

56. Kapitel

Anfang Juni

„Blumen“, hatte er es genannt.

„Selbst gepflückt“, hatte er gesagt.

Sabrina starrte, auf der Seite ihres Krankenbettes sitzend, geradewegs zu der Vase, die auf dem Fenstersims stand. Das Grünzeug darin glich Brennnesseln, drei winzigkleine, weiße Blüten verloren sich dazwischen. Aus der Ferne konnte Sabrina sie kaum sehen.

„Was man in einer Großstadt so alles finden kann, wenn man die Augen offen hält.“, sie hörte immer noch den Stolz in seiner Stimme.

„Viel besser als Rosen. Die kommen zum Beispiel aus Kenia. Die Pflücker dort sind ständig Pestiziden ausgesetzt. Wussten Sie das schon, Frau Lampe?“

Was Sabrina wusste, war, dass Mojito es gut meinte. Und ihre Tochter, die Mojito während seines Vortrags permanent anschmachtete, hätte es sicherlich schlechter treffen können.

Hoffentlich fing Mojito jetzt nicht auch noch mit dem vielen Plastikmüll an, der irgendwo im Pazifik trieb. Dann hätte er sich noch mit der Schimmelpfeng zusammentun können und Lara würde eine Nebenbuhlerin erwachsen.

Beim Gedanken daran lächelte Sabrina, zum ersten Mal.

„Siehst du, Lara, ich wusste, dass sie sich darüber freuen würde.“

Sabrina quälte sich ein „Danke!“ heraus.

Inzwischen, zwei Tage später, verwelkte ‚der Strauß‘ bereits. Sabrina war dankbar dafür.

Es klopfte.

„Ja.“

Lara.

„Wie geht es dir heute, Mama?"
„Gut. Alles bestens."
Die Ärzte und Schwestern hatten sie beobachtet und untersucht und waren äußerst zufrieden mit ihrem Zustand. Die Rippe hatte sich glücklicherweise als lediglich angebrochen erwiesen. Sie musste von selbst wieder zusammenwachsen.
„Dann lassen sie dich heute raus?"
„Hört sich an, als ob ich im Gefängnis wäre."
„Hast du deine Sachen schon gepackt?"
„Alles fertig."
Sabrina wollte nach ihrer Reisetasche greifen, doch Lara war schneller.
Ganz neue Seiten.
Sabrina war beeindruckt: Entweder der Einfluss von Mojito wirkte positiver als gedacht oder die Erfahrung, wie es war, wenn sie ein paar Tage ohne die Mama zurecht kommen musste.
Als Lara die Tasche anhob, fiel ihr Blick auf den Fenstersims.
„Die Blumen dürfen wir nicht vergessen."
Nein, bitte nicht mit nach Hause nehmen.
„Ach, die lassen wir hier", sagte Sabrina. „Die Schwestern freuen sich sicherlich auch über etwas Farbe im Stationszimmer."
Und wenn es nur braun ist.
„Du hast recht, Mojito kann dir ja neue pflücken."
Sabrina lächelte ihre Tochter freundlich an.
„Wir müssen noch rüber zu Jim Knopf."
Auch der Spitzname ging auf Mojitos Kreativität zurück. Ein spontaner Einfall, nachdem er die Geschichte von Kurtuluş' Diebstahlsversuch im KaDeWe erfahren hatte.
„Okay, ich begleite dich. Hoffentlich muss ich nicht lachen, wenn ich ihn sehe."
Sabrina dachte daran, wie blass Kurtuluş gestern ausgesehen hatte. Seine Wunde war gerade frisch versorgt worden und er

jammerte herzzerreißend. Die Krankenschwester hatte ihn liebend gern mit Schmerzmitteln versorgt.

„Du wirst nicht lachen, keine Sorge."

Die diensthabende Schwester lächelte bemüht, als ihr Lara freudestrahlend das braune Gestrüpp überreichte, dann fuhren Mutter und Tochter mit dem Fahrstuhl zwei Stockwerke nach unten.

Kurtuluş sah deutlich besser aus als gestern.

Aufrecht im Bett sitzend, den Oberkörper bandagiert, hielt er eine Fernbedienung in der Hand und zielte auf den Fernseher, der gegenüber an der Wand befestigt war.

„Hallo, Frau Lampe", sagte er, sein Blick etwas glasig.

Lara gab ihm brav die Hand und stellte sich vor. Sie lachte nicht.

„Die lassen Sie tatsächlich schon nach Hause?", fragte er und schaute dabei weiter auf Lara.

„Ja, ich bin ja sozusagen mit dem Schrecken davon gekommen, im Gegensatz zu dir."

„Ach, das wird schon wieder", sagte er tapfer und zu Lara gewandt. „Ein Indianer kennt keinen Schmerz."

Bei den letzten Worten versuchte er, sich zackig aufzurichten, zuckte jedoch sogleich zusammen und stöhnte auf.

„Eigentlich sind die Schmerzmittel ganz gut. Ist fast wie kiffen", er senkte die Stimme, „Habe mir schon welche für zuhause aufgehoben."

„Du solltest sie lieber einnehmen."

Jetzt wandte er den Blick doch zu Sabrina: „Können wir noch einmal über Ihre Aussage sprechen, Frau Lampe?"

„Später. Erstmal gesund werden. Mach dir jetzt keine Sorgen deswegen."

Wie Sabrina feststellte, lief im Fernsehen eine japanische Zeichentrickserie.

„Leider sehr klein, der Bildschirm", kommentierte Kurtuluş.

Jetzt prustete Lara doch los und Sabrina sah sie strafend an.

„Du siehst hübsch aus, wenn du lachst."

Flirtete der etwa mit seiner Tochter? In seinem Zustand?

„Sag mal, hast du schon einen Freund?"

Ja, er flirtete.

Nein, das war untertrieben: Er grub sie hemmungslos an.

Wurde Lara etwa rot? Sie war doch sonst so schlagfertig.

Eine leise Melodie ertönte, das Lied, das Sabrina auch in Schmöckwitz gehört und für ein Kinderlied gehalten hatte. Kurtuluş' Handy. Waren Mobiltelefone im Krankenhaus nicht verboten? Kurtuluş schien sich nicht darum zu scheren.

Als Kurtuluş im Display sah, wer anrief, sagte er nur „Tut mir leid." zu Lara, dann ging er ran.

Seine Wangen färbten sich rot.

„Hallo, Dilek", sagte er mit verklärtem Blick und Sabrina wusste sofort, dass es für Mojito keinen Grund zur Eifersucht gab.

Und sie kam zu dem Ergebnis, dass sie Kurtuluş nun besser alleine ließen.

Im Flur erkannte sie von Weitem bereits, wer auf sie zukam: Niklas Steg, der Milchmann aus dem Supermarkt; nebenberuflich arbeitete er auch noch für die Polizei.

„Ich freue mich sehr, Sie auf zwei Beinen stehend zu sehen, Frau Lampe."

„Und ich freue mich, dass nichts in der Nähe ist, das ich umstoßen kann."

Strahlte er sie an oder bildete sie sich das mal wieder ein?

Der war doch viel zu groß für sie. Ständig musste sie nach oben sehen.

„Jim Knopf, äh, ich meine Kurtuluş telefoniert gerade."

Den Spitznamen schien er überhört zu haben.

„Das macht nichts. Zu Ihnen wollte ich ja auch. War oben und dachte, Sie wären schon weg. Im Moment sind das ja alles kurze Wege."

„Was meinen Sie?"

„Naja, Sie liegen doch alle im selben Krankenhaus: Sie, Herr Kaymaz, Frau Bender."

„Ach, Frau Bender ist auch hier? Vielleicht sollte ich mal bei ihr vorbeischauen."

„Im Moment ist Frau Schimmelpfeng bei ihr."

Okay, dann lieber doch nicht.

„Mich wundert es selbst, aber sie scheint ihr gut zu tun."

„Wie geht es ihr?"

„Es werden sicherlich Spuren zurückbleiben, aber sie ist definitiv über den Berg. Und ich konnte ihr eine gute Nachricht überbringen: Princess ist am Leben."

„Princess?", fragte Lara. „Wer ist das denn nun wieder?"

„Frau Benders Hund", erklärte Niklas. „Ein Chihuahua. Er ist im Tierheim in Lichtenberg aufgetaucht. Zum Glück war er gechippt. So konnten sie seine Besitzerin ausfindig machen. Abgesehen davon, dass ihm ein Ohr fehlt, scheint es ihm ebenfalls gut zu gehen. Ein Grund mehr für Frau Bender, schnellstmöglich wieder gesund zu werden."

Niklas klopfte an Kurtuluş' Tür, doch dieser reagierte nicht.

Vorsichtig drückte Niklas die Klinke und spähte hinein, Sabrina ebenfalls: Kurtuluş war immer noch in sein Telefongespräch vertieft, sein Kopf inzwischen hochrot, was sicherlich keine Nebenwirkung des Schmerzmittels war.

Niklas schloss die Tür wieder.

„Ich werde später zurückkommen. Soll ich Sie nach Hause bringen?"

Die Antwort gar nicht abwartend, griff er sich Sabrinas Reisetasche und ging voran.

Als sie aus dem Krankenhaus traten, kam gerade die Sonne hinter einer Wolke hervor.

Fürchtet euch nicht.

Lara begann fröhlich zu pfeifen: Kurtuluş' Klingelton.

Und endlich erkannte Sabrina die Melodie.

Sie ertappte sich dabei, dass sie in Gedanken mitsang:

„Eine Insel mit zwei Bergen
und im tiefen, weiten Meer.
Mit viel Tunnels und Geleisen
und dem Eisenbahnverkehr.
Nun, wie mag die Insel heißen,
ringsherum ist schöner Strand.
Jeder sollte einmal reisen,
in das schöne Lummerland!“

Das Gegenteil von Rammstein.

Und als Sabrina Lampe lächelte, lächelte Kriminalhauptkommissar Niklas Steg ebenfalls; er wirkte sehr zufrieden.

Ein herzliches Dankeschön …

… an meine Testleser Dirk Müller-Hagen, Markus Collet, Matthias Habenicht und Monika Reichert für die vielen hilfreichen Rückmeldungen.

… an Martin Weller für die Gestaltung von Titelbild und Umschlag.

… an den unbekannten Fotografen für das rechtefreie Bild des Gewölbes (bitte gerne bei mir melden).

… an Michael Meller für seine fachmännische Unterstützung.

… an alle meine Leser für die vielen wunderbaren Reaktionen auf meine bisherigen Romane Alles bleibt anders, Vater, Mutter, Tod und Sterbenswort.

… natürlich an Sie, dass Sie Leide! gelesen haben.

Ich hoffe sehr, der Roman hat Ihnen gefallen.
Vielleicht haben Sie ja Lust, eine Rezension zu schreiben?
Darüber würde ich mich sehr freuen.

Besuchen Sie mich gerne auf www.siegfriedlanger.de und auf www.siegfriedlanger.blogspot.com oder schreiben Sie mir an mail@siegfriedlanger.de eine E-Mail; auch bei Facebook freue ich mich über neue Freunde.

Liebe Grüße aus Berlin
Siegfried Langer

Sterbenswort von Siegfried Langer

Als ihr klar wird, dass in ihrer Abwesenheit regelmäßig jemand in ihre Wohnung eindringt, klettert Panik in der jungen Mutter Kathrin hoch. Als dann noch ihre Tochter im Kindergarten von Kathrins totgeglaubtem ehemaligen Mitbewohner angesprochen wird, weiß sie, dass etwas Schreckliches bevorsteht. Wird die tragische Entscheidung, die sie und ihre Freunde damals in der WG getroffen haben, sie nun einholen? Getrieben von Schuld und Rache beginnt ein dramatischer Wettlauf mit der Zeit, und zum ersten Mal in ihrem Leben muss sie die Kontrolle abgeben …

Pressestimmen:

‚Spannung bis zur letzten Seite!' (Frau im Spiegel)

‚In Sterbenswort gelingt Langer ein Psychogramm des Schreckens, wobei der Autor fast ohne Blutvergießen seine Spannung aufbaut und hält. In leichtem, flüssigem Stil entwickelt Langer in dem Roman ein stimmiges Bild, das verdrängte Grauen dringt an die Oberfläche, ein Puzzleteil fügt sich zum anderen. Siegfried Langer gelingt es mit erstaunlicher Leichtigkeit, eine beklemmende Atmosphäre zu schaffen.' (Gießener Anzeiger)

Erhältlich als Taschenbuch und als E-Book.

Vater, Mutter, Tod von Siegfried Langer

Ein Vater, der große Schuld auf sich lädt.
Eine Mutter, die alles tun würde, um ihren Sohn zurückzubekommen.
Ein Junge, der tot in einer Berliner Wohnung liegt.
Eine Frau, deren Erinnerungen sie betrügen.

Kommissar Manthey sucht nach den Zusammenhängen. Er will ein Kind retten – um jeden Preis.
Und stößt auf einen Abgrund aus Verzweiflung und Wahn.

Pressestimmen:

‚Ein genial verworrener Plot um Wahn und Wirklichkeit. Man kann nicht genug davon bekommen.' (P.M. Magazin)

‚Packender Psychokrimi aus scheinbar unzusammenhängenden Versatzstücken auf verschiedenen Zeitebenen.' (Stiftung Lesen)

‚Psycho-Thriller mit Sogwirkung.' (Berliner Stadtmagazin ZITTY)

Erhältlich als Taschenbuch und als E-Book.

Alles bleibt anders von Siegfried Langer

Nominiert für den Deutschen Phantastik Preis 2009.
Nominiert für den Kurd Laßwitz Preis 2009.

Schlimm genug für Frank Miller, dass er sein Gedächtnis verloren hat. Doch nicht nur das – er wurde offiziell für tot erklärt! Als ihn nicht einmal seine Verlobte Claire wiedererkennt, verwandelt sich sein rätselhaftes Schicksal endgültig in eine Tragödie.

Es ist das Jahr 2008 und Franks langsam zurückkehrende Erinnerungen konfrontieren ihn mit einer unglaublichen Realität: mit einem Dritten Reich, das das Jahr 1945 überlebt hat, mit einer NSDAP, die mächtiger und grausamer ist als jemals zuvor. Über ganz Europa weht die Flagge mit dem Hakenkreuz.

Franks Suche nach seiner Identität führt ihn in die deutsche Hauptstadt Germania, erbaut nach den tollkühnen Entwürfen Hitlers und Speers. Dort erfährt er, dass er kämpfen muss – um sein Leben, um seine Liebe zu Claire und um das Schicksal vieler anderer.

Pressestimmen:

‚Der aus dem Allgäu stammende und mittlerweile in Berlin lebende Autor legt einen spannenden Debütroman vor, der mehrfach mit Schauplatz- und Handlungswechseln überrascht.' (Tageszeitung Der Standard, Wien)

‚Spannend und lesenswert.' (Brigitte Grothum im Magazin treffpunkt)

Erhältlich als Paperback und als E-Book.

Ρόδος Ιούλιος 2014